Eva Breunig

Ein Mann für meine Freundin

Roman

Über die Autorin

Eva Breunig wurde 1960 in Wien geboren und ist Mutter dreier Kinder. Sie ist in ihrem Hauptberuf Mathematiklehrerin und hat das Schreiben als willkommene Abwechslung zum stressigen Familienalltag entdeckt. Ihre Geschichten ranken sich um die Themen unerwünschte Schwangerschaften, Alleinerziehende und Stieffamilien, über Menschen, die Gott suchen und manchmal auch finden. Alles Themen, von denen sie aus erster Hand zu berichten weiß. So entstanden die vergnügliche Romantrilogie „Lucies Väter“, „Lucies Katastrophen“, „Lucies Wunder“ und Romane wie „Wiener Verwicklungen“ und „Vergessene Träume“. Aber auch für Kinder hat sie ihre Phantasie sprühen lassen und die beiden Titel „Das Tor nach Edoney“ und „Florian und das Geheimnis des alten Tagebuchs“ geschrieben. Außerdem hat sich die Autorin mit einer Titelstory in der Frauenzeitschrift „Lydia“ und Artikeln in „Family“ einen Namen gemacht.

Eva Breunig

Ein Mann für meine Freundin

Roman

Gerth Medien

Best.-Nr. 816 143
ISBN 978-3-86591-143-8
1. Auflage 2007
Umschlaggestaltung: Hanni Plato
Satz: Typostudio Rücker
Druck und Verarbeitung: GGP Media GmbH, Pößneck
Printed in Germany

Für
Elisabeth und Stefan
und ihre fünf Kinder

1. Kapitel

Der Karton mit Büchern war schwer – sehr schwer. Der junge Postbote pflegte mir die Kisten immer ins Büro hinaufzutragen, das sich im Obergeschoß der Buchhandlung befand, aber heute war der ältere da. Der drückte mir das Paket einfach an der Tür in die Hand und machte sich aus dem Staub.

Meine Arme schienen länger und länger zu werden, als ich den Karton ächzend zur Treppe trug. Ich wuchtete ihn die engen Stufen hinauf. Fast hatte ich den Treppenabsatz erreicht (und somit schon die Hälfte geschafft), als plötzlich ein Ratschen zu hören war und sich eine Flut nagelneuer Bücher durch den aufgerissenen Kartonboden polternd die Treppe hinunter ergoss.

Ich unterdrückte einen Fluch, denn das wäre undamenhaft gewesen. Nur ein leiser Seufzer entrang sich meiner Brust. Ich kniete mich auf die Stufen, sammelte die Bücher ein und schichtete sie zu einem hohen Stapel übereinander, den ich dann unten mit den Händen ergriff, gegen meine Brust lehnte und oben mit dem Kinn festklemmte.

„Warte, ich helf' dir!“ Meine Kollegin Larissa hatte das Gepolter gehört und eilte mir entgegen.

„Geht schon“, presste ich zwischen zusammengebissenen Zähnen hervor. Der Bücherstapel drückte mein Kinn nach oben, sodass ich den Mund nicht aufbekam. Übrigens konnte ich auch nicht nach unten sehen, sondern tastete mit den Füßen nach der nächsten Stufe.

„Vorsicht!“, quiekte Larissa, aber da war es schon zu spät. Ich hatte beim Einsammeln ein Buch übersehen, und genau darauf war ich jetzt getreten, weil ich es für eine der Stufen gehalten hatte. Das Buch kippte über die Kante und rutschte, mein Fuß rutschte mit, und da ich den Bücherstapel festhielt, konnte ich mich nicht einmal mit den Händen abstützen und schlug der Länge nach auf die Treppe.

„Constanze! Hast du dir wehgetan?“ Schon war Larissa über mir, um mir aufzuhelfen. Neben mich konnte sie nicht kommen, dazu war die Treppe zu eng.

Obwohl mir vor Schmerz die Tränen in die Augen schossen, gelang es mir sogar jetzt noch, eine Art von damenhafter Würde zu bewahren. Knie, Schienbein und Ellbogen waren gegen diverse Kanten geknallt, die restlichen Körperteile waren vom Bücherstapel abgefedert worden.

„Au.“ Ich rieb mir das Schienbein, das am meisten abbekommen hatte. Zum Glück hatten die Strümpfe den Sturz heil überstanden – keine Laufmaschen. Aber ich würde morgen dunkle Strümpfe brauchen oder eine lange Hose, um die blauen Flecken zu verstecken.

Larissa sammelte inzwischen die Bücher auf, die auf der ganzen Treppe verstreut lagen und nun nicht mehr neu, sondern etwas ramponiert aussahen. Ich griff nach dem Buch, über das ich gestolpert war.

„So finde ich den Traummann – in 90 Tagen“, stand auf dem Einband.

Mir war sofort klar, dass das kein Zufall war. Irgendetwas – das Schicksal, die Vorsehung, vielleicht sogar Gott persönlich – wollte, dass ich dieses Buch las!

Bloß: wozu?

Ich war seit fast 20 Jahren verheiratet und das auch noch relativ glücklich. Das Finden eines Mannes zählte eigentlich nicht zu meinen dringendsten Anliegen. Und außerdem: „Traummann“ – gab es so etwas überhaupt?

„Geht’s? Kannst du aufstehen?“ Larissa hatte die Bücher ans obere Ende der Treppe geschaufelt und stützte mich am Arm, um mir aufzuhelfen.

„Es geht schon.“ Ich rang mir ein Lächeln ab und rappelte mich auf.

„Komm, setz dich, und ruh dich ein bisschen aus. Da hast du die Bücher, such dir inzwischen aus, welche du lesen möchtest.“ Sie half mir in meinen Bürostuhl und schichtete die Bücher um mich herum auf. Unten ging die Tür.

„Ich geh' schon!" Larissa flitzte hinunter, um die Kunden zu bedienen.

Ich ging die Bücher durch: „365 Andachten für Kinder", „Bibel versus Koran", „Die Kraft des Kreuzes", „Tod und Auferstehung". Derartige Titel hatten wir in unserer christlichen Buchhandlung natürlich immer vorrätig. „Flaschenpost ins Glück", das klang schon lustiger. „Kleines Herz in der Prärie", das war etwas für Larissa. Die fuhr voll auf solche Wildwest-Romanzen ab. Obwohl ich es eigentlich auch lesen könnte – wir bekamen meistens mehrere Leseexemplare von jedem Titel.

„So finde ich den Traummann – in 90 Tagen".

Da war es wieder. Nachdenklich drehte ich das Buch in der Hand hin und her. Warum sollte ich so etwas lesen? Ich hatte eigentlich nicht vor, meinen Mann auszutauschen ... Larissa sollte es lesen, die war noch Single, aber ich?

Ich legte trotzdem eines davon für mich beiseite und kramte weiter. Ich musste mir ja sowieso mehrere Bücher zum Lesen mitnehmen. Unser Chef achtete sehr darauf, dass wir auch wussten, was wir unseren Kunden empfehlen konnten.

„Best Friends – wie wahre Freundschaft das Leben von Frauen bereichert".

Und plötzlich begriff ich. Nicht um meinetwillen war das „Traummann"-Buch in meine Hände gelangt, sondern für meine Freundin Andie!

Erst gestern hatten Andie und ich ein ausführliches Gespräch gehabt. Sie hatte längere Zeit im Ausland gelebt und war erst seit kurzem wieder in Wien, und ihr früherer Freundeskreis – bis auf mich – hatte sich in dieser Zeit verflüchtigt. Andie war eine sehr gesellige, lustige Person, die Einsamkeit schwer ertrug. Außerdem hatte sie durchblicken lassen, dass sie gern wieder einen Mann hätte, aber dass sie einfach unfähig war und sich immer nur in die falschen Typen verliebte. (Damit hatte sie übrigens Recht.) Doch jetzt hielt ich die Lösung ihres Problems in der Hand!

Mir wurde ganz warm ums Herz bei der Vorstellung, wie Andie durch mich endlich den richtigen Mann fürs Leben fand. Wie glücklich und dankbar würde sie dann sein! Ja, in mir hatte sie wirklich die perfekte Freundin. Ich war sehr zufrieden mit mir! Nur das Schienbein tat mir weh. Aber diesen Preis bezahlte ich doch gern für Andie.

Ich packte einen „Traummann"-Ratgeber, ein „Best Friends"-Buch und drei Romane ein und fuhr frohgemut nach Hause. Ich hatte ja keine Ahnung, was für eine Lawine an Ereignissen ich gerade losgetreten hatte!

*

Schon vom Gartentor aus konnte ich eine grauenhafte Mischung von Geräuschen hören, die aus unserem Haus drang. Es klang, als ob eine Katze gequält würde, während gleichzeitig eine Gruppenschlägerei stattfand. Unsere Nachbarn waren zum Glück schon daran gewöhnt, denn sonst hätte eigentlich bereits eine Funkstreife vor der Tür stehen müssen. Aber anscheinend wusste jeder in unserer Straße, dass die Gequälte-Katzen-Geräusche von unserem Sohn Daniel stammten, der nicht die Katze Minka, sondern seine Geige malträtierte, und dass die vermeintliche Schlägerei ein „Song" von Stefanies derzeitiger Lieblingsband war, deren Namen ich mir gar nicht erst merken wollte.

Ich zupfte im Vorbeigehen ein paar welke Blätter vom Rosenstrauch und stellte fest, dass niemand den Rasen gemäht hatte, obwohl ich schon seit zwei Tagen darum gebeten hatte. Tja. Warum sollte es diesmal anders sein? Ich öffnete die Tür und tauchte in die Klangwolke aus Misstönen ein.

Stefanie saß im Wohnzimmer auf dem Fensterbrett – vermutlich wegen des optimalen Lichteinfalls – und lackierte sich die Zehennägel in Meergrün mit Silberglitter. Ihr Kopf wippte im Takt mit dem Gekreische aus den Lautsprecherboxen, während ihr jüngerer Bruder mit einer Mozartsonate tapfer dagegen anfiedelte. Mitten in diesem Getöse saß mein lieber Mann seelenruhig vor seinem Computer und tat, als ginge ihn das alles gar nichts an. Ich wunderte mich einmal mehr, wie ein Mensch einen derartigen Krach einfach ausblenden konnte – aber Max besaß die beneidenswerte Fähigkeit, die Welt rings um sich versinken zu lassen, selbst in so einem Tohuwabohu.

„Hallo, ihr Lieben!", brüllte ich so freundlich, wie Brüllen eben sein konnte.

Stefanie nickte mit dem Kopf, ohne von ihren Nagel-Kunstwerken aufzusehen.

Daniel hörte gnädigerweise zu geigen auf und umarmte mich. „Hallo, Mami!"

Ich kostete den Genuss des Augenblicks aus. Nicht mehr lange, und er würde sich über Nacht plötzlich in einen widerborstigen Teenager verwandeln, wie seine Schwester es ihm vorgemacht hatte, und Mütter-Umarmungen für das Ekligste auf der Welt halten.

„Grüß dich, Liebes!" Sogar Max hatte meine Heimkehr wahrgenommen.

Ich trat hinter ihn und küsste ihn ins Genick. „Hallo, Erbsenbär!" Er erschauerte wohlig. „Habt ihr schon gegessen?"

„Wieso – gibt's denn was?", staunte er.

Das war ja nicht zu fassen! Da stand das liebevoll vorgekochte Essen im Kühlschrank – wie *jeden* Freitag seit zwei Jahren – und mein Mann ließ die Kinder hungern.

„Ich hab mir eine Pizza warmgemacht", bemerkte Stefanie. Ihre Nägel waren anscheinend fertig, denn sie beendete die Musik-Folter und zog ab.

Pizza!

„Und du?", wandte ich mich resigniert an Daniel.

„Ich war nicht hungrig. Der Tobi hat mir nach der Schule sein Wurstbrot geschenkt. Seine Mutter schimpft immer, wenn er sein Brot wieder nach Hause bringt."

Ach – und deiner Mutter ist es egal, wenn das Essen verkommt?

„Ihr wisst doch, dass ich euch was vorbereitet habe", seufzte ich. „Im Kühlschrank. Wie immer."

„Schon, aber ich war ja nicht hungrig", erläuterte Daniel achselzuckend und verzog sich ebenfalls.

„Warum hast du den Kindern nichts zu essen gegeben?", nörgelte ich Max an.

„Himmel, Conny, die sind doch wirklich alt genug, um selbst zu wissen, ob sie hungrig sind! Wie du siehst, kommen sie sehr gut alleine zurecht."

„Aber sie essen nur Fastfood", quengelte ich. „Da gibt man sich Mühe und kocht was Gesundes ..."

„Was ist es denn?", fragte er.

„Gemüselasagne."

„Oh, darauf hätte ich jetzt echt einen Riesen-Appetit!" Seine Augen funkelten. Gegen meinen Willen musste ich lachen. Man konnte ihm einfach nicht böse sein. Bei ihm fehlte halt nur das „Kinder-müssen-gefüttert-werden"-Gen. Wie vermutlich bei allen Männern. Und bei mir fehlte dafür anscheinend das „Kinder-sind-alt-genug"-Gen – wie bei allen Müttern. Für mich würden sie immer Babys bleiben.

Er beobachtete mich, während ich die Lasagne wärmte und servierte.

„Der Wasserhahn tropft", bemerkte ich bei dieser Gelegenheit.

„Ich kümmere mich drum", versprach er. „Übrigens, Constanze, du musst kein schlechtes Gewissen haben, nur weil du arbeitest."

„Wie kommst du denn darauf, dass ich ein schlechtes Gewissen habe?" Vor lauter Verwirrung nahm ich mir auch eine Portion Lasagne, obwohl ich in der Buchhandlung schon ein Sandwich gegessen hatte.

„Ich hab so das Gefühl. Du kochst vor und versuchst alles genauso zu organisieren, als ob du da wärest. Aber das ist nicht nötig. Schau, die Kinder sind 12 und 15, die brauchen wirklich keine Rund-um-die-Uhr-Mutter mehr. Du kannst also ruhigen Gewissens zweimal in der Woche in deine christliche Buchhandlung gehen und uns hier ein bisschen uns selbst überlassen. Wie sollen die Kinder denn sonst selbstständig werden?"

„Aber wenn eure Selbstständigkeit darin besteht, dass ihr hier nur Pizza und Süßigkeiten futtert ...", wandte ich ein.

„Stimmt gar nicht!", triumphierte er. „*Ich* esse doch das wertvolle, gesunde, selbst gekochte Essen. Und das sogar in großer Menge." Er klopfte sich auf seinen Bauch, der sich tatsächlich in letzter Zeit etwas gerundet hatte. Dann legte er tröstend seine Hand auf meine. „Und wenn die Kinder ab und zu Fertigpizza und geschenkte Wurstbrote essen, bringt sie das bestimmt nicht um."

Ich nickte halbherzig. Solche Kompromisse lagen mir nicht, ich hätte viel lieber *alles* perfekt gehabt – perfektes Familienleben, perfekter Ernährungsplan, perfekter Job. Aber im wahren Leben gab es nun mal keine Perfektion ...

*

Wenig später kuschelte ich mich mit einer Decke und meinen Büchern auf das Sofa und lagerte mein schmerzendes Schienbein hoch, um mich auf die Aufgabe vorzubereiten, die Gott offenbar auf meine Tagesordnung gesetzt hatte: die Auswahl eines Lebenspartners für Andie. Durch die Terrassentür konnte ich Daniel sehen, der die Katze durch den Garten jagte, und Max, der im Dämmerlicht begann den Rasen zu mähen. Ich spürte ein Gefühl der tiefen Dankbarkeit, weil das Thema „Partnersuche" in *meinem* Leben abgeschlossen war, und vertiefte mich in meine Lektüre.

2. Kapitel

Schon auf den ersten Seiten wurde mir klar, dass mein Vorhaben nicht so einfach war, wie ich im ersten Überschwang gedacht hatte. Das erste Kapitel von „So finde ich den Traummann“ lautete: „Ist das, was Sie brauchen, wirklich ein Mann?“ Diese Frage hätte ich schon schwer für mich selbst beantworten können – noch viel schwieriger war es, mich in meine Freundin hineinzuversetzen, die ich so viele Jahre nicht gesehen hatte!

Ich begann zu lesen. In diesem Kapitel ging es um die verschiedenen Gründe, die Frauen zur Männersuche veranlassten. „Sehnen Sie sich vielleicht nur nach dem gesellschaftlichen Status der verheirateten Frau?“, fragte das Buch und erklärte dies gleich an einem Beispiel: „So ging es Annabell, einer sehr erfolgreichen 37-jährigen Frau aus Ohio. Nach mehreren missglückten Beziehungen begann sie sich zu fragen, ob sie vielleicht beziehungsunfähig war. Verzweifelt versuchte sie herauszufinden, was in aller Welt mit ihr nicht in Ordnung war. Alle ihre Freundinnen waren verheiratet, nur sie konnte keinen Mann halten. Erst eine Therapie machte ihr klar, dass sie nicht so sehr einen Mann suchte, sondern den Zustand des Verheiratetseins. Sie dachte, verheiratet zu sein wäre etwas, was von ihr erwartet wurde, und bemühte sich verbissen, diesem eingebildeten Anspruch gerecht zu werden. Als sie sich das endlich eingestand, fiel ein großer Druck von ihr ab. Ihr beruflicher Erfolg war für sie sehr wichtig, und eigentlich lebte sie gern allein. Sie lernte, zu ihrem Singledasein zu stehen – und siehe da, die Reaktionen ihrer Umwelt waren bei weitem nicht so vernichtend, wie sie befürchtet hatte. Sogar ihre Mutter fand sich damit ab, dass Annabell sich eben nichts aus der Ehe machte.“

Also, das konnte ich für Andie definitiv ausschließen. Um den gesellschaftlichen Status von irgendwas hatte sie sich noch nie geschert. Es war ihr völlig egal, ob jemand ihre

Entschlüsse haarsträubend fand. Im Gegenteil – ich glaube, ein bisschen gefiel es ihr sogar, als leicht verrückt zu gelten. Nein, wie Annabell ging es Andie nicht.

Ich las weiter und gelangte zu Karen, der 58-jährigen Anwältin aus Chicago, die in Wirklichkeit nur Angst vor einem einsamen Alter hatte und die ihr Glück statt bei einem Mann in einer Wohngemeinschaft von vier älteren Junggesellinnen fand. Auch das traf auf Andie nicht so recht zu, denn sie hatte ja ihre Tochter Diana – sie war also nicht einsam. Und 58 war sie auch noch nicht.

Als nächstes lernte ich Elvira kennen, die 25-jährige Tankwartin, die sich nach materieller Sicherheit sehnte und ihren Wunsch nach einem Ehemann sofort vergaß, nachdem sie eine unerwartete Erbschaft erhalten hatte. Wieder Fehlanzeige – materielle Sicherheit hatte für Andie noch nie große Priorität gehabt. Sie lebte am liebsten von Tag zu Tag und plante ganz spontan – also gar nicht. An so etwas wie Altersvorsorge hatte sie vermutlich noch nicht einmal gedacht – weder mit 25, noch jetzt.

Zu guter Letzt kam noch die mütterliche Chloe, die ihren Fürsorgetrieb schlussendlich in einem Kinderheim verwirklichte. Wieder nichts für Andie – ein Kind hatte sie ja bereits. Ich musste wohl oder übel der Tatsache ins Auge sehen, dass Andie *wirklich* einen Mann brauchte und nichts anderes.

Die Lasagne in meinem Magen und das eintönige Brummen des Rasenmähers von draußen machten mich ein wenig schläfrig. Ich ließ das Buch sinken und räkelte mich auf der Couch. Dabei dachte ich an Andie … Was brauchte sie? Was würde sie glücklich machen? Was war sie eigentlich für ein Mensch? Meine Gedanken glitten zurück an einen längst vergangenen Tag … an einen Tag vor mehr als 30 Jahren, an dem ich Andie kennenlernte.

*

Ich war 10 Jahre alt, und es war mein erster Schultag im Gymnasium. Ein erster Blick in die Runde zeigte mir, dass ich keines von den anderen Kindern kannte. Also setzte ich mich allein in eine Bank und wartete auf die Lehrerin.

Etwa 20 Minuten nach Beginn der Stunde, als ich schon einen ganzen Zettel mit Informationen voll gekritzelt hatte, öffnete sich die Tür einen Spalt breit und ein zierliches, dunkelhaariges Mädchen schlüpfte herein. Es gab sich Mühe, unauffällig zu sein, aber da es eine große Kiste unter dem Arm trug, war das so gut wie unmöglich. Es setzte sich auf den freien Platz neben mir und stellte die Kiste vor uns auf den Tisch.

„Bist du Andrea Moll?“, fragte die Lehrerin und hakte den Namen auf ihrer Liste ab. „Warum kommst du erst jetzt?“

„Ich … hab nicht gleich die richtige Klasse gefunden.“

Ich beobachtete das Mädchen aus den Augenwinkeln. Es hatte nicht einmal etwas zum Schreiben dabei. Ich schob ihm ein Blatt Papier und einen Bleistift zu.

In der Kiste raschelte es.

Ich schielte neugierig zu meiner Nachbarin hinüber, wagte aber nicht, den Kopf zu drehen oder gar zu flüstern.

In der Kiste rumorte etwas.

Ich hielt es nicht mehr aus.

„Was ist in der Kiste?“, schrieb ich auf meinen Zettel und drehte ihn so, dass sie es lesen konnte.

„Mehrschweinchen Babi“, schrieb sie.

Das entzückte mich dermaßen, dass ich sogar vergaß, sie auf ihre Rechtschreibfehler aufmerksam zu machen. Es juckte mich in den Fingern, die Kiste zu öffnen und einen Blick hineinzuwerfen. Aber das musste wohl warten, bis die Lehrerin mit der Liste der Hefte, Stifte, Zirkel und Lineale fertig war, die sie gerade diktierte.

„Wieso hast du es mitgebracht?“, schrieb ich pflichtvergessen, statt „DIN A5 Heft 40 Blatt kariert“ zu notieren.

Sie beugte sich zu mir und wisperte in mein Ohr.

„Auf dem Schulweg hab ich ein Plakat gesehen, dass sie verschenkt werden. Da hab ich mir gleich welche geholt. Deswegen bin ich ja auch zu spät gekommen."

Mir stockte der Atem. Nie hätte ich gewagt, die Schule zu schwänzen, um mir Meerschweinchen schenken zu lassen! Und das gleich am ersten Schultag!

„Wie viele sind es?", schrieb ich. Ich traute mich nicht zu reden.

„Fünf", flüsterte sie. „Möchtest du welche haben?"

Ich nickte glückselig. Genau in diesem Augenblick schaute die Lehrerin von ihrer Heftliste auf und fixierte mich über die Lesebrille hinweg mit einem durchbohrenden Blick.

„Hast du uns etwas zu sagen?", fragte sie eisig.

Ich erstarrte folgsam zur Salzsäule und färbte mich vom Hals bis zu den Ohren tomatenrot.

Andie hingegen fuchtelte mit der Hand in der Luft herum und platzte heraus: „Ich hab sooo süße Meerschweinchen – möchten Sie sie sehen?" Ohne die Antwort abzuwarten, hob sie den Deckel von dem Karton. Drinnen wuselten ein paar Fellknäuele durcheinander und versuchten sich unter einem Büschel Heu oder unter einander zu verkriechen.

Die Lehrerin schlug überrascht die Hand vor den Mund und taumelte einen Schritt rückwärts. Dabei knickte sie in ihrem hochhackigen Schuh um und plumpste voll auf ihr Hinterteil. Ein paar Kinder kicherten hinter vorgehaltenen Händen. Andie ließ den Deckel ihres Kartons wieder fallen und stürzte nach vorne.

„Das wollte ich nicht!", beteuerte sie. „Ich wusste nicht, dass Sie sich vor Meerschweinchenbabys fürchten. Haben Sie sich wehgetan?"

Sie zerrte am Ellbogen der Lehrerin, um ihr aufzuhelfen. Unnötig zu erwähnen, dass die Meerschweinchen inzwischen aus dem offenen Karton kletterten und auf Entdeckungsreise gingen. Der erste Schultag endete damit, dass

28 Kinder den Tierchen quer durch den Klassenraum nachjagten (und unsere arme Klassenlehrerin den Grundstein für ein Magengeschwür legte).

Ich lächelte bei der Erinnerung daran. Eigentlich war dieser Vorfall ganz typisch für Andie. Sie machte es nicht absichtlich, sie war auch nicht bösartig oder mutwillig, sie handelte einfach völlig spontan und unüberlegt.

Ich bekam übrigens keins von den Meerschweinchen – meine Mutter erlaubte es leider nicht. Aber Andie und ich blieben für viele Jahre unzertrennlich.

*

Ich muss über meinen Kindheitserinnerungen eingedöst sein, denn ich schreckte hoch, als Daniel plötzlich vor mir stand.

„Gibt's noch was von deinem gesunden Essen, Mami? Ich glaube, Tobis Wurstbrot ist schon fertig verdaut!"

Als das Essen dampfend auf dem Tisch stand und der Geruch durchs Haus zog, tauchte auch Stefanie wieder auf. Ihre Fingernägel glänzten jetzt alle meergrün, und in ihr aschblondes Haar hatte sie silberblonde Strähnchen gefärbt. Es sah eigentlich ziemlich gut aus.

„Kann ich einen Salat dazu haben, Mam?", fragte sie, während sie Lasagne auf ihren Teller schaufelte. „Ich brauch ein paar Vitamine!"

„Ich auch!", rief Max von der Terrassentür her. Seine Hände waren ebenfalls grün, aber nicht vom Nagellack, sondern von der Gartenarbeit.

Ich grinste in mich hinein, als ich Balsamico über den Salat träufelte. Es gab es also doch: das perfekte Familienleben! Und *ich* hatte es!

3. Kapitel

„Welche von den Neuerscheinungen liest du denn?", fragte ich Larissa dienstags im Buchladen. Ich hatte am Freitag vergessen, mich mit ihr abzusprechen, weil ich von meinem Treppensturz etwas angeschlagen gewesen war und außerdem so überwältigt von meinem genialen „Finde-einen-Mann-für-Andie"-Plan ...

„Ich will diese Wildwest-Romanze lesen", zählte sie auf, „und den Teenie-Roman mit dem Alkoholproblem. Ich mag solche Schmöker, besonders, wenn die Probleme so gar nichts mit meinen eigenen zu tun haben." Sie grinste, verdrehte ihre Augen zu einem furchterregenden Schielen und blies sich eine rötliche Haarsträhne aus dem Gesicht. Sie konnte ein rechter Clown sein. „Und dann noch diesen Ratgeber", fügte sie etwas leiser hinzu. „Denn der *hat* was mit meinen Problemen zu tun." Sie deutete auf ein Exemplar von „So finde ich den Traummann – in 90 Tagen".

„Hast du schon damit angefangen?", platzte ich heraus.

„Ja."

„Und? Wie findest du's?"

„Wieso interessiert dich das? Suchst du vielleicht auch einen Mann?" Sie betrachtete mich von der Seite, als würde sie das ernstlich glauben.

„Was? Ich? Natürlich nicht! Ich hab doch meinen Max", beeilte ich mich zu versichern. „Ich ... hab nur auch mit diesem Buch angefangen, weil ich ... eine Freundin habe, die jemanden sucht, verstehst du?"

„Wow!" Sie rollte wieder ihre Clownsaugen. „Ich wünschte, ich hätte auch eine Freundin, die mir einen Mann sucht. *Ich* muss alles selbst machen!"

„Und? Hilft dir das Buch dabei?", bohrte ich nach.

Sie zog die Mundwinkel nach unten.

„Das erste Kapitel war ein bisschen ... komisch. Ich meine, diese Tankstellen-Tussi, die lieber eine Erbschaft wollte als einen Mann?! Also ehrlich, wer ist denn mit 25 schon so abgebrüht, dass er nur aus finanziellen Gründen heiraten will?" Sie raufte sich die Haare. Frisur hatte sie eh keine. „Also, ich meine, wahrscheinlich gibt's wirklich Leute, die so berechnend sind – schlimm genug, dass es so ist! Aber als Fallbeispiel in einem *christlichen* Ratgeber? Was soll das?"

„Na ja ... die Autorin möchte dir wohl helfen, deine tiefsten Beweggründe herauszufinden", verteidigte ich das Buch. „Irgendwo ist das wahrscheinlich gar nicht so falsch ... ich meine, du würdest vielleicht auch lieber einen Mann mit festem Einkommen nehmen als einen arbeitslosen Lebenskünstler, oder?"

„Für die wahre Liebe spielt so was keine Rolle!", verkündete sie empört.

Ich zuckte die Achseln. „Wenn du meinst ...", murmelte ich zweifelnd. Ihr fehlte einfach noch die Erfahrung, dass die „wahre Liebe" gelegentlich Kinder hervorbrachte, die Glitzer-Nagellack, Zahnspangen und Schiausrüstungen brauchten. „Zumindest hat dir dieses Kapitel klargemacht, was du alles *nicht* willst, stimmt's?"

Sie blinzelte.

„Hm ja, stimmt. *Larissa, 31, Buchhändlerin aus Wien, fand durch die Lektüre dieses Buches heraus, dass sie keinen mumifizierten Millionär suchte.*" Sie grinste.

„Und weißt du jetzt auch, was du willst?"

„Ich bin gerade dabei. Hast du das zweite Kapitel schon gelesen? Da geht es um die verschiedenen Beziehungs-Konstellationen. Also: Vater-Tochter, Mutter-Sohn, Mentor-Schülerin, traditionelle Rollenbilder, gleichberechtigte Partnerschaft und so weiter."

„Hui! Vater-Tochter?"

„Na ja, du weißt schon: wenn eine junge Frau mit Vaterkomplex einen älteren, väterlichen Herrn heiratet, der ihr sagt, wo's langgeht und der sie verwöhnt wie ein kleines Mädchen. Kommt öfter vor, als man glaubt!"

„Das ist es bestimmt nicht, was Larissa, 31, möchte, oder?“ *Und Andie, 44, auch nicht!*

„Na ja ...“ Der Grünton ihrer Augen wurde um eine Nuance dunkler. „Irgendwie hat es schon seinen Reiz ... ewig Papas kleines Mädchen zu bleiben ...“

„Geh!“ Ich schubste sie in die Rippen. „Eine selbstbewusste Frau wie du! Du willst eine gleichberechtigte Partnerschaft, darauf wette ich!“

„Huh, du wettest?“ Sie schaute dramatisch drein. „*Mrs Perfect verlor gestern bei einer unüberlegten Wette ihre Lockenwickler und kann seither das Haus nicht mehr verlassen*!“ Sie duckte sich schnell, um meinem scherzhaften Schlag auszuweichen.

„He, was soll das? Ich bin nicht Mrs Perfect! Und außerdem verliere ich diese Wette nicht“, beharrte ich.

„Tust du doch.“

„Na was? Willst du vielleicht lieber ein Mutter-Sohn-Verhältnis? *‚Larissa, 31, verliebte sich in den 16jährigen Gymnasiasten Detlev und fand ihre Erfüllung darin, Spickzettel für seine Klassenarbeiten zu schreiben'?!*“

Sie kicherte. „Klar, dafür hätte ich sogar schon den richtigen Anwärter!“

„Was? Wen denn?“

„Na, den Ludwig.“

„Was für einen Ludwig?“

„Ah, hast du unseren kleinen Prinzen noch nicht kennengelernt? Wir haben seit gestern einen neuen Praktikanten.“ Sie deutete mit dem Daumen nach hinten. Ich schielte vorsichtig über meine Schulter. Ein mir unbekannter Jüngling schleppte eine Bücherkiste in Richtung Lager. Ein Kistenschlepper? Wunderbar, so etwas hatte hier sowieso gefehlt! Ich zog die Augenbrauen hoch.

„Und für den schreibst du ab jetzt Spickzettel?“

Jetzt war sie an der Reihe, im Spaß nach mir zu schlagen.

„Ich bin doch kein Lustmolch! Was soll ich mit dem Milchgesicht? Aber jetzt mal im Ernst ... ich glaube fast, mir gefällt das mit den ‚traditionellen Rollenbildern' – so wie bei dir: die Frau kümmert sich liebevoll um Kinder, Haus und Garten, und der Mann setzt sich mit der feindlichen Außenwelt auseinander und bringt das Geld nach Hause. Dafür darf er sich dann dort ein bisschen verwöhnen lassen. Das klingt so ... idyllisch. So wie ... *Rosamunde Pilcher und ihr Lieblingsschaf in einer Blumenwiese.*"

Ich hätte mich gern mit der Frage befasst, ob Larissa sich nun für Männer oder doch eher für Schafe interessierte, aber zuerst musste ich etwas anderes klären: „Was soll heißen, *so wie bei mir*? Du willst doch nicht sagen, dass *mein* Leben aus einem Pilcher-Roman stammt? Immerhin bin ich berufstätig und verdiene mein eigenes Geld! Und Schaf hab ich auch keins", fügte ich brummelnd hinzu. „Nur eine Katze."

Larissa hob abwehrend die Hände.

„Entschuldige! Ich wollte dir nicht zu nahetreten. Natürlich verdienst du Geld. Aber dein Leben war für mich ... äh, ist natürlich immer noch ... ein Vorbild. Ehrlich! Ich meine, du hast alles, was ich gern hätte ... einen netten, gläubigen Mann ... ein schönes Haus, einen Garten, liebe Kinder ..." Sie konnte es nicht lassen. Grinsend fügte sie hinzu: „Nur das Schaf fehlt noch zur perfekten Idylle."

„Wenn's nur das ist", murmelte ich. Ich versuchte mir nichts anmerken zu lassen, aber ich fühlte mich unendlich geschmeichelt. Es gab jemanden, der mein Leben für (fast) perfekt hielt, für den ich ein Vorbild war. Halleluja!

„Na und deine Freundin?", holte Larissa mich auf den Boden der Tatsachen zurück. „Weißt du schon, welche Art von Beziehung sie sucht?"

„Äh." Jetzt hatte sie mich kalt erwischt. Ich hatte keine Ahnung! „Ich nehme an, gleichberechtigte Partnerschaft", murmelte ich. Allerdings hatte ich das von Larissa auch gedacht, und lag damit daneben. „Ich muss das noch rausfinden. Ich weiß nur, dass die Männer, mit denen sie bisher liiert war, *nicht* das waren, was sie braucht."

„Oh." Larissa wackelte bedeutungsvoll mit den Augenbrauen. „Eine Frau mit Erfahrung?"

„Ja, das kann man so sagen."

4. Kapitel

„Ist es nicht zauberhaft?", jubelte Andie und schwebte wie auf Wolken durch ihre neue Wohnung. „Das ist das Bad!" Sie öffnete eine Tür und gab den Blick frei auf ein kahles Loch ohne Verputz, bei dem die Drähte lose aus der Wand hingen. Das einzige Mobiliar war ein Wasserhahn, unter dem ein Plastikkübel stand, und ein altersschwacher Holzschemel mit einem Handtuch.

„Das ganze Bad wird verfliest – mit Kacheln vom Flohmarkt, echt alt. Porzellanweiß, mit einem filigranen blauen Muster, sooo süß! Und hierher kommt ein Marmor-Waschtisch, auch vom Flohmarkt. Du musst ihn dir dann ansehen, er steht derzeit im Keller. Ich muss ihn nur noch putzen. Da ist ein Anschluss für eine Badewanne, aber vielleicht nehm' ich auch nur eine Dusche."

„Badewanne!", hörten wir die Stimme von Andies Tochter zwei Räume weiter schreien.

„Okay, Hasenschnäuzchen, wir kaufen eine Badewanne!", rief Andie zurück. „Die Badetücher müssen natürlich alle blau-weiß sein, passend zu den Kacheln ... Die Beschläge stell' ich mir goldfarben vor – oder wäre verchromt besser?" Sie drehte sich im Kreis, als ob sie das fertige Bad schon vor sich sehen könnte.

Ich sah vor allem einen völlig leeren Raum und viele Stunden Arbeit.

„Hast du denn genug Kacheln für die ganze Fläche?", fragte ich.

„Wie meinst du?“ Sie hielt im Schwelgen inne und sah mich fragend an. Eine ihrer dunklen Locken war ihr ins Gesicht gefallen. Sie schob sie weg und hinterließ dabei eine cremeweiße Farbspur quer über ihrer Stirn.

„Na, du musst ausrechnen, wie groß die gesamte Wandfläche ist, und dann siehst du, wie viele Kacheln du brauchst.“

„Oh – aber die sind doch vom Flohmarkt, die kann ich nicht nachkaufen!“ Jetzt guckte sie erschrocken.

„Falls es zu wenige sind, musst du halt rundherum etwas tiefer aufhören“, überlegte ich. „Du könntest zum Beispiel so in Kopfhöhe eine blau-goldene Abschlussleiste anbringen, und oberhalb davon einfach mit Dispersionsfarbe ausmalen.“

„Eine blau-goldene Abschlussleiste?“ Wieder merkte ich, dass sie bereits das fertige Ergebnis vor ihrem inneren Auge sah. „Conny, du bist ein Genie! Kannst du das denn ausrechnen – bis zu welcher Höhe meine Kacheln reichen?“

„Wenn du mir sagst, wie viele du hast und wie groß sie sind, sicher.“

Der Blick, mit dem sie mich maß, hatte direkt etwas Zärtliches.

„Hach, ich bin sooo froh, dass ich wieder hier bin! Jetzt merke ich erst, wie sehr du mir gefehlt hast. Ein Brief alle halbe Jahre ist einfach nicht dasselbe.“ Von ihren freundschaftlichen Gefühlen übermannt umarmte sie mich. Ich zuckte zusammen. Sie trug eine Schlabber-Latzhose, die ihr nicht nur viel zu groß war, sondern vor allem überall mit Farbe beschmiert, denn sie war gerade beim Anstreichen. Hoffentlich waren alle Farbspritzer schon getrocknet – ich war nicht sicher, ob Dispersion aus meinem Kostüm jemals wieder rausgehen würde …

Ach was, Andie war meine allerälteste Freundin, und sie war endlich wieder da. Das war mir doch wohl das blöde Kostüm wert! Ich erwiderte ihre Umarmung.

„Jetzt schau dir noch das Schlafzimmer an!“ Begeistert

hüpfte sie voraus und zeigte mir eine Baustelle, die von einer einsamen, nackten Glühbirne beleuchtet wurde. Vergilbte Tapeten hingen halb abgerissen von den Wänden.

„Arabische Nächte“, hauchte Andie hingerissen. „Eine rostbraune Tapete mit einem golddurchwirkten Muster. Brokatvorhänge in Rot und Gold vor dem Fenster. Samtkissen mit Quasten. Ein Riesen-Himmelbett.“

„Vom Flohmarkt?“, rief ich.

„Wahrscheinlich. Mal sehen. Am Bett sollte man nicht sparen“, fand Andie. Derzeit schlief sie noch auf einer Matratze zusammen mit ihrer Tochter in deren Zimmer. Dianas Zimmer und die Küche waren die einzigen Räume in der Wohnung, die schon einigermaßen benutzbar waren, auch wenn noch manches an Möbeln fehlte.

„Komm mit, ich hab Kuchen gekauft!“ Andie schwebte in die Küche. Hier war schon fertig gestrichen, und es gab Küchenschränke, eine Arbeitsplatte aus poliertem Holz und einen funktionierenden Kühlschrank. Der Gasherd war noch nicht angeschlossen, daher beschränkte sich das Kochen auf eine einzelne Elektroplatte. „Du verzeihst, dass ich nicht selbst gebacken habe“, kicherte sie. „Aber Tee könnte ich machen!“

Der Tisch passte zur Arbeitsplatte, aber die Stühle nicht. Sie passten nicht einmal zueinander und waren außerdem mit Farbe bekleckst. Ich schnappte mir möglichst unauffällig meine Papierserviette und legte sie auf die Sitzfläche, ehe ich mich setzte. Andie klatschte einen gekauften Apfelstrudel samt Verpackung auf den Tisch und reichte mir ein Messer.

„Ich hab die Teller noch irgendwo in einem Umzugskarton – geht's so? Oh, hab ich dir keine Serviette gegeben? Hier.“ Sie warf mir noch eine zu. „Butterblümchen!“, brüllte sie quer durch die Wohnung. „Willst du auch ein Stück Kuchen?“

Diana erschien in der Öffnung, die in die Küche führte, und in der noch keine Türe war. Sie war ein hübsches Kind, das Andies dunkle Locken hatte, aber seltsamerweise blaue Augen. Ich rechnete mir aus, dass sie ungefähr zehn Jahre alt sein musste.

„Kann ich den Kuchen mitnehmen?“, fragte sie höflich. „Ihr wollt euch sicher ungestört unterhalten.“

„Genau, unser Frauengeschwätz interessiert dich eh nicht, und Fernsehen ist viel schöner“, übersetzte Andie.

„Mami, ich übe Rechenaufgaben“, stellte Diana würdevoll fest und verschwand mit ihrem Kuchenstück.

Andie zog die Augenbrauen hoch und wackelte mit dem Kopf.

„*Die anderen Kinder könnten sonst glauben, ich bin blöd und hab in Afrika nichts Richtiges gelernt*“, äffte sie Diana nach. „Ich verstehe gar nicht, wie ich an so ein Kind geraten konnte. Sag ehrlich, hab ich mich je um meine Schulnoten gesorgt?“

Ich musste lachen.

„Nicht sehr, nur bei der Matura* ein bisschen.“

„Das war ja auch gemein!“, entrüstete sich Andie. „Die haben mich so weit von dir weggesetzt, dass du mir unmöglich vorsagen konntest. Was haben die erwartet?“

„Erzähl mir lieber etwas, was ich noch nicht weiß“, schlug ich vor. „Du warst so lange weg, und wie du selbst gesagt hast, ein Brief alle halben Jahre ist einfach nicht dasselbe.“

„Na gut.“ Sie goss den Tee auf. „Wo soll ich anfangen?“

„Wo haben wir denn aufgehört?“, fragte ich zurück. „Ich glaube, ungefähr da, wo du aus dem Urlaub nicht mehr zurückgekommen bist.“

---

* österreichisches Abitur

5. Kapitel

„Tja, dieser Urlaub ...“ Andies Blick wanderte in weite Fernen. Ein träumerischer Ausdruck trat auf ihr Gesicht. Diese Ferien mussten echt genial gewesen sein – so genial, dass sie tatsächlich gar nicht mehr nach Hause gekommen war.

„Ich glaub, das war in Marrakesch – oder war's Agadir? Ich war noch nie zuvor auf einem Cluburlaub und-“

„Moment“, unterbrach ich sie. „Du weißt nicht mehr, wo das war? Der Urlaub, der dein Leben einschneidend verändert hat?“ Ich konnte es nicht fassen. „Hast du denn keine Fotos?“

„Himmel, Conny, das war vor 16 Jahren, und diese Clubs sehen doch alle irgendwie gleich aus. Immerhin weiß ich noch, dass es in Nordafrika war. Ich bin mir sogar ziemlich sicher, dass es Marokko war.“

„Aha.“ Ich pflegte alle Urlaubsfotos chronologisch in Alben zu kleben und das Datum, den Ort und die Namen der abgebildeten Personen daneben zu schreiben. Aber wahrscheinlich war es utopisch zu glauben, dass irgendwer außer mir das tat – am allerwenigsten Andie.

„Ist ja auch egal“, fand sie. „Wie du dich vielleicht nicht mehr erinnerst, hatte ich zuvor eine heftige Trennung durchlitten ...“

„Ricky“, fiel ich ihr ins Wort. „An den erinnere ich mich ganz genau – obwohl ich ihn nie kennengelernt habe. Feinsinnig, sensibel, ach so einfühlsam – und total ichbezogen. Wie ein Baby. Er konnte stundenlang seine Befindlichkeiten analysieren, was für einen Mann tatsächlich ungewöhnlich ist. Nur leider hatte er für *deine* Befindlichkeiten nicht halb so viel Geduld.“

„Hey, du erinnerst dich ja fast besser an den als ich“, lachte Andie.

„Kein Wunder“, grinste ich. „Schließlich hab *ich* mir

während dieser Zeit immer *deine* Befindlichkeiten angehört."

„Ich hab dich doch nicht damit genervt?", fragte sie erschrocken.

„Kaum." Ich war damals frisch verheiratet, und Andies Beziehungsturbulenzen ließen mich mein eigenes Glück umso mehr schätzen. „Aber eigentlich wolltest du von Agadir erzählen."

„Oder Marrakesch. Ja. Also, ich wollte diesen Ricky hinter mir lassen und mir einen schönen Single-Urlaub gönnen, um danach frisch gestärkt ins Alltagsleben zurückzukehren. Mir war ganz egal, was oder wo – bloß weg aus Wien! Ich wär' auch ans Nordkap gereist, aber Sonne und Meer waren mir noch lieber. So hab ich einfach Last Minute irgendwas im Süden gebucht, und am nächsten Tag war ich schon dort."

Das Feriendorf, ob es nun Marrakesch, Agadir oder doch ein anderes war, bot Andie genau das, was sie in ihrer angeschlagenen Gemütsverfassung damals brauchte. Sonne, Strand und Meer, Palmen und farbenprächtige Orchideen, ein immer gut bestücktes Buffet mit tropischen Früchten, Hummer und Fisch – und jede Menge Ferienlaune. Ob Beachvolleyball, Aqua-Gymnastik, Reitausflüge oder die Wahl zur „Miss Feriendorf" – Tag und Nacht war etwas los. Es bestand gar keine Gefahr, dass Andie in Trübsinn oder dumpfes Grübeln verfiel, denn dazu hatte sie keine Zeit.

Am dritten Tag entdeckte sie das Surfen. Nachdem sie einen ganzen Tag mehr im Wasser als auf dem Surfbrett verbracht hatte, hatte sie einen Wahnsinns-Muskelkater im Kreuz (vom ständigen Hochziehen des Segels aus dem Wasser), einen Sonnenbrand auf den Schultern – und einen neuen Verehrer: den Surflehrer.

„Ich hab mich nicht sofort in ihn verliebt", beteuerte sie mit treuherzigen Augen. „Ich hab doch noch an meiner letzten Beziehung laboriert, und so schnell wollte ich nichts

Neues anfangen. Schon gar nicht einen Urlaubsflirt – was hätte denn meine Freundin Conny dazu gesagt, die Hüterin der Moral?“ Sie grinste mich schelmisch an.

Ich zuckte zusammen. Wirkte ich tatsächlich so auf sie? Wie eine moralinsaure Kirchentante? Na ja, ich musste zugeben, während der ganzen unseligen Ricky-Affäre hatte ich sie natürlich angesülzt. Ich hatte ihr zugeredet, dieses unkeusche Verhältnis zu beenden, weil dabei nichts Gutes herauskommen konnte. Damals ging ich schon viele Jahre in unsere Gemeinde, und außerdem erlebte ich gerade die Freuden einer jungen Ehe, die „im Herrn“ geschlossen worden war. Ich wünschte mir doch für meine Freundin dasselbe Glück! Und ich war überzeugt davon, dass meine Methode die richtige war. Wie konnte es nur passieren, dass ich als *Hüterin der Moral* rüberkam? Hatte ich Andie das Gefühl vermittelt, ich würde ihr keinen Spaß gönnen? Ich schämte mich noch nachträglich dafür.

Andie schien von meinen verspäteten Gewissensqualen nichts mitzubekommen.

„Er war hartnäckig“, erzählte sie fröhlich. „Er hat mich zum Essen in die Stadt ausgeführt – welche auch immer es war – und hat mich an seinem freien Tag zum Eselreiten mitgenommen. An seinem freien Tag, stell dir das vor! Man sollte meinen, dass so ein Club-Animateur genug von Touristen hat und wenigstens einmal in der Woche keine sehen will. Aber er konnte anscheinend wirklich nicht genug von mir kriegen. Das hat mich dann überzeugt, dass ich ihm wirklich was bedeute.“

„Wie hast du dich denn mit ihm verständigt?“

„Was?“ Sie schaute mich verständnislos an.

„In welcher Sprache? Marokkanisch?“

Sie lachte. „Nein, er spricht fließend deutsch. Möglicherweise kommt das daher, dass er in der Nähe von Hannover geboren ist.“

„Was? Dein Pepe ist Deutscher?“

„Hab ich dir das nie geschrieben?“

„Nein … unsere Briefe waren eher kurz …"
„Und Fotos hab ich dir auch nie geschickt?" Sie konnte es selbst kaum fassen.
„Nein."
„Also, so was – ich bin ja wirklich eine pflichtvergessene Freundin, was? Wo hab ich denn nur die Fotos eingepackt? Die müssen in einem von diesen Kartons sein … warte mal …"
„Nein, lass, zeig mir die Bilder ein anderes Mal. Erzähl mir einfach, wie er aussieht."
„Blond, blauäugig, muskulös, so ein richtiges Sixpack am Bauch, braungebrannt – kein Wunder, er verbringt seine Tage ja mit Surfen – und sehr charmant."
„Und wegen diesem Herrn hast du dann alles hingeworfen."
„Wie du das sagst! Das klingt so negativ. Ich hab mich eben verliebt! Und mein Job als Volksschullehrerin war auch nicht gerade so faszinierend, dass er mich in Wien festgehalten hätte. Mir hat sich plötzlich die Möglichkeit aufgetan, alles hinter mir zu lassen, die vermurkste Ricky-Beziehung, einen langweiligen Job, das graue, verregnete Wien, und stattdessen eine Art Dauerurlaub anzutreten. Sag selbst, hättest du da nicht auch sofort zugegriffen?"
Diese Frage hätte ich ehrlichen Herzens mit Nein beantworten können. Spontane Entschlüsse lagen mir nicht so sehr. Ich liebte es, über die Dinge ein wenig nachzudenken – so ein, zwei Jahre vielleicht. Und alles hinter mir zu lassen – meine Familie, meine Freunde, einen sicheren Job –, erschien mir nicht spontan, sondern eher fahrlässig. Ich schwieg.
Andie lachte.
„Nein, du braucht nichts sagen – ich weiß, *du* hättest das nie gemacht. Du bist viel zu vernünftig für so eine Hals-über-Kopf-Aktion. Aber für mich war es damals, als ob ein Traum wahr wird."
„Schön für dich", murmelte ich. Plötzlich wallte ein weh-

mütiges Gefühl in mir auf. Für *mich* war es ein Verlust gewesen, als meine beste Freundin plötzlich ohne Abschied fortging.

Andie schien meine Gedanken zu erraten.

„Hey, du warst so mit Verheiratetsein und Kinderkriegen beschäftigt, dass ich dir gar nicht gefehlt habe."

Das stimmte allerdings ein bisschen. Kurz nach Andies Verschwinden stellte ich fest, dass ich mit Stefanie schwanger war, und diese Veränderung in meinem Leben nahm mich so sehr in Anspruch, dass sogar ich mich nur zweimal im Jahr zu einem kurzen Brief aufraffte. Deswegen wusste ich ja auch so wenig über Andies Leben und über diesen Mann, der an allem schuld war. Ich hatte ihn bisher sogar für einen Spanier oder Marokkaner gehalten!

„Zumindest weiß ich jetzt, woher Diana die blauen Augen hat", stellte ich fest.

Andie nickte bedeutungsschwer.

„Aber das kommt erst später."

6. Kapitel

Es dämmerte schon, als ich von dem Treffen mit Andie nach Hause kam. Max saß vor seinem Computer, von den Kindern war nichts zu sehen und – was noch schöner war – auch nichts zu hören.

„Hallo, Schatz!" Ich küsste ihm in den Nacken. „Was machst du da?"

Er drehte sich um und rieb sich das steif gewordene Genick.

„Ich lese die Nachrichten."

„Hm?"

„Das ist die Online-Ausgabe vom *Kurier*."

Ich erkannte das Logo und den Schriftzug der Tageszeitung.

„Der *Kurier* liegt draußen auf dem Tisch", klärte ich ihn auf.

„Ich weiß. Aber ich les' lieber am Bildschirm als auf dem Papier. Das ist nicht so sperrig. Außerdem sind die Online-Nachrichten aktueller."

„Männer!", neckte ich ihn. „Was wärt ihr ohne elektronisches Spielzeug? Ihr könntet nicht mal Zeitung lesen. Wo sind denn die Kinder?"

„Daniel sitzt in seinem Zimmer und spielt, und Stefanie ist irgendwo hingegangen."

„Wohin?"

„Keine Ahnung. Sie hat gesagt, um zehn ist sie wieder da."

„Um zehn? Max, unter der Woche darf sie nur bis neun weggehen, das weißt du doch! Und außerdem weiß ich gern, wo sie ist."

„Ach komm, es wird schon keine Drogenparty sein. Sicher ist sie mit ihren Freundinnen im Kino oder so. Mach kein Drama draus!" Er wandte sich wieder seinem Computer zu.

Ich knirschte mit den Zähnen. *Mach kein Drama draus!* Max hatte gut reden! Tagaus, tagein bemühte ich mich, die Kinder zu anständigen Menschen zu erziehen, die ihre Hausaufgaben machten, regelmäßig aßen und schliefen und sich nicht mit zwielichtigen Gestalten an zwielichtigen Orten herumtrieben. Aber kaum war ich mal ein paar Stunden nicht zu Hause, schon gewährte Max großzügig eine Ausnahme. Strenge Mami, lieber Papi, wie ich dieses Spiel hasste! Aber Max schien diesen Mechanismus einfach nicht zu durchschauen. Oder fiel er mir gar absichtlich in den Rücken?

Ich stieg ins obere Stockwerk hinauf, um Daniel zu begrüßen, und musste mit Entsetzen feststellen, dass er ein Computerspiel auf Max' Laptop spielte.

„Hast du nicht deine Computerspiel-Zeiten für diese Woche schon aufgebraucht?", fragte ich leicht verärgert.

„Der Papi hat's mir erlaubt und mir gezeigt, wie's geht", maulte Daniel. Na bitte, da hatten wir es. Papi erlaubt, Mami verbietet. Warum musste immer *ich* der Drachen sein?

„Gut, wenn Papi es besser weiß, bitte. Dann verblöde eben hier vor diesem Balla-balla-Spiel!" Ich warf die Tür etwas unsanfter zu, als ich eigentlich wollte. Das war jetzt undiplomatisch gewesen – aber ich ärgerte mich eben.

Unter dem Türspalt von Stefanies Zimmer schien Licht heraus. War sie etwa doch zu Hause? Ich öffnete die Tür. Sie war nicht da, hatte nur vergessen, das Licht abzudrehen. Wie es hier wieder aussah! Schnell nutzte ich die Gelegenheit, ein bisschen Ordnung zu schaffen. Ich klaubte diverse Schmutzwäsche zusammen, schichtete die Schulbücher auf den Schreibtisch und stapelte das gebrauchte Geschirr, um es mit runter zu nehmen. Auf dem Nachtkästchen lag eine aufgeschlagene Mädchenzeitschrift. Doch hoffentlich nichts Unanständiges? Mein Blick fiel auf die Überschrift auf der aufgeschlagenen Seite: „Vitamine machen sexy!"

Ich zog scharf die Luft ein. Also *das* war der Grund, warum Stefanie neuerdings ständig nach Salat und Obst verlangte! Es ging ihr gar nicht darum, sich gesund zu ernähren, wie ich es schon seit vielen Jahren vorlebte, sondern sie wollte *sexy* sein! Ich wusste nicht recht, ob ich lachen oder mich ärgern sollte. Immerhin hatte der Artikel meine Tochter dazu gebracht, Vitamine zu essen. Aber wozu wollte sie sexy sein? Mit 15?! Und vor allem, für wen?

Ich trug das Geschirr und die Schmutzwäsche hinunter und kümmerte mich um beides.

„Max? Ich geh' jetzt zum Hauskreis. Kommst du?", rief ich etwas ungnädig in Richtung von Max' Büro. Ich war sauer wegen des Computerspiels und Stefanies Ausgehen und besonders darüber, dass Max keinerlei Schuldbewusstsein zeigte. Aber vielleicht ergab sich im Hauskreis eine

Möglichkeit, das Thema anzuschneiden – nur ganz allgemein natürlich, unter der Überschrift „Erziehungsfragen".

„Geh nur, ich kann heute nicht!", rief Max zurück. „Ich hab mir Arbeit mitgebracht. Und außerdem – willst du Daniel alleine lassen, wenn Stefanie nicht da ist?"

„Der Hauskreis ist heute bei Novotnys", erinnerte ich ihn. „Wenn Daniel was braucht, sind wir in fünf Minuten wieder hier. Und du warst schon die letzten beiden Male nicht mit."

Er erschien in der Tür und kratzte sich am Kopf.

„Schatz, ich kann wirklich nicht. Ich muss diese Akte bis morgen durch haben."

Aber für Computerspiele und Online-Nachrichten hast du Zeit, dachte ich gekränkt.

„Ist Gott dir denn nicht mehr wichtig?", piepste ich. Das war gemein – eine solche Frage konnte er schließlich nicht mit ‚Nein' beantworten. Aber er durchschaute die Fangfrage sofort.

„Doch, Gott schon – aber die Novotnys müssen heute auf mich verzichten", erklärte er.

„Warum kannst du deine Zeit nicht so einteilen, dass der Hauskreis wenigstens ab und zu in deinen Plan passt?", quengelte ich.

Er seufzte. Ich merkte, dass er müde aussah.

„Manchmal häuft sich die Arbeit eben."

„Ist irgendwas? Hast du Probleme?" Auf einmal spürte ich leichte Besorgnis.

„Nein, nein, alles bestens", lächelte er. „Wir haben halt viel zu tun – das ist ja auch gut, nicht wahr?"

„Na gut. Dann geh ich eben allein. Viel Spaß!" Damit verließ ich das Haus. *Irgendwas stimmt doch nicht. Verheimlicht er mir etwas? Warum spricht er nicht mit mir?*

Im Hauskreis war ich still und einsilbig, aber da Birgit Novotny ein Problem mit ihrer kränklichen Schwiegermutter hatte, das auf rege Anteilnahme stieß, merkte es keiner. Auf dem Heimweg beschloss ich, dass Max und ich wieder mehr gemeinsam beten mussten. Unser Glaubensleben war in den vergangenen Jahren irgendwie unbemerkt immer weniger geworden – und anscheinend unsere Kommunikation auch. Wer war dieser Mensch eigentlich, Max Schmidleitner, der mit mir Tisch und Bett teilte? Bestimmt würde es uns einander näherbringen, wenn wir wieder regelmäßige Gebetszeiten hatten.

Beschwingt betrat ich mein Heim.

Max Schmidleitner, das unbekannte Wesen, teilte gerade das Bett, und zwar ziemlich unsozial. Er lag auf dem Bauch, diagonal über das Bett hingebreitet, sodass für mich nur noch ein kleines Eck frei blieb, und umarmte beide Kissen – also auch meines! Dazu schnarchte er – trotz Bauchlage – und machte mir dadurch unmissverständlich klar, dass *heute* schon wieder nicht der Tag war, an dem wir gemeinsam beten würden.

Ich vergewisserte mich, dass beide Kinder schliefen und dass Daniel seine Nacht-Zahnspange eingesetzt hatte, und kroch dann selbst ins Bett. Obwohl ich Max durch Treten und Schieben auf seine Hälfte des Bettes verfrachtete und ihm eins der beiden Kissen entwand, wachte er nicht auf.

Frustriert beschloss ich, wenigstens an meinem „Traummann-für-Andie"-Plan zu arbeiten, wenn schon sonst heute nichts zu klappen schien. Ich schlug den Ratgeber auf und begann zu lesen.

7. Kapitel

Ich entschied in meinem Herzen, dass für Andie keine „Vater-Tochter"-Beziehung in Frage kam. Sie war viel zu unabhängig, um sich von einem väterlichen Freund sagen zu lassen, wo es langging. Das galt natürlich noch viel mehr für die „Mentor-Schülerin"-Beziehung. Auch „traditionelle Rollenbilder" konnte ich mir für Andie nicht recht vorstellen. Andie, die ihren Mann abends mit selbst gebackenem Kuchen verwöhnt und ihm die frisch gewaschenen Kinder zum Küssen reicht? Niemals!

Die „kranken" Beziehungsformen kamen sowieso nicht in Frage – sich für einen Alkoholiker aufzuopfern oder ein Helfersyndrom sonstwie auszuleben, war bestimmt nicht Andies Fall. Und wenn doch, dann musste sie das ohne meine Hilfe tun.

Am ehesten tendierte ich ja zu einer „gleichberechtigten Partnerschaft", aber ganz sicher war ich nicht. Vielleicht gefiele ihr eine „Mutter-Sohn"-Geschichte? Ein knackiger junger Kerl, dem sie die Welt erklären und den sie bemuttern konnte? Oder vielleicht umgekehrt, ein bisschen was in Richtung „schwaches Weib sucht starke Schulter"? Vielleicht hatte Andie es satt, immer stark sein zu müssen, und wollte sich auch einmal entspannt zurücklehnen dürfen?

Ich musste einfach genau zuhören, wenn sie mir das nächste Mal von ihrem Ex-Pepe erzählte. Bestimmt offenbarte sie dabei auch etwas davon, wie eine ideale Beziehung für sie aussehen müsste. Im Augenblick musste ich diese Frage eben offenlassen.

Das nächste Kapitel stand unter der Überschrift „Wo finde ich ihn?", und die erste Antwort auf diese Frage lautete: „im Freundeskreis." Das kam ja wie gerufen! Zweifellos bestand Andies Freundeskreis im Augenblick hauptsächlich aus mir. Dann war es also völlig logisch und richtig, dass ich für Männerbekanntschaften sorgte. Na dann los!

Ich arbeitete mich durch Susan, 23, die mit ihrem Bruder zu Studentenpartys ging, bis sie ihre große Liebe fand; danach kam Cynthia, 53, die ihr Glück bei einem Leichenschmaus fand. Darauf wäre ich nicht gekommen, aber warum nicht? Nach einem Begräbnis ist man vielleicht gerade für menschliche Nähe besonders empfänglich ... Aber ich konnte ja nicht einfach ein Begräbnis veranstalten, nur um Andie zu verkuppeln, denn irgendwie fehlte mir dafür eine unentbehrliche Requisite (der Verstorbene). Und eine Studentenfete würde in unserem Alter etwas albern wirken. Zum Glück gab es da auch noch Roberta, die 36-jährige Polizistin, die ihren Liebsten auf der Betriebs-Weihnachtsfeier kennenlernte, und Margaret, 29, bei der ein Barbecue der Schlüssel zum Glück war. Das kam der Sache schon näher – ich könnte ein Grillfest im Garten veranstalten. Ich musste nur darauf achten, auch ein paar brauchbare Junggesellen einzuladen.

Das war wahrscheinlich der Haken an der Sache. Wie viele Junggesellen Mitte 40 kannte ich denn? Ich ließ das Buch sinken und überlegte. Im Haus schräg gegenüber lebte ein altes Ehepaar mit einem Sohn in diesem Alter. Aber konnte ich Andie einen Mann zumuten, der braune Filzpantoffel trug und mit 45 noch immer bei seinen Eltern wohnte?

Dann kam mir Peter Erharter oder Eberharter oder so ähnlich in den Sinn; er ging gelegentlich in unsere Gemeinde, aber er sah aus wie ein Fass und war, glaube ich, arbeitslos. Und der Bruder von Birgit Novotny sah gut aus und hatte einen anständigen Job, aber der war wahrscheinlich schwul.

Ich kratzte mich ratlos am Kopf. (Das tat ich nur, wenn mich niemand beobachtete.) Wie es aussah, hatte es bei all den alleinstehenden Mittvierzigern seine guten Gründe, warum sie alleinstehend waren! Vielleicht sollte ich mich lieber bei den Witwern umsehen. Ich überlegte angestrengt, aber mir fiel beim besten Willen kein Witwer unter 80 ein. Und ein Vater-Tochter-Verhältnis hatte ich ja ausgeschlossen.

Also mussten die Geschiedenen herhalten. Das war für mich als praktizierende Christin nicht ganz unproblematisch – immerhin hatte Jesus selbst Scheidung und Ehebruch für unmoralisch erklärt. Aber sicher gab es auch Fälle, in denen der Mann unschuldig war. Außerdem sah Andie die

Sache vielleicht nicht ganz so eng. Geschiedene fielen mir gleich ein paar ein: der Vater von Stefanies Freundin, zwei Kollegen von Max ... unser Steuerberater ...

Ich muss wohl eingeschlafen sein, denn ich wachte kurz auf, als Max sich über mich wälzte, um meine Nachttischlampe auszumachen. Ich umarmte ihn, bevor er sich wieder auf seine Betthälfte rollte, und schmiegte mich zufrieden an seinen Rücken. Er mochte den Kindern zu viele Freiheiten lassen und zu wenig mit mir beten – aber ich war doch sehr froh, dass ich ihn hatte!

*

„Weißt du schon, was für eine Beziehung deine Freundin sucht?", fragte mich Larissa, als gerade keine Kunden in der Buchhandlung waren.

„Nicht ganz", gab ich zu. „Aber ich bin inzwischen zu Kapitel 3 vorgedrungen – *finde ihn im Freundeskreis*. Und da hab' ich beschlossen, den Stier bei den Hörnern zu packen."

„Was für einen Stier? Und wer setzt wem Hörner auf?" Larissa machte Kulleraugen.

„So weit sind wir noch lange nicht. Kannst du nicht eine Minuten lang ernst sein? Also, ich möchte ein paar Leute einladen und einfach sehen, was passiert. *Ob* was passiert."

„Oh, du meinst, deine Freundin, zwei Dutzend Junggesellen und ein paar Käsespießchen."

„So ähnlich. Ich dachte an ein Grillfest im Garten – das ist ungezwungen, da kommt man sich leichter näher."

„Wow", murmelte sie, „du musst diese Frau wirklich gernhaben."

„Ich habe von Gott den Auftrag bekommen, einen Traummann für sie zu finden", sagte ich voller Überzeugung.

Sie rollte ihre Clownsaugen und strich sich die roten

Haare aus dem Gesicht. „Gehöre ich denn eigentlich auch zu deinem Freundeskreis?"

„Ja, sicher, wieso?"

„Na, ich meine, bei zwei Dutzend Junggesellen, fällt da vielleicht auch einer für mich ab?" Sie grinste und zog eine Grimasse, um zu verbergen, wie ernst es ihr damit war.

Wie peinlich! Da besprach ich meine Pläne, Andie zu helfen, lang und breit mit Larissa, und dabei hatte sie dasselbe Problem. Wie konnte ich mich nur derart vergessen? Ich reagierte blitzschnell.

„Sagte ich nicht gerade, dass du natürlich auch eingeladen bist?"

„Öh, sagtest du? Hab ich wohl überhört. Danke! Soll ich was mitbringen? Ich bin eine begnadete Nudelsalat-Köchin!"

„Bring lieber ein paar Junggesellen mit. Das mit den zwei Dutzend ist nämlich ein bisschen übertrieben – ich bin froh, wenn mir drei einfallen!" *Jetzt muss ich auch noch ein paar in Larissas Altersklasse ranschaffen – wo soll ich die bloß hernehmen?*

„Ich hör immer *Junggeselle*", ertönte eine Männerstimme hinter uns. „Redet ihr von mir?" Das war Ludwig, der neue Praktikant. Ich hatte inzwischen herausgefunden, dass er wie ich Germanistik studiert hatte und jetzt ein freiwilliges Jahr in der christlichen Buchhandlung absolvierte, um ein bisschen Berufserfahrung zu sammeln. Er musste also deutlich älter sein als 16.

„Natürlich reden wir von dir", gab ich zurück. „Über wen sollten wir sonst lästern? Über den Chef trauen wir uns nicht. Also, ich hab' mich gerade gefragt, ob du übernächsten Samstag zu einer Grillparty kommen möchtest." *Auf den kommt's jetzt auch nicht mehr an, und immerhin ist er Junggeselle!*

Sein Gesicht ging in die Breite; er strahlte.

„Aber natürlich, sehr gern! Soll ich was mitbringen?"

Am besten zwei Dutzend ledige Freunde?

„Äh … wie du willst. Du kannst übrigens auch einen Freund mitbringen.“

„Zum Grillen?“

„Nur wenn er jung und zart ist. Ansonsten dachte ich mehr daran, Würstchen und Spieße zu grillen.“

„Klingt ja gruselig. Gut, dann bringe ich Bier mit!“

„Du hast einen Freund, der *Bier* heißt?“, tat Larissa erstaunt.

„Oh ja, einen sehr guten Freund!“ Ludwig strich sich liebevoll über den Bauch, der allerdings nicht die geringsten Ansätze von Bierbäuchigkeit zeigte.

„Ach so, du bist schwanger mit einem Baby namens *Bier*“, spann Larissa die Geschichte weiter. „Und ich hab' geglaubt, du bist noch Single!“

„Alleinerziehend“, bemerkte Ludwig betrübt und ging wieder Kisten schleppen.

Irgendwie passte er sich gut an das Team an.

8. Kapitel

Da ich nun schon zwei Leute eingeladen hatte – wenn auch eher versehentlich –, gab es nun kein Zurück mehr. Die Party musste steigen! Mein vordringlichstes Problem war jetzt, herauszufinden, welche Vorstellungen Andie von einer Beziehung hatte, damit ich die passenden Leute einladen konnte. In meiner Not schlug ich ihr vor, ihr beim Tapezieren zu helfen. Das hatte ich zwar noch nie gemacht, aber es würde uns Gelegenheit für ein langes Gespräch geben.

Mit meinen ältesten Jeans und einem alten Hemd von meinem Großvater ausgerüstet kam ich in Andies Wohnung an.

„Conny, du treue Freundin!“, begrüßte sie mich in ihrer Latzhose. „Komm, schau dir die Tapeten an!“ Ich bewunderte die „arabischen Nächte“ in Rollenform, rostrot mit Goldmuster, und versuchte sie mir an den Schlafzimmerwänden vorzustellen.

„Und, wie macht man das jetzt?“

„Fragst du mich?“, staunte ich überrumpelt.

„Na sicher! Ich hab doch keine Ahnung, wie das hier geht!“

„Oh, äh …“ Das würde jetzt gleich eine üble Enttäuschung werden.

Aber Andie brach in schallendes Gelächter aus.

„Jetzt sag nur, du weißt es auch nicht!“

„Keine Ahnung“, gab ich zu.

„Na so schwer kann's ja auch wieder nicht sein.“ Sie holte eine Brille aus der Brusttasche der Schlabberhose – brauchte sie etwa schon eine Lesebrille? – und studierte den Aufdruck auf den Tapeten. „Hm, da steht nichts, was uns weiterhilft.“

Ich hatte inzwischen die Aufschrift auf dem Eimer mit dem Kleister gelesen. „Hier steht, mit wie viel Wasser man den Kleister anrühren muss.“

„Na, das ist doch schon was!“, strahlte Andie.

„Halt, warte! Wir wissen doch nicht, was wir dann damit machen sollen.“

„Das finden wir schon raus“, meinte sie zuversichtlich und schüttete die Kleisterflocken in einen Kübel mit Wasser. „Der Mann im Baumarkt hat mir so einen großen Pinsel verkauft. Vielleicht hilft uns das weiter.“

„Ich könnte Max anrufen“, hatte ich eine Erleuchtung.

„Ich hab' geglaubt, der macht was mit Computern?“, wunderte sich Andie.

„Aber er weiß bestimmt auch, wie man tapeziert.“ Ich holte mein Handy.

Tatsächlich konnte Max uns am Telefon Anweisungen geben.

„Wenn der Kleister lang genug gezogen hat, streichst du ihn mit dem Pinsel gleichmäßig auf die Rückseite der Tapete und faltest sie zusammen."

„Falten? Wie?"

„Kleister auf Kleister, damit die Tapete sich besser voll saugt. Aber nicht knicken, natürlich."

„Natürlich. Äh, nein, gar nicht natürlich. Wenn ich die Kleisterseiten aufeinanderklatsche, dann kleben die doch fest."

„Nein, tun sie nicht. Das ist Tapetenkleister, kein Leim! Vertrau mir! Lass der Tapete ein paar Minuten so liegen, dann kleb sie an die Wand. Beginn beim Fenster!"

„Warum?"

„Damit die Kante der nächsten Tapetenbahn zum Licht schaut."

„Hä?"

„Ansonsten wirft die Papierkante einen kleinen Schatten, und du hast immer Striche an der Wand. Ach ja, und achte auf die Laufrichtung des Musters, wenn du die nächste Bahn dranklebst, damit auch alles zusammenpasst."

„Oh. Das ist ja eine Wissenschaft für sich! Okay, wir probieren das jetzt mal."

„Du kannst mich ja wieder anrufen, wenn du noch Fragen hast."

Andie bepinselte die erste Tapete großzügig mit Kleister und klappte sie zusammen.

„Dein Max ist ja ein Allround-Genie", stellte sie fest. „Beneidenswert, so ein praktischer Typ. Gibt's auch was, was er nicht kann?"

O ja, Kindern Essen machen, in der Erziehung konsequent sein, gemeinsam beten ...

„So dies und das", antwortete ich vage. „Aber erzähl mir doch noch von deinem Ex. Beim letzten Mal hab ich ja nur den Anfang eurer Beziehung gehört, in irgendeinem nicht näher definierten marokkanischen Feriendorf. Wie ist es mit euch weitergegangen? Und warum habt ihr euch getrennt?"

„Das ist eine lange Geschichte“, seufzte Andie.

„Wir haben ja auch viele Tapeten.“

„Okay. Also, ich ergriff die Gelegenheit, alles hinter mir zu lassen, und sattelte um auf Feriendorf-Kinderclown.“

„Du hast die Kinder der Touristen unterhalten“, begriff ich.

„Genau. Als voll ausgebildete Pädagogin mit einschlägiger Berufserfahrung haben die mich sofort genommen – grad dass sie mir nicht die Füße geküsst haben.“ Andie kicherte. „Sonst hatten sie immer nur Studentinnen, die sich häufig gar nichts aus Kindern gemacht haben und keine Ahnung hatten, wie sie mit ihnen umgehen müssen.“

„Dagegen warst du eine echte Bereicherung.“

„Sozusagen.“ Andie zupfte an der eingefeuchteten Tapete. „Glaubst du, geht die schon?“

„Sieht doch schön voll gesogen aus“, fand ich.

„Ich steig auf die Leiter, und du gibst mir dieses Ende hinauf.“

„Gut.“

Andie kletterte auf die Stehleiter und klemmte sie sich in schwindelnder Höhe zwischen die Knie. Da der Fußboden nicht ganz eben war, wackelte sie ein wenig. Ich griff schnell hin, um die Leiter zu stützen, und ließ dabei instinktiv das eine Ende der Tapete los. Die bekleisterte Seite klatschte zu Boden und jedes Krümelchen Dreck, das diesen Boden je berührt hatte, klebte im gleichen Augenblick auf der Tapete.

Fast wäre mir ein Fluch entfahren, doch ein letzter Rest von christlichem Gewissen unterdrückte alles, was hinter „Verd-…“ noch gekommen wäre.

Andie wedelte mit den Armen, um das Gleichgewicht zu halten.

„Ist doch egal, der Dreck ist eh auf der Rückseite. Komm, gib’s mir herauf!“

Ich stellte mich auf die Zehenspitzen und reichte ihr mit einer Hand die feucht-klebrige Tapete hinauf. Kleister schmierte mir übers Gesicht und verteilte sich in meinen

Haaren. Hätte ich doch lieber die Duschhaube mitgenommen! Ging das Zeug beim Waschen raus, oder musste man gar die verklebten Haarbüschel abschneiden?

„Und jetzt?“, fragte Andie.

Ich überlegte, ob das ein günstiger Moment war, um noch einmal meinen Mann anzurufen, aber ich hatte keine Hand frei.

„Kleb du dein Ende oben an, und ich kleb die untere Hälfte!“

„Okay.“

Andie hatte den schwierigeren Job, denn immer wenn sie die Tapete fest gegen die Wand drückte, drückte sie sich damit selbst gleichzeitig samt Leiter von der Wand weg und drohte zu kippen. Endlich saß der obere Rand gerade. Sie strich ihre Hälfte glatt, ich die meine.

„Oje, du hast schief geklebt!“, rief sie aus. Auf halber Höhe, da wo ihre Hälfte an meine grenzte, bildete sich eine Falte.

„Nein, ganz gerade, am Boden abschließend!“, wehrte ich ab.

„Boden und Decke sind nicht parallel“, erkannte sie. „Mist! Altbauwohnung! Alles krumm und schief!“ Sie strich über die Falte, um sie zu glätten, aber das machte es nur noch schlimmer.

Ich hatte bereits Max am Telefon.

„Keine Panik, solange der Kleister nicht getrocknet ist, könnt ihr die Tapete wieder von der Wand abziehen. Aber vorsichtig, damit sie nicht reißt! Und dann streicht sie von der Mitte zum Rand hin glatt, am besten mit einer Bürste. Wenn etwas übersteht, schneidet es mit dem Cutter längs eines Lineals ab. Der untere Rand ist wurscht, da kommt eh eine Fußleiste drüber. Und für oben hat Andie bestimmt ein Abschlussband.“

„Danke, Liebes! Ich wünschte, du wärst hier!“

Er lachte. „Kann ich mir vorstellen. Aber ihr schafft das schon, zwei kluge Mädels wie ihr!“

„Bussi, Schatz!“ Ich ließ das Handy in die Brusttasche von Großvaters Hemd gleiten. „Okay, Andie. Wir ziehen sie vorsichtig ab und kleben sie ganz neu auf.“

„Wenn das bei jeder Bahn so lange dauert, sind wir nächste Woche noch hier!“, stöhnte Andie und zupfte an den Ecken. Dann lösten sie sich, und Andie zog vorsichtig. Die Tapete ließ sich tatsächlich im Ganzen abziehen. Andie lehnte sich immer weiter zurück, als das abgelöste Stück immer länger wurde – bis sie auf einmal das Gleichgewicht verlor und samt Leiter nach hinten zu kippen drohte.

„Hilfe!“

Halt suchend krallte sie sich in die feuchte Tapete, was natürlich gar nichts nützte. Ich reagierte blitzschnell und riss die Leiter zurück. Tatsächlich gelang es mir, sie wieder aufzustellen. Aber zu schwungvoll! Schon kippte sie in die andere Richtung, auf die Wand zu und klemmte mich ein. Andie verhedderte sich in der Tapete, die nun nicht mehr unter Spannung stand, und krachte mit der Schulter gegen die Wand. Da lehnte sie nun, hoch über meinem Kopf, wie ein umgestürzter Baum, und bekam die Tapete nicht mehr aus ihren Haaren.

9. Kapitel

Nach einigen weiteren Telefonaten mit Max verzichteten wir ganz auf die wackelige Leiter und benutzten den Küchentisch zum Draufsteigen. Der war viel stabiler und ließ sogar einen Schritt auf jede Seite zu. Die erste Tapete, in die Andie sich wie eine Mumie eingewickelt hatte, mussten wir wegschmeißen; aber dann kamen wir gut voran.

„Du hast also eine Stelle als Kinderclown angenommen“, kam ich auf mein eigentliches Thema zurück, „und dein

Freund war Surflehrer, und so habt ihr in dem Feriendorf gelebt und den ganzen Tag Urlaub und Sonne genossen."

„Wir sind je nach Saison auch in andere Clubs übergesiedelt. Und eins kann ich dir sagen, den ganzen Tag verwöhnte Touristenkinder zu unterhalten, ist nicht immer wie Urlaub", grinste Andie. Ihre Haare waren mittlerweile so verkleistert, dass sie wie eine Gipsskulptur steif um ihren Kopf standen. Mir graute bei dem Gedanken an meine eigene Frisur.

„Aber ihr wart doch glücklich?", bohrte ich nach. „Du und dein Pepe?"

„Ja, doch – natürlich! Es ging sogar einige Jahre lang gut ..." Ihre Stimme klang nachdenklich.

„Aber?", fragte ich.

„Na jaaa ..." Sie seufzte. „In diesen Feriendörfern, wo alle in Urlaubslaune sind ... ein sehr fescher Surflehrer ... du weißt schon."

„Du meinst, er war dir nicht immer treu?"

„So ungefähr. Manchmal hab ich so getan, als ob ich's nicht merken würde; manchmal, wenn es allzu offensichtlich war, gab es eine Szene – aber er hat immer beteuert, dass das nichts zu bedeuten hat und dass er nur mich liebt. Ich glaube, irgendwie dachte er, es gehört zu seinem Job, die einsamen Mädchen zu trösten."

„Wie edel", grunzte ich.

„Dann haben wir Diana bekommen", fuhr sie fort. „Da wurde es schwierig. Denn so richtig versichert, mit Anspruch auf Erziehungsgeld oder so, war ich ja nicht. Die Clubleitung erlaubte mir, weiterhin gratis zu wohnen und zu essen – ich glaube, das war nur halb legal. Aber bezahlen konnten sie mir natürlich nichts, solange ich nicht gearbeitet habe. Und wer will schon im Urlaub eine hochschwangere Animateurin sehen? Nach Dianas Geburt hab ich dann ziemlich schnell wieder angefangen. Immerhin war es ein Vorteil meines Jobs, dass ich mein Kind immer mitnehmen konnte."

„Warum habt ihr nicht geheiratet?“, fragte ich.

Sie zuckte die Achseln. „Meine Güte, das war uns halt viel zu konservativ. Spießig. Wozu? Wir waren doch auch so glücklich, wozu brauchten wir eine Urkunde? Also Pepe fand den bloßen Gedanken furchtbar, darum hab ich gar nicht erst davon angefangen.“

Aber gefallen hätte es dir schon, registrierte ich im Stillen.

„Und dann ist diese Sache mit dem Skorpion passiert“, fuhr sie fort.

„Was für ein Skorpion?“

„Ich hab dir das nie geschrieben ... dabei warst du eigentlich auch daran beteiligt ...“ murmelte sie.

„Was? Ich hab mich noch nie an einem Skorpion beteiligt!“, wehrte ich mich entrüstet.

„Nein, am Skorpion natürlich nicht! Na, hör dir die Geschichte an: Diana war fünf Jahre alt, da wurde sie von einem Skorpion gestochen. Sie muss auf ihn draufgetreten sein, denn normalerweise sind die nicht so aggressiv – na egal. Auf jeden Fall ist ihr Fuß wie ein Luftballon angeschwollen – zumindest kommt's mir in der Erinnerung so vor. Wir sind ins Krankenhaus von Tunis gerast und ich habe dort Tag und Nacht neben ihrem Bett gesessen. Ich dachte, sie stirbt. Conny, es war furchtbar. Ich hatte solche Angst!“ Sie ließ den Kleisterpinsel sinken und fuhr sich mit der anderen Hand über die Augen. Ihre Augenbrauen klebten jetzt auch schon.

„Im gleichen Zimmer wie Diana lag damals eine alte Frau mit einem verletzten Bein. Nachdem sie drei Tage lang meine Panik mit angesehen hatte, sagte sie etwas in rudimentärem Französisch, nämlich: ‚*Du beten Gott. Gott retten Kind.*‘“ Andie seufzte. „Du weißt, ich hab mit Gott nicht viel am Hut. Du hast mir ja oft von deiner Kirche und deinem Glauben erzählt und geschrieben, aber das hat mit meinem Leben nie was zu tun gehabt. Und plötzlich war Gott die einzige Hoffnung, die ich hatte. Conny ... ich hab mich so geschämt, weil ich dir nie richtig zugehört habe und auf das Thema nie eingestiegen bin. Ich hab doch gar nicht so recht an Gott geglaubt, und wenn, dann war er für mich nur ein alter Spaßvermieser – mit seinen ganzen Geboten. Und auf einmal komm' ich daher und will was von ihm – es war mir richtig peinlich."

Ich hatte meine Tapete, die ich gerade aufkleben wollte, sinken lassen, und hörte gebannt zu.

„Da hab ich einen Deal mit Gott gemacht", fuhr Andie leise fort. „Wenn er mein Kind am Leben lässt, will ich ihm gehören – mit Haut und Haaren. So wie du. Was immer er will, die ganzen blöden (oder weniger blöden) Gebote, von mir aus – wenn nur mein Kind gesund wird!"

„Und?"

„Na ja – wie du siehst, ist es gesund geworden."

„Das heißt – du bist jetzt Christ?"

Andie zog die Schultern hoch und legte den Kopf schief. „Ich weiß nicht ... ich hab es Gott versprochen, aber ..."

„Aber was?"

„Na ja, man kann sich doch nicht befehlen, etwas zu glauben. Knopf aufdrehen, knips, und schon kann ich das ganze Zeugs glauben – äh, na ja, das was die Kirche halt sagt und was in der Bibel steht und so. Das geht einfach nicht!"

„Also Moment, du hast Gott etwas versprochen, obwohl du gar nicht an ihn glaubtest?"

„So ähnlich", flüsterte sie.

„Und du glaubst noch immer nicht an ihn?"

„Ich weiß nicht."

Ich schüttelte den Kopf. „Du musst doch wissen, was du *glaubst*."

„Na ja", flüsterte sie, „ich weiß schon, was ich *glaube* – nämlich *nicht* an Gott. Aber ich trau mich nicht, das zuzugeben – er könnte es übel nehmen, falls es ihn doch gibt. Und Deal ist schließlich Deal."

Ich griff mir an den Kopf und schmierte mir dabei Kleister ins Haar.

„Rein logisch gesehen ist das blühender Blödsinn“, stellte ich fest. „Also betrachtest du dich jetzt als Christ, oder nicht?“

Sie zuckte die Achseln.

„Theoretisch ja. Aber ich fühle mich wie … wie ein Metzger, der aus Opportunismus dem Vegetarierverein beitritt und hofft, dass keiner was merkt. Ich bin dabei, weil ich mir damit einen Vorteil erkaufen wollte – nicht aus Überzeugung. Es war ein Kuhhandel, sonst nichts.“

Ich schwieg und dachte nach.

„Ich finde übrigens“, fuhr sie fort, „dass es ein Beweis für Gottes Nichtexistenz ist, dass er auf diesen Deal eingestiegen ist.“

„Deine logischen Bocksprünge werden immer gewagter“, murmelte ich schwach.

„Nein, wirklich“, ereiferte sie sich. „Wenn es ihn wirklich geben würde, dann müsste er doch allwissend sein, und dann hätte er gewusst, dass ich gar nicht richtig an ihn glaube, und dann wär’ er nicht drauf eingestiegen.“

„Dass er dir einen Gefallen getan hat, beweist, dass es ihn nicht gibt?“

„Gewissermaßen“, nickte sie.

„Vielleicht beweist es aber auch nur, wie großzügig und geduldig er ist“, gab ich zu bedenken.

Andie schielte zu Boden, wo Tapetenschnipsel und Kleisterspuren ein Muster auf dem Parkett bildeten.

„Das sagst *du!*“, murmelte sie bockig.

„Na komm! Das erwartest du doch von mir, oder?“

Sie lachte. „Stimmt auch wieder!“

„Und hat dein theoretisches Christsein sich irgendwie ausgewirkt?“, fragte ich. Ich hatte inzwischen völlig vergessen, dass ich sie eigentlich über ihre Männervorlieben hatte aushorchen wollen.

Sie verzog das Gesicht. „Jetzt kommst du wieder ins Spiel.“

„Ich? Wieso?“ Ich hatte sie doch jahrelang nicht gesehen.

„Na ja … Plötzlich ist mir dein ganzes Gesülze über *unkeusche Beziehungen* wieder in den Sinn gekommen, das du während der Ricky-Affäre über mich ausgegossen hast“, berichtete sie. Ich wurde unwillkürlich rot – zum Glück merkte man das unter der Kleisterschicht nicht. „Also dachte ich, ich darf kein schlampiges Verhältnis mehr haben, wenn ich doch versprochen hab’, mich an alle Gebote zu halten. Und das hat bedeutet, entweder heiraten oder Ende der Beziehung.“

„Lass mich raten“, murmelte ich.

„Tja“, sie grinste schief, „verheiratet bin ich nicht.“

„Es tut mir sehr leid“, stammelte ich unbeholfen.

„Ich glaube, ihm – also Pepe – war es eigentlich ganz recht so. Unsere Beziehung war ihm eh schon zu lang. Er wollte längst was Neues. Also haben wir uns getrennt. Und ich hab’ gefunden, so ein Zigeunerleben in Ferienclubs, das ist für ein Kind nicht ganz das Wahre. Noch dazu, wo es Zeit war für die Schule. Diana und ich sind dann nach Agadir gegangen, wo ich vier Jahre an der internationalen Schule unterrichtet habe.“

„Und warum bist du jetzt zurückgekommen?“

Sie zuckte die Achseln.

„Diana ist alt genug fürs Gymnasium, und ich wollte, dass sie hier zur Schule geht … Aber in Wirklichkeit hatte ich einfach Heimweh. Ich war so einsam dort.“ Sie seufzte. „Dumm ist nur, dass ich hier auch nicht mehr richtig hingehöre …“

„Das stimmt nicht!“, rief ich aus. „Du gehörst hierher! Du hast doch mich, und du wirst bald viele andere Freunde finden. Ach, übrigens, übernächsten Samstag gebe ich ein Grillfest – du musst kommen und neue Leute kennenlernen!“

Sie lächelte.

„Du bist die Beste! Klar komme ich – falls ich bis dahin von dieser Tapete losgekommen bin!“

10. Kapitel

„Christ, Mitte 40, heiratswillig und kinderlieb“, zählte ich auf. „Andie ist nur theoretisch Christ. Sie braucht also einen Mann, der ihren Glauben auf Vordermann bringt!“

Larissa saß auf dem Drehstuhl an der Kasse und sah mich mit großen Augen an.

„Ebensogut könntest du einen naturblonden Pygmäen suchen, der von Beruf Profi-Basketballer ist“, meinte sie nachdenklich. „Kinderliebe männliche Christen sind bereits Anfang 20 ausverkauft!“

Da war möglicherweise was Wahres dran. Ich hatte Max auch mit Anfang 20 kennengelernt.

„Man müsste mit 19 heiraten“, fuhr Larissa resigniert fort. „Ungeachtet des Umstandes, dass man jung und dumm ist, nur nach Äußerlichkeiten geht und weder Lebenserfahrung noch Menschenkenntnis besitzt, sollte man einfach den erstbesten Christen vor den Traualtar zerren und hoffen, dass es gut geht.“

Ich überlegte. Hatte ich Max nur nach Äußerlichkeiten ausgewählt? Hatte es mir an Menschenkenntnis gemangelt, als ich die Beziehung begann? Im Großen und Ganzen lief unsere Ehe doch ganz gut, von ein paar Kleinigkeiten (wie mangelnder Kommunikation, ähem) einmal abgesehen. Hatte ich einfach nur Glück gehabt?

„Erde an Constanze! Bist du noch da?“

„Hä?“ Ich schreckte aus meinen Gedanken auf.

„Was wirst du jetzt machen?“, fragte Larissa.

„Ich, äh … unser schlaues Buch spricht doch so hübsch von *sekundären Singles.*“ Ich hob den „Traummann“-Ratgeber hoch. „Ich lade halt ein paar Geschiedene und ein paar Getrennte ein, und Andie muss selbst sehen, ob ihr einer gefällt.“

Larissa zog ein Gesicht.

„Männer mit Exfrauen machen nur Probleme“, fand sie.

„Entweder prozessieren sie jahrelang mit ihr ums Geld oder ums Sorgerecht, oder sie verklären sie – wie gut sie gekocht hat, wie toll sie im Bett war und so. Am schlimmsten sogar beides – prozessieren *und* verklären."

„Männer in dem Alter *ohne* Exfrauen sind aber auch nicht normal", konterte ich. „Wenn einer bis dahin nie mit einer Frau zusammen war, dann ist er beziehungsunfähig."

„Oder so beziehungsfähig, dass er sogar mehrere Freundinnen gleichzeitig hat", warf Ludwig ein.

Wir fuhren herum. Wir waren so in unser Gespräch vertieft gewesen, dass wir ihn gar nicht bemerkt hatten.

„Was schleichst du dich immer so hinterrücks an!", keifte Larissa. „Das sind intime Frauengespräche, das geht dich gar nichts an!"

„Vorderbauchs kann ich mich nicht anschleichen, da würdet ihr mich ja gleich bemerken", grinste er. „Und was ihr zwei wirklich braucht, ist einen Experten in Männerfragen – also *mich*!"

„Klar, wenn ich einen Experten brauche, suche ich immer im Kindergarten!", gab Larissa giftig zurück.

„Ach, mein Freund *Bier* und ich, wir sehen bloß jünger aus", behauptete Ludwig freundlich. „Alkohol konserviert."

„Ich glaube, deine Bücherkisten rufen nach dir, Sonnyboy – ganz hinten im Lager", zwitscherte Larissa und wandte sich konzentriert der Liste mit Bestellungen zu.

Jetzt war ich genauso schlau wie vorher.

*

Der letzte Samstag im September brach warm und sonnig an. Das ideale Wetter für ein Gartenfest. Ich überlegte, ob es noch warm genug für das geblümte Sommerkleid war. Notfalls konnte ich ja eine Strickjacke drüberziehen. Es war das ideale Kleid – ich wirkte darin bezaubernd, aber nicht aufdringlich oder gar aufreizend. Schließlich wollte ich ja, dass

Andie der Star des Abends war. Und alles sollte perfekt sein, damit die Gäste sich wohlfühlten und einander menschlich näherkamen.

Die Gästeliste hatte mir großes Kopfzerbrechen bereitet. Irgendwie war die Party immer mehr ausgeufert, und jetzt hatte ich eine bunte Mischung beisammen: der Chef unserer Buchhandlung samt Frau und Sohn, Larissa und Ludwig mit (hoffentlich) einem heiratsfähigen Freund. Das alte Ehepaar von schräg gegenüber mit ihrem Sohn, der, wie ich inzwischen diplomatisch herausgefunden hatte, Hubert hieß. Peter Erharter aus unserer Gemeinde, der zwar immer noch wie ein Fass aussah, aber inzwischen einen Job hatte. Das Ehepaar Novotny mit Birgits Bruder, von dem ich hoffte, dass er doch nicht ganz so schwul war, wie ich ihn in Erinnerung hatte. Stefanies Freundin Katrin samt geschiedenem Vater, einem Rechtsanwalt. Ein Kollege von Max, auch frisch geschieden. Das waren immerhin acht potenzielle Ehekandidaten! Und damit es nicht ganz so blöd aussah, wenn acht Männer nur zwei Singlefrauen, Larissa und Andie, gegenüberstanden, hatte ich noch drei Damen aus meiner Gemeinde eingeladen, die einer Bekanntschaft auch nicht abgeneigt waren. (Seltsam, wie viel leichter es mir fiel, heiratswillige Frauen aufzutreiben!) Insgesamt waren wir jetzt 21 Erwachsene, dazu an Kindern: unsere zwei, Andies Diana, zwei Novotny-Kinder und Katrin. Zusammen 27. Eine ganz schöne Zahl für eine Party, aber im Garten war ja Platz genug.

Während Max und Daniel Girlanden und Lichterketten in die Bäume hängten, machten Stefanie und ich einen Großeinkauf im Supermarkt.

„Wer kommt denn?“, fragte Stefanie, und ich zeigte ihr die Liste.

„Was sind denn das für Leute?“, wunderte sie sich. „Ehepaar Gollmann, Hubert Gollmann – sind das diese Schrullies von gegenüber? Die haben wir doch noch nie eingeladen!“

„Ja, aber sie sind schließlich unsere Nachbarn, und wir kennen sie kaum. Wir hätten sie längst einmal einladen sollen", heuchelte ich.

„Peter Erharter ... Dr. Martin Weiß ... Ing. Fiala ... Mami, was soll das?"

„Was soll was?", tat ich unschuldig und stapelte riesige Mengen Grillwürstchen in unseren Einkaufswagen.

„Lauter komische Leute! Und wieso hast du die Winklers nicht eingeladen? Die waren doch sonst immer dabei!"

Weil deren Sohn erst 16 ist ...?

„Ich wollte halt einmal ein paar neue Leute einladen und unseren Freundeskreis ein bisschen ... in Schwung bringen."

„Mami, hast du die Midlife-Krise, oder was?", fragte Stefanie besorgt.

„Wieso? Nur weil ich nicht immer dieselben drei Leute einlade? Darf ich denn nicht auch mal neue Freunde kennenlernen? Glaubst du, das ist ein Privileg von Teenagern?"

„Tschuldigung!" Stefanie hob beschwichtigend die Hände. „Ich hab ja nur gefragt. Von mir aus kannst du George Bush und den Dalai Lama einladen – solange *ich* mich nicht mit ihnen unterhalten muss!"

„Na super! Dann beschaff mir jetzt vier Kilo Brot, weiß und dunkel gemischt, und drei Tuben Senf!"

„Wird gemacht, Mam! Darf ich auch den ganz scharfen nehmen?"

„Natürlich. Und was hältst du von Curry-Soße?"

Sie lächelte geschmeichelt, dass ich mich daran erinnerte. „Genial."

*

Familie Gollmann von gegenüber waren die ersten, die eintrafen. Hubert Muttersöhnchen überreichte mir höflich einen Blumenstrauß und eine Flasche Wein. Max, der offenbar keine Ahnung hatte, wer diese Leute waren, machte

Smalltalk und fragte doch tatsächlich, woher sie kämen. Als sie ihm leicht erstaunt das Haus gegenüber zeigten, machte er die Sache noch schlimmer und fragte auch noch, wie lange sie denn schon da wohnten. Ich machte mich schnell aus dem Staub. Gollmanns hatten hier schon lange vor uns gewohnt – wie konnte es sein, dass Max sowas nicht wusste? Wenig später hörte ich sie jedoch herzlich miteinander lachen. Irgendwie schaffte Max es, Peinlichkeiten einfach zu ignorieren.

Dr. Weiß traf mit seiner Tochter Katrin ein. Ich sah mich nach Stefanie um, damit sie ihre Freundin begrüßen konnte, aber sie war nicht zu sehen. Ich versorgte den Vater mit Getränken und suchte im Haus nach Stefanie. Kein Erfolg. Schließlich schrie ich zu Daniels Baumhaus hinauf.

„Was ist, Mami?“ Daniel streckte den Kopf aus der Fensterluke und ließ das Fernglas sinken, mit dem er nach den Novotny-Kindern ausgespäht hatte.

„Weißt du, wo Stefanie ist?“

Ein aschblonder Kopf mit hellen Strähnchen erschien neben Daniel.

„Ich bin hier! Was ist denn?“

„Deine Freundin ist da!“

„Ich komm’ schon.“

Merkwürdig – seit wann kletterte Stefanie wieder auf Bäume? Und seit wann erlaubte Daniel, dass seine große Schwester ihn in seinem geheiligten Baumhaus besuchte? Was hatten die zwei da oben zu besprechen? Konnte das was Gutes bedeuten? Aber ich hatte keine Zeit, darüber nachzudenken. Ludwig erschien am Gartentor, mit seinem Freund *Bier* im Zwölferkasten und seinem Freund Walter im hellen Anzug. Nun waren schon vier alleinstehende Männer, aber noch gar keine Mädels da. Zum Glück kam Larissa kurz darauf, überreichte mir einen Nudelsalat und verwickelte Walter, Hubert und Dr. Weiß in eine anregende Konversation. Nach und nach füllte sich unser Garten. Max und Kurt Novotny heizten den Grill an, Katrin und Stefanie unterstützten Larissa bei der Unterhaltung der Junggesellen, und Ludwig stieg mit Daniel und den Novotny-Kindern ins Baumhaus hinauf, um dort einen Flaschenzug für Kuchen und Süßigkeiten zu installieren. Der Sohn meines Chefs brachte dummerweise eine Verlobte mit, und Birgits Bruder begann mit Peter Erharter und Hubert Gollmann ein angeregtes Gespräch über den Aktienmarkt in Russland.

Bald zog der Geruch von geröstetem Speck und angebrannten Würstchen durch den Garten. Max schaltete die Lichterkette ein, und das alte Ehepaar Gollmann tanzte zur allgemeinen Erheiterung einen Charleston zu den Klängen einer CD. Alles hätte perfekt sein können – nur die Hauptperson fehlte: Andie.

11. Kapitel

Gegen sechs gelang es mir, die Hausfrauenpflichten vorübergehend an Birgit Novotny zu delegieren und mich ins Haus zu schleichen. Hastig wählte ich Andies Nummer.

„Zum Kuckuck, Andie, wo bleibst du?“, rief ich, als sie abhob. „Du hast doch nicht die Grillparty vergessen, oder?! Alle warten auf dich!“

„Ich hab schon fünf Mal versucht, dich anzurufen!“, verteidigte sie sich. „Ich hab hier einen Notfall!“

Tapeten-Mumie ausgebrochen? Skorpion-Stich?

„Was ist denn los?“

„Stromausfall! Die Wohnung ist stockfinster! Ich versuche seit zwei Stunden, den Elektriker-Wochenend-Notdienst zu erreichen.“

„Elektriker-Notdienst? Gibt’s so was überhaupt?“

„Das frage ich mich langsam auch“, knurrte sie. „Bis jetzt ist jedenfalls keiner gekommen!“

„Kannst du das nicht morgen machen?“, fragte ich leicht verzweifelt. Da versammelte sich die Crème de la Crème von christlichen Beziehungs-Spätentwicklern und ehegeschädigten Sekundär-Singles in meinem Garten – und die Person, für die ich das alles veranstaltete, wartete auf den Elektriker!

„Wenn ich bis morgen warte, hab ich die ganze Nacht kein Licht, und meine Kochplatte bleibt auch kalt. Ich kann nicht einmal Kaffee kochen. Kümmere dich nicht um mich – ihr habt es doch bestimmt auch ohne mich lustig.“

„A … aber du wolltest doch neue Leute kennenlernen“, stotterte ich.

„Schon, aber was soll ich denn machen, wenn ich hier im Finstern sitze?“

„Weißt du was? Du übernachtest einfach nachher bei uns! Wir haben Licht, wir haben einen Herd und eine Kaffeemaschine – bleib einfach morgen hier, und am Montag haben Tausende von Elektrikern für dich Zeit.“

Sie lachte.

„Na gut, überredet. Wir fahren dann los.“ Manchmal war es von Vorteil, dass sie so spontan war.

„Ich schick dir den Max!“, bot ich an. „Er soll euch mit dem Auto abholen, das geht viel schneller!“ Die öffentlichen Verkehrsmittel bei uns am Stadtrand fuhren am Samstagabend nicht mehr allzu regelmäßig.

Max, der Gute, ließ sofort alles liegen, übergab Kurt Novotny die Oberherrschaft über den Grill und sprang ins Auto. Ich mischte mich wieder unter die Gäste und machte Konversation mit den Junggesellen, um vielleicht schon eine Vorauswahl zu treffen. Walter, Ludwigs Freund, wirkte ganz passabel, aber doch etwa zehn Jahre zu jung. Der kam eventuell für Larissa in Frage. Birgits Bruder und Peter Erharter hatten sich so in Russlands Aktienmarkt verbissen, dass ich nicht zu ihnen durchdrang. Hubert Gollmann von gegenüber outete sich als Vater eines 13-jährigen Sohnes. Das war gut – immerhin musste er schon mal eine Beziehung gehabt haben, war also nicht total plemplem, und außerdem durfte er sich dann ja wohl kaum daran stoßen, dass Andie auch schon ein Kind hatte.

Max schaffte den Weg zu Andie in die Stadt und wieder zurück in weniger als einer Stunde. Es begann gerade romantisch zu dämmern, als mein Stargast endlich eintraf. Max hielt vor dem Zaun. Die Autotür öffnete sich, und Diana und Andie stiegen aus.

Ich erstarrte.

Andie trug die farbbekleckste Schlabberlatzhose.

*

Die anderen Gäste, die Andies Erscheinen nicht so entgegengefiebert hatten wie ich, ließen sich durch ihr Eintreffen nicht stören. Die alten Gollmanns waren inzwischen zum Twist vorgedrungen und zeigten sich erstaunlich gelenkig. Wer gerade nicht tanzte, begrüßte Andie höflich, aber wenn jemand Russlands Aktienmarkt faszinierender fand als meine beste Freundin, dann war ihm wohl nicht zu helfen.

Andererseits – in dieser Hose …?

„Möchtest du dir schnell ein Kleid von mir anziehen?", flüsterte ich ihr ins Ohr. Bestimmt fanden wir etwas Passendes.

Andie selbst schien an ihrem Aufzug jedoch überhaupt nichts Peinliches zu finden.

„Ach was, das ist eine Gartenparty, nicht der Opernball", meinte sie leutselig. „Dein Max ist übrigens ein Genie! Er hat die kaputte Sicherung ausgewechselt. Ich hab jetzt wieder Strom, muss also nicht hier übernachten. He, Max!" Sie streckte ihm den Arm entgegen. „Ich gewähre dir diesen Tanz – zum Dank für deine Elektrikerdienste."

„Gern geschehen", versuchte Max abzuwehren – er war kein begnadeter Tänzer –, aber Andie zog ihn einfach mit sich und tanzte los. In ihrer schrecklichen Hose sah sie aus, als ob sie sackhüpfen würde, aber ihr Lachen war ansteckend. Max warf seine Beine völlig außerhalb des Taktes in die Luft und sah dabei sehr komisch aus. Larissa tanzte mit Walter einen Quickstep, als ob sie nie etwas anderes getan hätte, und die Damen aus meiner Gemeinde wechselten sich bei Dr. Weiß, Max' Kollegen und Hubert Gollmann ab. Ludwig erbarmte sich der Kinder und betanzte Stefanie, Katrin, Diana und das Novotny-Mädchen. Ich fand es ja Verschwendung, dass Andie bei einer solch mühsam zusammengekratzten Auswahl von heiratsfähigen Männern ausgerechnet mit meinem Ehemann tanzte, aber wenn sie schon dabei war, würde sie hoffentlich alle Tanzpartner durchprobieren. Max hielt sowieso nicht lange durch. Tanzen war wirklich nicht seine Stärke.

Trotz gewisser Pannen wurde es ein sehr netter Abend. Die Lampions, die Max und Daniel aufgehängt hatten, sahen toll aus, Larissas Nudelsalat ging weg wie warme Semmeln, die alten Gollmanns entpuppten sich als Stimmungskanonen, und eine meiner Gemeindedamen schien sich gerade in den Kollegen meines Mannes zu verlieben.

Katrin und Stefanie wollten sich offenbar nicht festlegen, ob sie zu den Erwachsenen oder zu den Kindern zählten. Gerade hatten sie damenhaft das Tanzbein geschwungen, jetzt kletterten sie wieder zum Baumhaus hinauf. Die Buben, Daniel, Lukas Novotny und Ludwig (der in diesem Zusammenhang wohl wirklich zu den Buben gezählt werden musste), hatten einen Würstchen-Klau-Mechanismus erfunden. Von einem Ast oberhalb des Grills führte eine Schnur mit Haken direkt zu den Fleischhappen, die dort brutzelten. Mit ein bisschen Geschick (und wenn der jeweilige Grillmeister ein wenig nachhalf) konnte man einen aufspießen und in die Höhe ziehen. Daniel, Lukas und Diana hatten jeder schon einen Leckerbissen geangelt, jetzt wollten die großen Mädchen auch mal.

Stefanie, die in den letzten Jahren kaum noch auf Bäume

gestiegen war, schob sich bäuchlings auf den Ast und rutschte vor, bis sie über dem Grill war. Sie ließ den Haken hinunter und versuchte, ein Würstchen zu erwischen. Grillmeister Max war nur gerade Bier holen gegangen, und ohne Hilfe von unten wollte der Haken einfach nicht in die Wursthaut eindringen. Einmal hatte sie es fast geschafft – das Würstchen schwebte schon ein paar Zentimeter empor, doch dann stürzte es wieder ab. Stefanie stieß einen unverständlichen Fluch aus und trat ärgerlich mit dem Fuß nach hinten. In diesem Moment knackte es, und dann brach der Ast.

12. Kapitel

Stefanie kreischte auf. Der Ast rauschte zu Boden und krachte in den unbemannten Grill. Die wackelige Dreibein-Konstruktion fiel um, und der Rost und die heißen Kohlen flogen in die Gegend. Jetzt kreischten auch andere, als sie von den glühenden Geschoßen getroffen wurden. Gläser klirrten. Larissas Rock stand plötzlich in Flammen. Chaos brach aus.

Ludwig reagierte am schnellsten. Mit einem riesigen Satz sprang er vom Baumhaus herunter, ohne sich mit der Strickleiter aufzuhalten – obwohl das mindestens drei Meter hoch war! – und riss Stefanie aus dem Gefahrenbereich der glühenden Kohlen. Dann ergriff er einen Krug mit Orangensaft und schüttete ihn über Larissa aus. Er ließ den leeren Krug fallen, warf Larissa zu Boden und wälzte sie hin und her, um den letzten Rest von Glut zu ersticken.

Max und Kurt gossen Mineralwasser und Cola auf die verstreuten Kohlen. Überall zischte und dampfte es. Brandgeruch biss in die Nase. Die Gäste traten mit den Füßen Glutnester aus, und nach einer Minute war alles vorbei.

Stefanie lag auf dem Boden zwischen den Zweigen, hielt sich den Arm und heulte. Larissa betrachtete verdattert die verkohlten und geschmolzenen Überreste ihres Rockes, schien aber nicht verletzt zu sein; Andie drückte sich einen Eiswürfel aus der Pfirsichbowle gegen den Arm, wo ein Glutstück sie getroffen hatte. Die Kinder starrten vom Baumhaus schreckensbleich herunter.

Ich stürzte zu meiner Tochter.

„Hast du dir wehgetan?“

Sie rappelte sich auf, ohne ihren Arm loszulassen.

„Weiß nicht“, schluchzte sie.

Dann konnte es ja nicht so schlimm sein. Wahrscheinlich heulte sie nur vor Schreck.

„Lassen Sie mich einmal schauen – ich bin Arzt!“ Der alte Herr Gollmann war wirklich in jeder Hinsicht eine Überraschung. Wie hatten wir unsere Partys nur bisher ohne ihn feiern können?

„Wahrscheinlich ist der Arm verstaucht“, befand er, nachdem er Stefanies untersucht hatte. „Aber es wäre vielleicht besser, sie röntgen zu lassen.“

Dann betrachtete er Andies Brandwunde, auf der sich eine Blase gebildet hatte, und diverse kleine Brandverletzungen an den übrigen Gästen. Aber die hatten alle nur Rötungen davongetragen. Frau Gollmann lief zu ihrem Haus hinüber und holte eine Salbe, die sie großzügig verteilte.

„Ich fahr’ mit Stefanie zum Röntgen“, sagte Max.

„Ich kann das machen!“, bot Ludwig an.

„Ich komme auch mit – zur Unterstützung!“, schrie Katrin.

„Okay“, sagte Stefanie und lächelte, obwohl ihr Gesicht noch von Tränen verschmiert war.

Mir blieb vor Staunen der Mund offen. Mein kleines Mädchen verzichtete in der Stunde der Not auf den Beistand ihres geliebten Papis (von Mami ganz zu schweigen), und nahm nur ihre Freundin mit?

„Sie nabelt sich halt von uns ab", flüsterte Max, der meine Gedanken erraten haben musste, in mein Ohr. „Lass sie doch!"

Ich zuckte die Achseln. Das Übliche: Mami klammert, Papi lässt die Kinder frei. Da mich sowieso keiner nach meiner Meinung fragte, behielt ich sie für mich. Zumindest konnte Stefanies Verletzung wirklich nicht so schlimm sein; denn wenn es *richtig* wehgetan hätte, hätte sie bestimmt einen von uns dabeihaben wollen!

„Wenn sowieso ein Auto ins Krankenhaus fährt", meinte Herr Gollmann zu Andie, „dann könnten Sie vielleicht doch auch mitfahren und Ihre Brandblase ordentlich versorgen lassen."

Nein! Andie darf nicht schon wieder gehen!

„Es tut aber kaum noch weh", lächelte Andie tapfer.

So ist es richtig!

„Wie Sie wollen. Ich möchte nur verhindern, dass eine Narbe bleibt", sagte Herr Gollmann.

„Na ja, wenn das so ist ... Sie sind der Doktor! Dann fahr' ich wohl lieber mit."

Dagegen konnte ich nun leider nichts sagen. Was wäre ich denn für eine Freundin, die ihrer besten Freundin den Besuch im Krankenhaus missgönnte? Also winkte ich ihr mit verkniffenem Lächeln nach, als sie mit Ludwig zum Auto ging.

So viel Mühe – und alles umsonst!

„Kannst du mir was zum Anziehen leihen?", fragte Larissa diskret an. Himmel, die hatte ich ja ganz vergessen!

„Sicher, komm mit."

Larissas Rock war über dem rechten Knie einfach zusammengeschmolzen. Wie durch ein Wunder hatte ihre Haut kaum etwas abbekommen.

„Schade um den hübschen Rock", meinte ich, während

ich meinen Kleiderschrank nach etwas Passendem durchforstete.

„Ach was – er war offenbar eh nur hundert Prozent Polyester oder Poly-sonstwas“, meinte sie. „Ludwig hat mein Leben gerettet“, setzte sie ernsthaft hinzu. „Oder zumindest meinen Oberschenkel. So war Mr Babyface auch einmal zu etwas nütze.“

„Und wie gefällt dir die Party?“

„Wahnsinn, sie ist toll! Bombenstimmung! Diese alten Leutchen sind ja total lässig!“

„Und? Hast du schon einen Junggesellen erspäht, der dir gefällt?“ Das war jetzt indiskret, aber ich wünschte mir so sehr, dass meine Kuppel-Party wenigstens *irgendeinen* Erfolg haben sollte, wenn sie schon in Bezug auf Andie ein Reinfall war.

Larissa sagte nichts, aber eine leichte Röte flog über ihr Gesicht. Wow, wenn es *ihr* einmal die Rede verschlug, dann musste es was Ernstes sein! Ich tippte auf Walter, Ludwigs Freund.

„So, dieser Rock könnte passen – du kannst einen Gürtel dazu haben.“

*

Die Stimmung erholte sich rasch, nachdem die Krankenhaustruppe abgefahren war. Nur das Grillen stellten wir ein, aber inzwischen waren eh alle satt. Außerdem gab es ja noch kalte Platten, Salate und Kuchen.

Irgendwann wurde es dann für die Novotny-Kinder Zeit, ins Bett zu gehen, und Familie Novotny verabschiedete sich. Ich schickte Daniel ins Bett und richtete für Diana ein Schlaflager auf Stefanies Gästematratze ein, weil Andie ja noch nicht zurück war. Kurz darauf verabschiedeten sich auch Gollmanns und lösten damit einen allgemeinen Aufbruch aus. Am Gartentor wurden noch jede Menge Telefonnummern ausgetauscht. Die Kuppelei war ein voller

Erfolg gewesen – mit einer Ausnahme ... Nur Dr. Weiß blieb noch da, weil er die Rückkehr seiner Tochter abwarten wollte; Renate aus der Gemeinde leistete ihm und uns derweil Gesellschaft.

Ludwig brachte das Damentrio eine halbe Stunde später zurück. Stefanie trug den Arm in der Schlinge, aber keinen Gips. Sie und Katrin schnatterten und kicherten wie eh und je. Und Andie hatte einen prächtigen Verband bekommen. Ludwig verabschiedete sich von allen dreien mit Küsschen auf beide Wangen. Und Dr. Weiß und Renate zogen mit Katrin ab.

„Diana schläft schon", sagte ich zu Andie. „Möchtest du nicht auch hier schlafen?"

13. Kapitel

„Na, heute war was los bei uns!", meinte Max, als ich endlich zu ihm ins Bett kam. Ich hatte Andie noch auf dem Sofa einquartiert. „Die Gäste waren ja irgendwie komisch – ich meine, bunt zusammengewürfelt, aber sie scheinen sich gut unterhalten zu haben."

„So war's ja auch gedacht", murmelte ich. „Ich wollte einmal ein paar neue Leute zusammenbringen."

„Das ist dir anscheinend gelungen", gähnte Max.

„Du, Erbsenbär?"

„Hmmm?"

„Ich ... würde so gern wieder mehr mit dir beten. Wir haben das früher oft gemacht, und mir kommt vor, als ob wir ... uns damals näher waren."

„Hmmm."

„Also?"

„Also was?"

„Betest du mit mir?“

„Natürlich.“ Er rollte sich auf die Seite, faltete die Hände und schloss die Augen.

„Vater im Himmel“, begann ich, „ich danke dir für all die lieben Menschen, die wir unsere Freunde nennen dürfen. Danke für die lustige Party und dass niemandem ernsthaft was passiert ist. Besonders möchte ich dir für meinen Mann danken“ – an dieser Stelle gab Max ein zustimmendes Grunzen von sich – „und dass wir schon so viele Jahre miteinander glücklich sind. Bitte segne ihn und auch unsere Kinder.“

Ich wartete, ob Max auch etwas sagen wollte, aber er schwieg. Schade – unter *gemeinsamem Beten* hätte ich irgendwie mehr … äh, gemeinsames Beten erwartet. Na ja, es war spät …

„Amen“, schloss ich.

Max sagte noch immer nichts.

„Amen“, wiederholte ich lauter. Wenigstens *Amen* könnte er doch zu unserem *gemeinsamen* Gebet beitragen!?

Max Schmidleitner, das unbekannte Wesen, schnarchte leise.

*

„Ach, Conny, du bist sooo gut zu mir!“, rief Andie aus.

Wir saßen im Garten und genossen den Spätsommertag. Da Andie und Diana bei uns übernachtet hatten, nahmen wir sie am Sonntagmorgen kurzerhand zum Gottesdienst mit. Andie war zwar nur theoretisch Christ, aber ein Kirchenbesuch musste doch drin sein. Natürlich hatte ich den kleinen Hintergedanken, dass die Atmosphäre irgendwie günstig auf sie abfärben könnte …

Stefanie hatte sich nach der Kirche entschlossen, den Nachmittag mit einer ihrer zahlreichen Freundinnen zu verbringen, um ausführlich zu erzählen, wieso sie den Arm in der Schlinge trug. Diana hatte sich anscheinend ein wenig mit Daniel angefreundet, denn er hatte ihr erlaubt, weiterhin sein Baumhaus zu benützen. Da kraxelten die beiden jetzt im Baum herum und hatten Spaß.

„Das hat mit Güte gar nichts zu tun", wehrte ich ab. „Ich besitze Berge von Grillwürstchen und Kartoffelsalat – je mehr Leute davon essen, desto schneller kommt das weg. Glaubst du, ich will die ganze Woche nichts anderes essen als kalte Würstchen?"

„Dann darf ich dich und deine Familie aber demnächst einladen!", beharrte sie. „Du tust mir so viel Gutes – du hast mir beim Finden der Wohnung geholfen und beim Tapezieren, du bringst mich mit deinen Freunden zusammen, und jetzt fütterst du mich auch noch durch. Da bin ich doch wenigstens einmal mit Einladen dran. Ich würde euch gern alle schön zum Essen ausführen, und" – sie beugte sich vertraulich vor, und ihre Augen blitzen – „in den Wurstelprater!"

„Ehrlich?"

„Ja, da möcht' ich sooo gern wieder einmal hin. Ich war doch so viele Jahre nicht hier, ich muss doch Wien quasi neu entdecken. Und stell dir vor, Diana war *überhaupt noch nie* im Prater."

„Das ist natürlich ein völlig unhaltbarer Zustand", stimmte ich ihr zu.

„Eben. Und ich kann's mir jetzt auch leisten. Ich habe nämlich einen Job!"

„Was, wirklich?"

„Ja, als Vertretung für eine Volksschullehrerin, die in vier Wochen in Mutterschaftsurlaub geht."

„Das ist ja großartig", freute ich mich. „Wie lange wirst du den haben?"

„Zwei Jahre wahrscheinlich. Dann sehen wir weiter."

Zwei Jahre! Für Andie, die immer spontan plante, war das ja fast schon für die Ewigkeit.

„Ich freu' mich so! Das ist eine richtige Gebetserhörung", seufzte ich.

Andies Gesicht umwölkte sich.

„Was ist los?“, fragte ich.

„Gebetserhörung ...“, murmelte sie. „Glaubst du wirklich an so was?“

„Natürlich. Ich habe um einen Job für dich gebetet, und jetzt hast du einen. Ist das nicht toll? Du siehst, dass es funktioniert.“

„Und du glaubst nicht, dass das einfach Zufall ist?“

„So wie Dianas Heilung nach dem Skorpion-Stich?“, konterte ich.

„Könnte doch immerhin sein, nicht?“, brummte sie. „Schließlich funktioniert es ja nicht *immer*, oder?“

„Gegenfrage: Hast du's je probiert? Außer bei der Skorpionsache?“

Sie schwieg, und ich fühlte, dass ich da einen wichtigen Punkt angesprochen hatte.

„Ja“, murmelte sie schließlich.

„Und, was ist passiert?“

„Also ... es war wegen der Beziehung zwischen Pepe und mir. Das war doch das, was du ein *unkeusches Verhältnis* nennst ... und ich hab' gedacht, ich muss das in Ordnung bringen. Ich dachte mir, wenn wir heiraten, ist es nicht mehr unkeusch. Also hab' ich Pepe gedrängt und genervt ... und genau das hat dann zu unserer Trennung geführt. Ich war ... naja ... sehr enttäuscht von Gott. Da wollte ich die Sache *ihm zuliebe* in Ordnung bringen, und dann passiert genau das Gegenteil von dem, was ich wollte. Wieso? Warum hat Gott – falls es ihn gibt! – mir nicht zu einem Happy End verholfen?“

„Hast du denn auf ihn gehört?“, fragte ich.

„Na und wie! Alle Tage hab' ich wie verrückt gebetet. Damals wollte ich es wirklich richtig machen, so wie du. Aber er hat mir nicht gesagt, was ich tun soll, kein Zeichen geschickt, und nichts gemacht.“

„Aber du hast die ganze Zeit über mit Pepe zusammengelebt?“

„Na sicher. Genauso wie die zehn Jahre davor.“

„Siehst du.“

„Hm? Seh' ich was?“

Ich zierte mich. Wie sollte ich das jetzt nett formulieren, ohne Andie zu verletzen? Schwierig – aber sagen musste ich es!

„Du hast Gott gefragt, was du tun sollst, und dabei die ganze Zeit mit Pepe gelebt. Dabei *sagt* Gott doch, was du tun solltest – *nicht* mit Pepe zusammenleben! Das steht doch ganz klar in den Geboten. Dazu brauchst du keine Privatoffenbarung und keine Zeichen. Und solange du in dieser *Sünde* gelebt hast – tut mir leid, mir fällt kein anderes Wort ein – konnte Gott nicht mit dir reden.“

„Was hätte ich denn machen sollen?“ Andie runzelte die Brauen und sah abweisend aus.

„Das Verhältnis beenden. Umziehen ins Nachbarhaus oder von mir aus ins Nebenzimmer.“

„Und das hätte einen Unterschied gemacht?“, höhnte Andie. „Wie stellst du dir das vor? Wir waren immerhin zehn Jahre zusammen, wir hatten ein Kind! Ich kann doch nicht grundlos plötzlich wegziehen.“

„Das ist ja auch nicht *meine* Idee“, gab ich zurück. „*Gott* will das – also, das denke ich zumindest. Wenn du ausgezogen wärst, hätte der Kerl dich vielleicht vermisst und hätte dich von selbst gefragt, ob du ihn heiratest. Oder du hättest durch die Trennung Gelegenheit gehabt festzustellen, dass er eh nicht der Richtige war – und dann wäre es für dich nicht so schmerzhaft gewesen, dass er dich verlassen hat. So oder so, du wärest auf jeden Fall besser ausgestiegen.“

Andie schüttelte den Kopf. Sie wirkte verärgert.

„Wenn Gott so was Absurdes von mir will, dann muss er mir das schon deutlich sagen. Ich meine, wenn es ihn *wirklich* gäbe und er mich *wirklich* lieben würde, dann könnte er sich doch etwas klarer artikulieren!“

„Wieso? Seine Gebote sind klar und deutlich aufgeschrieben, und du kannst lesen. Was brauchst du denn noch? Gott muss doch die ganze Geschichte, von Adam und Eva angefangen, nicht jedem Einzelnen aufs Neue offenbaren. Deswegen gibt's doch die Bibel."

„Nein. Nein, das glaub ich einfach nicht. Das ist kleinlich. *Du lebst in Sünde, ätschbätsch, drum kriegst du nichts.* Das ist doch kindisch! Nein, das Ganze beweist nur wieder einmal, dass es Gott gar nicht gibt. Ob ein Gebet erhört wird oder nicht, ist reiner Zufall."

„Die Sünde trennt uns von Gott", dozierte ich. „Und ein unkeusches Verhältnis *ist* Sünde. Was soll ich sonst dazu sagen?"

„Ach so ist das – darum werden deine Gebete wohl alle erhört?", schnaubte sie. „Denn *du* bist ja frei von jeder Sünde, frei von jedem Fehler! *Du* bist vollkommen! *Du* machst immer alles richtig, bei dir ist alles perfekt, und darum hat dein Gott dich auch lieb! Aber so perfekt werde *ich* halt nie sein!"

Sie war aufgesprungen.

„Tut mir leid, aber jetzt bin ich zu aufgewühlt, um noch deine Würstchen zu essen. Diana! Komm, Hasenschnäuzchen, wir gehen nach Hause!"

14. Kapitel

„Geht's deiner Tochter wieder gut?", fragte Larissa, als ich am nächsten Dienstag meinen Dienst in der Buchhandlung antrat.

„Sie trägt den Arm in der Schlinge, aber ich glaube, das ist nur Dekoration."

„Oh, gut! Ansonsten war's nämlich eine grenzgeniale Party!"

„Danke."

„Und wie hat es deiner Freundin gefallen? Hat es ..." Sie rückte näher an mich heran, rollte bedeutungsschwer ihre Clownsaugen und senkte die Stimme, „den gewünschten Erfolg gehabt?"

Ich zuckte die Achseln. „Erst war sie um Stunden zu spät dran, dann diese schauderhafte Latzhose, und zuletzt ist sie auch noch früher gegangen. Und dazwischen hat sie mit *meinem Mann* getanzt!"

„Eifersüchtig?" Larissas Augenbrauen wanderten bis in den Haaransatz hinauf.

„Eifersüchtig? Quatsch! Aber sie hätte mit den Junggesellen tanzen sollen, die ich so zahlreich aus allen Ecken des Universums für sie zusammengekratzt habe, und nicht ihre Zeit mit den Ehemännern verschwenden!"

„Ach so."

„Außerdem ist sie jetzt sauer auf mich."

„Weil du eine Kuppel-Party für sie geschmissen hast? Na, die hat Nerven. *Dankbar* sollte sie sein. Auf Knien!"

„Nein, nicht deswegen. Das weiß sie ja nicht einmal. Außer dir weiß es eigentlich überhaupt niemand, dass es eine Kuppel-Party war."

„Oh." Larissa schlug die Augen nieder, lächelte verschämt und errötete.

„Sie ist sauer, weil ich gesagt habe, dass uns die Sünde von Gott trennt. Und dann hat sie gesagt, dass ich ja so perfekt bin, und deswegen bin ich jetzt auch sauer auf sie."

Larissa riss die Augen auf und kullerte mich an.

„Du ärgerst dich über so was? Oh, äh ... mir scheint aber, dass ich kürzlich so was Ähnliches zu dir gesagt habe ... Dass dein Leben die perfekte Idylle wäre, wenn du auch noch ein Schaf hättest, oder so ... Tut mir echt leid!"

„Was? Schaf? – Ach so ja ... mein Leben ist ein Rosamunde-Pilcher-Roman oder so ähnlich. Nein, nein, das ist schon okay. Ich habe mich sogar geschmeichelt gefühlt. *Du* hast es ja ernst gemeint. Aber Andie hat wohl eher gemeint, dass ich ... hm, selbstherrlich bin, mich als was Besseres fühle, weil ich immer alles richtig mache. Und das ist doch totaler Blödsinn. Und eine Frechheit obendrein."

„Blödsinn ist es nicht. Du bist Mrs Perfect, das ist wahr. – Seid ihr jetzt zerstritten?"

Ich zog die Schultern hoch.

„Ein bisschen. Nicht ernsthaft, nehme ich an. Nach mehr als 30 Jahren Freundschaft kann einen so was nicht umbringen."

„Und machst du noch weiter? Ich meine, mit dem Traummann-Buch da? Nachdem es ja auf der Party anscheinend nicht geklappt hat?"

Ich runzelte die Stirn. Eigentlich hatte ich gerade keine Lust, noch weiter Männer für Andie zu suchen, nachdem sie meine Bemühungen so boykottiert hatte – und zwar sowohl die kupplerischen, als auch die theologischen.

Andererseits …

„Ich denke immer noch, dass Gott mir den Auftrag dazu gegeben hat", flüsterte ich. „Also – ja."

*

Kurz vor Ladenschluss kam noch eine unerwartete Kundschaft zu uns – meine Tochter Stefanie. Sie trug ihren Arm in der Schlinge vor sich her wie eine Trophäe.

„Hi, Mam!", rief sie fröhlich. „Ich hab' mir gedacht, ich hol' dich von der Arbeit ab. Ich war eh schon so lang nicht mehr hier. Was gibt's denn Neues?"

Sie sah sich um und inspizierte die Neuerscheinungen, die wir stets in einem eigenen Regal ausstellten.

„Soll ich was davon testlesen?", fragte sie. „Vielleicht dieses hier?" Sie zeigte auf „So finde ich den Traummann – in 90 Tagen". Ausgerechnet!

„Ach nein, das lesen wir eh schon beide", sagte Larissa. „Und du bist definitiv zu jung dazu."

„*Du* liest das, Mam?" Stefanie sah mich ganz komisch an.

„Nur für die Rezension!“, beeilte ich mich zu versichern. „Und Larissa hat recht, du hast das nicht nötig.“

„Bist du sicher, dass du keine Midlife-Krise hast?“, murmelte Stefanie. In diesem Augenblick erschien Ludwig, der das Lager zugeschlossen hatte, und Stefanie begann zu strahlen.

„Hallo, Ludi!“

Ludi??

„Hi, wie geht's dem Arm?“

„Schon besser. Ich wollte dich fragen“, sie trat einen Schritt weg von Larissa und mir, als ob sie allein mit ihm reden wollte, „ob du mir bei dieser Buchbesprechung helfen könntest. Du hast doch Germanistik studiert und kennst dich aus!“

Ludwig betrachtete das Buch, das sie ihm zeigte. Es war eins von diesen kleinen, kreischgelben Literatur-Heftchen: „König Ottokars Glück und Ende“ von Grillparzer. Über dieses Stück hätte ich eine Zusammenfassung, die Charakterisierung der wichtigsten Figuren, eine Sammlung bekannter Zitate sowie die Bedeutung für die Gegenwart schreiben können – und zwar im Tiefschlaf. *Ich* hatte nämlich zufällig *auch* Germanistik studiert!

„Klar“, sagte Ludwig. „Soll ich morgen Abend zu dir kommen? Heute hab' ich schon was vor.“

„Morgen klingt super!“, fand Stefanie. Keiner von beiden fand es nötig, mich um Erlaubnis zu fragen. Nun ja, grundsätzlich durfte Stefanie immer Leute zum Lernen einladen, ich hatte nichts dagegen, dass ihre Klassenkameraden bei uns ein- und ausgingen. Fünfzehnjährige! Aber doch nicht ein *Mann*, der fast doppelt so alt war wie sie! Vor fünf Minuten war Ludwig für mich noch *Mr Babyface* oder der *Kleine Prinz* gewesen – ein Jungspund, ein Milchbart –, aber plötzlich fand ich ihn eigentlich doch schon ziemlich alt. Alles eine Frage der Perspektive ...

*

Das nächste Kapitel des schlauen Buches lautete: „Finde den Traumpartner im Internet". Das Internet – nicht gerade das Terrain, auf dem ich mich sicher fühlte. Selbst Daniel mit seinen zwölf Jahren kannte sich besser aus als ich (aber den konnte ich ja wohl kaum bitten, mir ein paar Partnervermittlungen rauszusuchen). Herren mittleren Alters – wie Max zum Beispiel – kannten sich aber häufig recht gut aus. Das würde eventuell bedeuten, dass jede Menge heiratswillige Internet-Freaks (also Männer) online waren, aber nur wenige Internet-Idioten (also Damen). Mithin ein Paradies für Mädels! Ich musste es also auf alle Fälle probieren.

„Partnersuche im Internet hat eine niedrige Hemmschwelle, weil man einander erst einmal anonym beschnuppern kann, bevor man mehr von sich preisgibt", belehrte mich mein Ratgeber. Niedrige Hemmschwelle, von wegen. Ich bekam doch schon rote Punkte, wenn ich den Computer anstellen wollte und er plötzlich irgendwelche Passwörter von mir verlangte. Aber gut, bitte, es war natürlich ein Vorteil, wenn ich die Hobbys, Vorlieben und Marotten des potenziellen Beziehungskandidaten erforschen konnte, *bevor* ich ihm meine Seele verkaufte oder auch nur Name und Adresse preisgab. So konnte ich totale Blindgänger schon von vornherein aussortieren, ohne das Risiko einzugehen, dass der Typ fürderhin vor meiner Haustür kampierte. Oder vor Andies Tür, um genau zu sein. Zeitsparend war es auch, weil ich zunächst nirgends hingehen musste – außer in Max' Arbeitszimmer. Die einzige Hürde, die ich überwinden musste, war meine natürliche Scheu vor Computern. Aber das war vielleicht eh kein Schaden.

„Aber Vorsicht!", warnte mich das schlaue Buch. „Die Anonymität des Cyberspace kann Menschen dazu verleiten, unwahre Angaben zu machen. Das betrifft nicht nur körperliche Merkmale oder berufliche Situationen, die schöngefärbt werden, sondern kann sogar so weit gehen, dass ein erwachsener Mann sich in einem Chatroom als junges Mädchen ausgibt" – (ich staunte. Wie wollte der Typ eine Frau finden, wenn er sich als Mädchen ausgab?) – „um das Vertrauen anderer junger Mädchen zu gewinnen."

Lieber Himmel, wie fies und gemein konnten die Leute denn noch werden? Ich musste unbedingt dafür sorgen, dass Stefanie keine Chatrooms mehr besuchte – da war es mir ja noch lieber, wenn ihr zwielichtige ältere Herren bei ihrer Buchbesprechung halfen! Diese Sache konnte ich dann wenigstens im Auge behalten.

„Online-Partnerschaftsdienste, zu denen man nur gegen eine Mitgliedsgebühr Zutritt erhält, sind hier vorzuziehen. Zumindest Spaßvögel werden durch die Gebühr abgeschreckt. Doch eine Garantie gibt es nirgends. Seien Sie auf der Hut und vergessen Sie nicht, auf Ihren Instinkt und Ihren gesunden Menschenverstand zu hören."

Es folgten die obligaten Fallbeispiele – von Sarah, 21, deren Auserwählter sich beim ersten Treffen als doppelt so alt und dreimal so dick entpuppte wie erwartet, und von Anne, 43, die sich nach mehreren netten und tiefschürfenden Mails dazu entschloss, ihren Mailpartner in natura zu treffen, und beinahe von ihm ausgeraubt wurde.

„Treffen Sie Ihren Internet-Freund unbedingt an einem öffentlichen Platz – in einem Park, Café oder Restaurant", riet mir das Buch. „Laden Sie ihn nicht sofort nach Hause ein und geben Sie Ihre Adresse auch nicht gleich preis. Lernen Sie sich erst ein wenig besser kennen."

Tja. Das war kompliziert, denn eigentlich wollte ich ja, dass *Andie* die Kerle besser kennenlernte. Aber eine gewisse Vorauswahl musste ich wohl treffen, bevor ich ihr die Typen vorstellte. Das nächste Fallbeispiel von Elena, 30, bestärkte mich in diesem Plan. Es handelte davon, dass die arme Elena auf einen professionellen Heiratsschwindler hereinfiel, der ihr die Ersparnisse aus der Tasche zog und sich dann aus dem Staub machte.

Inzwischen war ich fast schon überzeugt, dass Internet-Dates nichts für mich und Andie waren. Dann kamen allerdings Beispiele von Annette, 37, Gwen, 25, Darlene, 43, und Roxanne, 50, die wieder besser aussahen. Die Möglichkeiten einer Online-Agentur erlaubten es, gezielt nach bestimmten Typen von Männern zu suchen – zum Beispiel: Christ, Mitte 40, kinderlieb ... Ob diese spezielle Kombination allerdings viele Treffer liefern würde, blieb abzuwarten.

Also, einen Versuch war es wert. Jetzt musste ich nur noch eine seriöse Internet-Partnervermittlung auftreiben. Eventuell würde ich mich sogar anmelden und eine Monatsgebühr investieren müssen ... Aber wenn Gott es von mir wollte, dann musste das wohl auch noch drin sein.

15. Kapitel

Andie meldete sich am Mittwoch und tat, als ob nichts gewesen wäre. Unsere Meinungsverschiedenheit zu so nebensächlichen Themen wie Sünde, Privatoffenbarung und Perfektion war kein Thema mehr. Sie lud uns für Sonntag in zwei Wochen zum Essen ein und nachher zu einem Praterbesuch. Ich beschloss, unseren kleinen Streit auch vorerst nicht mehr zu erwähnen. Und dann hatte ich eine brillante Idee: wäre es nicht toll, wenn ich zu dem Ausflug an jenem Sonntag ganz ungezwungen einen netten *Freund der Familie* mitbringen könnte?

*

„Hmmm, Erbsenbär!“ Ich schnurrte wohlig, schmiegte mich von hinten an Max heran und sah ihm über die Schulter. Ich musste mein Anliegen bezüglich einer Online-Partneragentur diplomatisch vorbringen – nicht, dass Max auf falsche Gedanken kam!

Max wandte den Blick nicht vom Bildschirm seines Computers, aber er hob die Hand, um meinen Kopf zu tätscheln. Er las schon wieder die *Kurier*-Nachrichten, die ohnehin in Papierform im Wohnzimmer lagen.

Da ich warten wollte, bis er nicht mehr konzentriert las, überflog ich rasch die Schlagzeilen. Links und rechts vom eigentlichen Text erschienen ständig irgendwelche anderen Sachen – weiterführende Literatur, nahm ich an, und vor allem Werbung. Manche blinkten, hüpften und winkten sogar, um die Aufmerksamkeit auf sich zu ziehen. Ich fand das furchtbar lästig und irritierend. Wie konnte Max das bevorzugen? Wie geruhsam war es doch, die gute alte Zeitung zu lesen, bei der einem nicht plötzlich irgendein doofes Pop-Up ins Blickfeld sprang und einem eine Fernreise, ein Medikament zur Penisvergrößerung oder einen angeblich supergünstigen Kredit anpries.

Plötzlich blieb mein Blick hängen.

„Endlich verliebt? Diesmal klappt es!“, verhieß mir ein Bild mit dem Schattenriss eines Pärchens, das sich tief in die Augen sah. „Interfriends – Österreichs seriöses Partnerinstitut!“

Ha!

Da musste ich Max ja gar nicht mehr behelligen. Hier war ja alles, was ich brauchte, nur einen Mausklick von mir entfernt.

„Was kann ich für dich tun?“, fragte Max.

„Oh, gar nichts – ich hatte nur gerade Lust, dir zu sagen, wie lieb ich dich habe“, heuchelte ich.

„Schön!“ Er drehte sich halb zu mir um und strahlte. „Das kannst du ruhig jeden Tag machen.“

Gut. Jetzt musste ich ihn nur noch loswerden, damit ich unbeobachtet an den Computer konnte.

„Hast du heute wieder Arbeit mitgebracht?“

„Ja, leider. Weißt du ... der Komarek will jetzt doch schon zum Jahresende in Pension gehen, und dann muss der Posten des Abteilungsleiters neu besetzt werden ...“

„Und du möchtest ihn haben?“

„Na ja – ich wäre schon mal dran, findest du nicht? Deswegen muss ich mich halt jetzt ein bissel reinknien, damit ich ein paar nette Erfolge vorweisen kann."

„Gibt's denn noch andere Anwärter auf den Job?"

„Der Kessler scheint sich auch dafür zu interessieren ..."

„Aber müsstest du dann nicht noch viel mehr arbeiten als jetzt?", argwöhnte ich.

„Ein bisschen."

„Ach, Max! Du bist doch eh so wenig zu Hause, und wenn doch, dann arbeitest du. Wenn du noch mehr Zeit im Büro verbringst, dann muss ich mir ein Foto von dir aufhängen, damit ich dich überhaupt noch erkenne!"

„Jetzt übertreib doch nicht so! Heute zum Beispiel bin ich schon da, und es ist noch nicht einmal sechs. Außerdem hast du doch auch deinen Job."

„Aber nur zweimal in der Woche!"

„Was hindert dich daran, öfter zu gehen?"

„Und was wird aus den Kindern? Erinnerst du dich an sie? Stefanie und Daniel? Diese beiden Kerlchen, die auch hier wohnen?"

„Die werden größer und brauchen uns kaum noch. Sie werden immer unabhängiger und selbstständiger. Stefanie ist am Samstag sogar ohne uns ins Krankenhaus gefahren!"

Ja, mit „Ludi"! Sehr vielversprechend!

„Daniel ist erst zwölf", murmelte ich.

„Reg dich nicht auf, noch hab ich den Job ja nicht", meinte Max beschwichtigend.

Ich zog die Augenbrauen hoch, sagte aber nichts mehr. Ich hatte ohnehin keinen Einfluss darauf, und unnötiges Nörgeln brachte niemandem etwas.

„Kann ich den Computer dann haben?", wechselte ich das Thema.

„Sicher." Max klickte die Internet-Seite des *Kurier* weg, bevor ich ihn daran hindern konnte.

„Warte, ich wollte das auch noch lesen! Wie kriegt man das wieder her?"

„Indem man hier oben *www.kurier.at* eingibt." Er zeigte es mir. „Ich hab geglaubt, du liest lieber auf Papier?"

„Äh, na ja … ich will doch auch wissen, was dich so daran fasziniert."

Hurra! Jetzt war ich unabhängig und konnte mich zu *Interfriends* weiterklicken, ohne jemandem zu verraten, was ich tat!

*

Kaum war Max abgezogen, da klickte ich auch schon das verliebte Schattenriss-Pärchen an. In Sekundenschnelle erschien das Pärchen bildschirmfüllend groß und begrüßte mich freundlich. Unten auf der Seite waren Fotos von Paaren abgebildet, und darunter hieß es: „Erfolgsstorys! Karin (43) und Otto (47)" und dergleichen. Das gefiel mir, und um mich warm zu machen, las ich ein paar Geschichten von glücklichen Paaren, die sich nach kurzer *Interfriends*-Mitgliedschaft kennengelernt hatten. Besonders sagte mir zu, dass die Erfolgsstorys durchweg von Leuten mittleren Alters handelten und nicht von lauter Teenagern. Es gab also auch für unsereins noch Chancen.

Die Überschrift „Jetzt kostenlos anmelden" überzeugte mich vollends davon, dass dies zumindest einen Versuch wert war. Kostenlos klang gut. Todesmutig klickte ich darauf.

Natürlich wollten die *Interfriends* jetzt eine Menge indiskreter Sachen von mir wissen. Ich war mir nicht sicher, ob ich das wirklich alles preisgeben wollte, aber andererseits konnte man ja auch nicht erwarten, dass ich – oder vielmehr Andie – einen Partner vermittelt bekam, wenn die gar nichts über uns wussten.

Ich klickte also an, dass ich eine Frau war und einen Mann suchte; bei der Postleitzahl gab ich die von Andies Wohnung an, ebenso wie ihren Geburtstag. E-Mail-Adresse? Selbst wenn ich gewusst hätte, ob Andie eine hatte, wäre es nicht sehr sinnvoll gewesen, sie hinzuschreiben. Wahrscheinlich schickten diese *Interfriends* eine Bestätigungs-E-Mail, und dann war mein Geheimnis nicht mehr geheim. Ohne zu zögern gab ich Max' private Adresse an. Er benutzte ohnehin nur die aus dem Büro. Anschließend wählte ich als Passwort „Erbsenbaer" und als Benutzernamen „Hasenschnäuzchen", weil das einer der Kosenamen von Andie für Diana war. Ich erklärte mich mit den allgemeinen Geschäftsbedingungen von *Interfriends* einverstanden, weil ich sonst nicht auf die nächste Seite vorgelassen worden wäre (und weil ich sowieso einverstanden war, solange es kostenlos war) – und dann stand ich plötzlich vor einem Problem: dem Persönlichkeitsprofil.

16. Kapitel

Jetzt ging es ans Eingemachte. Ich merkte schnell, dass dies eine Art Psycho-Test war, der vermutlich dazu diente, Leute mit ähnlichen Interessen zusammenzubringen. Aber wie sollte ich diese Fragen für Andie beantworten? „Welche Eigenschaften sollte Ihr Partner haben (nennen Sie höchsten 2)?", fragte mich das Programm.

Ich nahm an, dass Andie „kinderlieb" für wichtig hielt – sicher wollte sie keinen Kerl, der Diana hasste. Aber fand sie seine Ausstrahlung wichtiger, sein Bildungsniveau oder seine finanzielle Absicherung? Andie hatte sich nie um finanzielle Absicherung geschert, also konnte ich das ausschließen. Andererseits war sie Mitte 40 und besaß keinerlei Pensionsvorsorge, und vielleicht war sie ja gerade deswegen nach Wien zurückgekehrt, um sesshaft zu werden? Da ich nicht die ganze Nacht vor dieser Seite sitzen wollte, klickte ich schließlich „Ausstrahlung" an; aber sicher war ich mir nicht.

Und es wurde nicht besser. „Warum haben Sie den richtigen Partner noch nicht gefunden?" Tja, warum? War es Mangel an Gelegenheiten? (Obwohl jemand eine Kuppel-Party für Sie gibt, und Sie merken es nicht mal, Sie Kamel!) Oder stellte sie zu hohe Ansprüche? Was dachte Andie selbst darüber?

Mit wachsendem Unbehagen arbeitete ich mich durch diese Fragen. Ich unterstellte Andie, dass sie „auf alle Fälle" eine kirchliche Trauung wollte, obwohl das wahrscheinlich auf Andies Prioritätenliste wesentlich weiter unten stand als auf meiner eigenen. Und welches waren ihre Hobbys? Ich hatte sie 16 Jahre lang nicht gesehen, so was änderte sich doch! Derzeit renovierte sie ihre Wohnung, aber war das ein Hobby? Und ihr Tänzchen am Samstag bei unserer Party: war das der einzige Tanz des Jahrzehnts gewesen, oder tanzte sie so gern, dass man es als Hobby betrachten konnte? War ihre längst verflossene Liebe zu einem Surflehrer ein Indiz dafür, dass sie gerne Sport trieb? Machte Andie gerne Club-Urlaub, oder hatte sie für alle Zeiten die Nase voll davon? Es war erschreckend, wie wenig man selbst seine besten Freunde kannte!

Noch schwieriger waren die Psycho-Fragen: Bevorzugte Andie ein Zickzack-Muster oder ein wellenförmiges? Ich dachte an die *Arabische-Nächte*-Tapete und entschied mich für die Wellen. Ab da reagierte ich nur noch spontan. Ich versuchte mir vorzustellen, ich wäre Andie, und wählte Bildunterschriften zu skurrilen Fotos, Traumhäuser (ein schilfgedecktes Häuschen unter alten Bäumen), Bekleidungsstile („unkonventionell und persönlich" – Stichwort Schlabberlatzhose), Sprichwörter und Lieblingsblumen. Unseren Traummann wünschte ich mir zwischen 39 und 50, nicht rauchend und in Wien lebend.

Und dann war der schreckliche Test endlich fertig und ein Mischwesen aus mir und Andie geisterte unter dem

Decknamen „Hasenschnäuzchen" durchs Internet ... Die Testauswertung zeigte mir, dass Hasenschnäuzchen unkonventionell und spontan war (das war Andie), ordnungsliebend (das war ich), und ein ausgeprägtes Bedürfnis nach Nähe besaß.

Mist!

War das nun Andie, die sich nach überdurchschnittlich viel Nähe sehnte, oder ich? Welche Fragen mochten zu diesem Ergebnis beigetragen haben? Verriet man sein Nähebedürfnis durch die Bevorzugung wellenförmiger Tapetenmuster? Oder hätte ich das Vampir-Foto doch nicht mit „Sehnsucht nach Liebe" betiteln sollen? Hätte Andie das auch getan? Ich erwog flüchtig, Hasenschnäuzchens Existenz durch einen Mausklick wieder zu beenden; dieses Wesen war weder richtig Andie noch richtig ich. Es war ein „Was-Conny-denkt-dass-Andie-denkt"-Zwitter, ein Hybrid-Wesen, geboren aus einem verrückten Einfall. Andie musste diesen Test selbst machen!

Aber das konnte ich mir abschminken. Sowas würde sie nie tun.

Also musste ich es mit Hasenschnäuzchen versuchen.

Ich weiß nicht genau warum, aber mein Herz klopfte, als ich die Maus auf den Button mit der Bezeichnung „Zu den Partnervorschlägen" bewegte ...

*

Und da waren sie. Hasenschnäuzchen, das begehrenswerte Weib, hatte auf einen Schlag 46 Partnervorschläge erhalten. Ich fasste es nicht – ich hatte auf zwei oder drei gehofft. Begierig klickte ich auf den ersten in der Liste. Er hörte auf den klangvollen Namen „MK315LS" – oder wahrscheinlich hörte er eher nicht darauf – und war Projektbetreuer ÜE 71.

ÜE 71?

Ich hatte Hasenschnäuzchens Männer zwischen 39 und

50 Jahren bestellt, also das Alter konnte es nicht sein. War es sein Einkommen, in der Währung „Über-Euro"? Oder was bedeutete diese mystische Zahl? Bevor ich zu einer Antwort gelangte, öffnete sich eine neue Seite, die mir mehr verriet. MK315LS war 44 Jahre alt, 176 cm groß und geschieden. Er hatte keine Kinder, aber eine Katze, und interessierte sich für Kino, Theater, Geschichte, Sport und Musik und betrieb Wandern und Radfahren.

Das war ja nun nicht gerade aufschlussreich. Im Grunde traf diese Beschreibung auf so gut wie jeden zu, den ich kannte. Bis auf die Katze, vielleicht. Ich meine, wer interessierte sich denn *nicht* für Musik, und wer ging *niemals* wandern? Ebensogut hätte da stehen können „hat 2 Arme und 2 Beine und eine Nase im Gesicht", dann hätte ich auch nicht weniger über ihn gewusst.

Vielleicht gab es noch mehr? Ich war kein geübter Internet-User. Bestimmt hätte Max dem Kasten noch bessere Informationen entlocken können, aber gerade den wollte ich eigentlich nicht darum bitten.

Stefanie?

Keine gute Idee. Die dachte ja eh schon, dass ich in der Midlife-Krise steckte.

Daniel? Schon gar nicht.

Mein suchender Blick fiel auf ein Feld „Seine Meinung". Ich bewegte die Maus dorthin, und siehe da, der Pfeil verwandelte sich in ein Händchen. Sogar ich kapierte, dass das bedeutete, dass da noch was versteckt war. Klick! Und schon konnte ich sehen, was MK315LS zu den wirklich wichtigen Themen des Lebens zu sagen hatte. Hurra!

Er liebte „... ein gutes Wiener Frühstück mit Kipferl und Kaffee" – das klang nett – „Lachen und Freundlichkeit" – wer denn nicht? – und „berauschende Liebesnächte" – aha.

In der Beziehung war ihm wichtig: „Gegenseitige Achtung" (okay), „verständnisvolle und belastbare Freundschaft im Alltag“ (wieso belastbar, ist er so mühsam?) und „harmonische Sexualität“. Na hallo, schon wieder? War der Typ sexbesessen? Der war doch geschieden, hatte er noch nicht bemerkt, dass Sex nicht unbedingt das tragende Element einer Ehe war?

Oder Moment – vielleicht war das gerade der Grund, warum er geschieden war?

Seine Freude am Motorradfahren und seine politischen und philosophischen Ansichten überflog ich nur noch. Ein sexsüchtiger Mittvierziger – nein, das war es nicht, was wir brauchten, Hasenschnäuzchen, Andie und ich. Schließlich hatten wir noch 45 andere Anwärter!

„Hasenschnäuzchen und MK315LS haben 71% Übereinstimmung!“, jubelten Interfriends dennoch. Das Programm wusste offenbar nicht, dass hier ein notgeiler Motorradrocker ein williges Spielzeug suchte. Aber ich wusste dafür jetzt, was ÜE 71 bedeutete.

Na wenigstens etwas.

Der nächste, der nur ÜE 70 aufwies, war Informatiker, 48, und klang ganz nett. Zumindest sprach er nicht in jeder dritten Zeile über Sex, das war doch schon was. Er mochte klassische Musik, das gefiel mir (aber gefiel es auch Andie?), und ging Joggen, was auch noch kein Fehler war. Doch dann, o weh, stieß ich auf seine Hobbys. Er gab doch tatsächlich an, sich gerne mit dem PC zu beschäftigen. Nein, danke. Einen Typen, der ständig vor dem Computer hockte und immer nur von hinten zu sehen war, hatte ich bereits zu Hause. Noch einen von der Sorte brauchte ich wirklich nicht.

Äh – brauchte Andie nicht.

Ich studierte gerade Nummer fünf auf meiner Liste, einen akademischen Sachbearbeiter namens HY447ZB mit studierender Tochter, als es an der Haustüre klingelte. Ich schrak zusammen – ich war so ins Männeraussuchen vertieft gewesen, dass ich total vergessen hatte, wann, wer oder wo ich war.

Aber offensichtlich war ich zu Hause, im Kreise meiner Familie, es war Mittwochabend, und meine Tochter, aufgedonnert wie eine Haremsdame, öffnete die Haustür und zwitscherte:

„Hallo, Ludi! Süß, dass du gekommen bist!"

17. Kapitel

Ludi!

Den hatte ich ja total vergessen. Die Buchbesprechung von „König Ottokar"! Genau das hatte mir noch gefehlt. Von den fünf Menschen, die am wenigsten von der „Operation Hasenschnäuzchen" erfahren sollten, waren jetzt immerhin schon vier in meinem Haus versammelt. Fehlte nur noch Andie.

Hastig klickte ich auf das „x" rechts oben auf dem Bildschirm und sprang auf. Aus den Augenwinkeln nahm ich wahr, dass die politischen Ansichten meines Sachbearbeiters samt Tochter verschwanden und irgendwas anderes erschien. Egal, Hauptsache, HY447ZB war weg. Ich warf fast den Stuhl um, als ich hinausstürzte, um „Ludi" zu begrüßen.

„Hallo, Ludwig!"

„Guten Abend, Constanze!"

„Nett, dass du gekommen bist", heuchelte ich und knirschte unauffällig mit den Zähnen. „Geh nur schon ins Wohnzimmer! Möchtest du etwas trinken?" *Bildet euch bloß nicht ein, dass ihr in Stefanies Zimmer „lernen" dürft! Ihr bleibt schön hier im Wohnzimmer!*

„Ein Glas Wasser wäre nett."

„Möchtest du ein Achtel Wein?", säuselte Stefanie. Mir blieb der Mund offen stehen. Da tanzte das Kind halbnackt in einem Spaghetti-Top herum und bot dem zukünftigen Lustmolch auch noch Alkohol an?

„Wir haben keinen Wein!“, zischte ich ihr zu. „Und zieh dir gefälligst was an!“ Ich eilte in die Küche, um das gewünschte Wasser zu holen, ohne die beiden dabei länger als zwei Sekunden aus den Augen zu lassen. Daniel, der aus seinem Zimmer gekommen war, um zu sehen, wer geklingelt hatte, folgte mir.

„Die Stefanie hat dir hinterm Rücken die Zunge rausgestreckt“, petzte er. „Und sie hat deine Schminksachen genommen.“

„Das sieht man“, knurrte ich. Das Mädchen sah aus wie ... na ja, meine gute Erziehung und mein christliches Gewissen erlaubten es nicht, einen passenden Vergleich zu ziehen.

„Bist du sauer?“, fragte er hoffnungsvoll.

„Sobald der Typ weg ist, kann sie was erleben!“, versprach ich.

„Cool! Darf ich fernsehen? James Bond?“

„Nur weil ich auf Stefanie sauer bin, heißt das noch nicht, dass ich dir ...“ Ich unterbrach mich. Gerade hatte ich sagen wollen, dass ich trotzdem kein exzessives Fernsehen erlauben würde. Daniel hatte seine Fernsehzeiten für diese Woche schon letzte Woche aufgezehrt, weil da die gesamte „Herr der Ringe“-Trilogie im Ausmaß von neun Stunden gezeigt worden war. Aber jetzt hatte ich eine bessere Idee. Wenn Daniel im Wohnzimmer fernsah, waren Stefanie und Ludwig nicht allein, und ich musste sie nicht ununterbrochen im Auge behalten.

„Okay. Du darfst den James Bond sehen, aber du musst alle fünf Minuten einen Blick auf die zwei am Tisch werfen. Versprichst du mir das?“

Daniel strahlte so breit, dass die Sommersprossen auf seiner Nase zu tanzen schienen.

„Dafür rechnest du das nicht von meinen Fernsehstunden von nächster Woche weg, gut, Mami?“

Ich überschlug meine Optionen und empfand das als einen fairen Deal.

„Ist gut. Aber pass gut auf sie auf!"

Ich servierte Ludwig sein Glas Wasser und drückte Stefanie eine dünne Jacke in die Hand, wobei ich ihr durch beredtes Augenrollen befahl, sie sofort anzuziehen. Jetzt, wo Daniel das Wohnzimmer überwachen würde, ließ ich mich immerhin dazu hinreißen, einen Teller Kekse zu servieren. Auch ein potenzieller Lustmolch sollte nicht denken, dass ich eine schlechte Hausfrau wäre!

Bei diesem Gedanken fiel mir ein, dass ich ja auch nicht aufgeräumt hatte. Solange Daniel im Zimmer saß, konnte ich es wohl riskieren, einen kurzen Sprung ins obere Stockwerk zu machen. In Stefanies Zimmer sah es wie üblich aus wie im Urwald. Ich machte rasch das Bett und entfernte die Schmutzwäsche sowie das gebrauchte Geschirr. Zwar würde ich „Ludi" vierteilen, wenn er es wagen sollte, dieses Zimmer zu betreten, aber es sollte dabei wenigstens ordentlich aussehen.

Als ich wieder runterkam, hatte Minka, unsere Katze, es sich auf Daniels Schoß bequem gemacht, was seinen Bewegungsradius einschränkte, und das junge Glück hatte sich Daniels wachsamem Auge entzogen, indem es vor den Computer übersiedelt war. Stefanie tippte eifrig in die Tasten, und Ludwig beobachtete die Schrift, die auf dem Bildschirm entstand. Immerhin saß er auf einem eigenen Stuhl neben ihr. Er hätte sich ja auch hinter sie stellen können, um sich über sie zu beugen und ihr ins kindliche Dekolleté zu starren. Denn sie hatte zwar die Jacke angezogen, die ich ihr aufgenötigt hatte (und dadurch ihre Überlebenschancen beträchtlich erhöht), aber natürlich nicht zugeknöpft. Nun, jedenfalls saß Ludwig mit schicklichem Abstand neben ihr und starrte nur auf den Bildschirm – zumindest solange er mich in Reichweite rumoren hörte.

Jetzt hatte ich den James-Bond-Film ganz umsonst erlaubt ...

*

Ich streunte unschlüssig durchs Haus, immer in der Nähe von Max' Büro, und versuchte gerade so viel Krach zu machen, dass die beiden da drinnen merkten, dass ich in der Nähe war. Allerdings hatten sie ohnehin die Türe offen gelassen, Ludwig saß mit verschränkten Armen auf seinem Stuhl, und das Gespräch schien sich tatsächlich hauptsächlich um König Ottokar zu drehen. Also entspannte ich mich langsam. Ich begann mich sogar zu ärgern, dass diese zwei den Computer annektiert hatten, ohne zu fragen – also war ich schon sehr entspannt!

Schließlich sah ich mir sogar den Showdown von James Bond an, der erwartungsgemäß aus einer Verfolgungsjagd und ein paar Explosionen bestand, und kurz bevor Sean Connery sich mit der hübschen Agentin zu ein paar außerehelichen Schweinereien zurückzog, war auch König Ottokar fertig.

„So, das hätten wir!", verkündete Ludwig und rollte seine Schultern, um die Verspannung zu lösen.

Stefanies Augen glänzten.

„Das wird die ur-geniale Buchbesprechung", schwärmte sie. „Darauf krieg' ich bestimmt einen Einser – und dann lade ich dich zu einem Eis ein."

Na hallo, das Mädel ging aber ran! Wie war ich nur zu einer so aggressiven Flirterin als Tochter gekommen?

„Da muss dein Lehrer sich beeilen", schmunzelte Ludwig. „Die Eisdielen machen nämlich demnächst zu."

„Nicht alle. Es gibt auch welche, die den ganzen Winter offen haben."

Jetzt wurde es aber langsam peinlich!

„Vielen Dank für deine Hilfe", mischte ich mich ein, bevor Stefanie ihn womöglich noch zu einem Candlelight-Dinner samt Schleiertanz einladen konnte. „Wir sehen uns dann in der Buchhandlung." Damit schob ich Ludwig zur Tür hinaus.

„Bis dann. Servus!“ Er winkte fröhlich und räumte freiwillig das Feld.

Kaum war er draußen, stemmte Stefanie die Arme in die Seiten und fauchte: „Was war denn das jetzt für ein Auftritt?“

18. Kapitel

Mir sank die Kinnlade auf die Brust.

„Wie bitte?“

„Na, du schmeißt meinen Besuch ja förmlich zur Tür hinaus!“, schnaubte Stefanie aufgebracht. „Und wieso darf er plötzlich keinen Wein trinken?“

Jetzt wurde es mir aber zu bunt. Was bildete sich dieses Kind eigentlich ein?

„Entschuldige mal!“ Mein Tonfall war jetzt ebenfalls etwas schärfer. „Was glaubst du eigentlich, wo wir hier sind? Du lädst dir Herrenbesuch ein, der definitiv zu alt für dich ist, springst fast nackt herum und bist aufgebrezelt wie eine … wie eine …“ Ich schnappte nach Luft und rang um ein Wort.

„Eine Nutte!“, krähte Daniel vom Fernseher her. Sein christliches Gewissen war offenbar noch nicht so ausgeprägt wie meines, und seine Erziehung … äh, nun ja.

„Ah so?“, kreischte Stefanie mich an, nicht im Geringsten beschämt oder betroffen. „Wenn *ich* mich schminke, ist es nuttig, und wenn *du* das machst, elegant? Letzte Woche, wo der Ludi *dein* Gast war, hat er Wein und Bier und Bowle und haufenweise Essen angeboten gekriegt – und jetzt? Jetzt ist er *mein* Gast, und da kriegt er Wasser und Brot?“

„Es war kein Brot, es waren Kekse!“, berichtigte ich, bebend vor Wut. „Und wozu hast du ihn überhaupt eingeladen? *Ich* hab auch Germanistik studiert, ich kann diesen Ottokar im Schlaf aufsagen! Aber *du* musst dich an diesen ... diesen *Typen* ranschmeißen, dass es schon richtig peinlich ist!"

„Peinlich, ja?" Sie verdrehte die Augen zum Himmel und warf die Arme hoch. „Mam, du hast keine *Ahnung*, was peinlich ist! Du weißt überhaupt nicht, was das Wort bedeutet!" Damit stürmte sie die Treppe hinauf und verschwand in ihrem Zimmer, bevor ich es ihr befehlen konnte.

Aahrggl! Teenager!

„Ich kann nichts dafür!", beteuerte Daniel und hob mir seine leeren Handflächen entgegen. „James Bond geht trotzdem nicht auf mein Fernsehkonto. Du hast's versprochen." Ohne meine Antwort abzuwarten, huschte er ebenfalls nach oben.

Zumindest wusste er, wann er mir besser aus dem Weg gehen sollte – und ich ersparte es mir, ihn ins Bett zu treiben.

Oben hörte ich Stefanie aufgeregt reden. Wahrscheinlich klagte sie ihrem Papilein ihr Leid, wie übel sie vom Mutter-Drachen geknechtet wurde. Was Max sagte, konnte ich nicht hören, aber ich konnte es mir vorstellen. Sicher spielte er wieder „böse Mami, lieber Papi" – und das, nachdem er den ganzen Vorfall überhaupt nicht mitbekommen hatte, weil er sich mit seinem Liebling, dem Laptop, im Schlafzimmer eingebunkert hatte und an seiner Karriere arbeitete.

Mein Zorn stand wie eine Gewitterwolke über meinem Haupt. Ab und zu zuckten sogar Blitze heraus. In dieser Verfassung konnte ich auf keinen Fall hinaufgehen, mich friedlich ins Bett legen und darauf warten, dass Max seinen Blick vom Bildschirm losriss und neben mir zu schnarchen begann.

Ich beschloss, ihm einmal Gleiches mit Gleichem zu vergelten: Ich würde bis tief in die Nacht vor dem Computer hocken und unansprechbar sein. Da sah er mal, wie das war.

„Operation Hasenschnäuzchen" ging in die zweite Runde.

*

Es ging bereits auf Mitternacht zu, und es war Zeit, eine Entscheidung zu treffen. Ich hatte eine Liste von Favoriten angelegt, in der sich schon vier vielversprechende Kandidaten befanden: der akademische Sachbearbeiter, bei dem mich Ludwigs Besuch unterbrochen hatte, ein Kaufmann mit eigenem Haus, ein musikliebender Englischlehrer und ein Diplom-Krankenpfleger mit zwei Kindern. Ich hatte mit Vergnügen festgestellt, dass das mit dem Internet gar nicht so schwer war, wie ich gedacht hatte. Zuerst hatte ich ein wenig mit dem Login gekämpft, aber das lag nur daran, dass ich das Passwort als „Erbsenbär" statt als „Erbsenbaer" eingegeben hatte. (Ich und Passwörter!!!) Danach ging es ganz einfach – ich hatte es sogar geschafft, diese Liste zu erstellen und meinen Favoriten Spitznamen zu verpassen. Besonders fantasievoll waren sie nicht: „Sachi", „Kaufi", „Engli" und „Pflegi". Aber wie sollte man Leuten, die man nicht kannte, passende Namen geben? So konnte ich sie wenigstens leicht auseinanderhalten, denn der Unterschied zwischen „HY447ZB" und „HZ747BY" war irgendwie nicht so einprägsam.

Aber jetzt wurde es Zeit, mit meinen Favoriten Kontakt aufzunehmen! Ich fasste mir ein Herz und klickte auf „Kontaktaufnahme". Aber wenn ich gedacht hatte, dass mir jetzt „Sachi"s E-Mail-Adresse präsentiert wurde, dann hatte ich mich geschnitten. Die Seite, die sich öffnete, hieß: „Interfriends – jetzt Vollmitglied werden!"

Natürlich. „Kostenlos anmelden" war nur zum Appetitholen da. Wollte man Nägel mit Köpfen machen, dann musste man bezahlen. Eh klar – von irgendwas mussten diese Interfriends ja auch leben.

Ich seufzte. Wahre Freundschaft war nun mal nicht

kostenlos. Ergeben füllte ich die Nummer meiner Kreditkarte aus, und – wupps – war ich um 100 Euro ärmer und dafür Interfriends-Vollmitglied für drei Monate und somit berechtigt, Kontakte zu knüpfen. Ich kehrte zu „Sachi“ zurück und knüpfte.

19. Kapitel

„Ihre Nachricht an HY447ZB“, forderte der Computer mich auf. Vor mir gähnte ein leeres Rechteck, das mit klugen Worten gefüllt werden wollte. Ich konnte plötzlich verstehen, warum Schriftsteller beim Anblick eines leeren Blattes von Schreibhemmung befallen wurden. Bei mir war es mehr eine Ganzkörper-Lähmung. Ich starrte das Rechteck an, es starrte zurück, und mir fiel absolut nichts ein.

„Sehr geehrter Herr“, tippte ich schließlich. Das war nicht originell, aber es konnte wohl kaum falsch sein, und zumindest war das Blatt jetzt nicht mehr leer.

„Ich fand Ihren Steckbrief sympathisch“, rang ich mir ab. Das war zwar selbstverständlich, denn warum sonst sollte ich ihm schreiben? Aber das Blatt wurde zusehends weniger leer, und das beflügelte mich.

„Eigentlich suche ich nicht für mich einen Partner, sondern für meine Freundin.“ Das musste ich auf jeden Fall gleich sagen, sonst konnten ja die blödesten Missverständnisse entstehen. „Meine Freundin weiß nichts davon, und es wäre schön, wenn das so bleiben könnte. Sie ist hübsch, schlank und dunkelhaarig, temperamentvoll und unkonventionell. Sie hat eine 10-jährige Tochter. Das können Sie natürlich auch ihrem Steckbrief bei ‚Interfriends‘ entnehmen. Es wäre schön, wenn Sie mit dem christlichen Glauben etwas anfangen könnten. Ich freue mich darauf, von Ihnen zu hören. Mit freundlichen Grüßen" – äh, was nun? Sollte ich diese Nachricht mit meinem Namen unterschreiben? Oder lieber mit „Hasenschnäuzchen"? Oder mit Andies Namen? Nach einigem Hin und Her entschied ich mich für „Constanze". Sicher gab es in Wien ein paar tausend Constanzes, damit war meine Anonymität noch nicht sehr gefährdet.

Ich kopierte den Text in eine Zwischenablage (ha! War das nicht clever von mir? Bald würde ich ein Internet-Profi sein, haha!) und schickte ihn der Einfachheit halber gleich an alle vier Kandidaten, die ich ausgewählt hatte.

Jetzt hieß es warten.

Eigentlich wäre ich gern ins Bett gegangen, aber ich wollte, dass Max nach mir rief. Er hatte mich so oft warten lassen, weil er vorm Computer versandet war – *einmal* wollte ich *ihn* warten lassen. Aber anscheinend vermisste er mich noch nicht.

Ich klickte zurück zu meinen – äh, Andies – Partnervorschlägen. 46 waren eine ganze Menge, und ich hatte noch nicht einmal 20 davon studiert. Freilich wurden die ÜE-Punkte, die die Übereinstimmung anzeigten, immer weniger; aber schließlich hieß es ja nicht nur „gleich und gleich gesellt sich gern", sondern auch „Gegensätze ziehen sich an". Also zum Kuckuck mit den ÜE-Punkten! Ich erfuhr einiges über geschiedene Ärzte, dynamische Manager und ehrliche Handwerker und erweiterte meine Favoriten-Liste um einen Tischler mit Hund. Sowas konnte Andie derzeit bestimmt gut brauchen. (Den Tischler, nicht den Hund.) Ich schickte ihm denselben Text wie den anderen. Als ich dann auf Hasenschnäuzchens Startseite zurückging, stockte mir der Atem.

„Sie haben 2 neue Nachrichten!", verkündete mir eine Inschrift, neben der ein Herz blinkte.

Mein Herz blinkte – äh, klopfte auch.

Da war Hasenschnäuzchen seit höchstens einer Stunde Interfriends-Vollmitglied, und schon hatte sie zwei Nachrichten? Und das an einem stinknormalen Mittwoch um Mitternacht? Taten männliche Singles Tag und Nacht nichts anderes, als vor dem Computer zu hocken und E-Mails an alleinerziehende Volksschullehrerinnen zu schreiben?

Die erste Nachricht war jedoch eine Enttäuschung.

„BF319GD ist noch kein registriertes Interfriends-Vollmitglied und kann daher leider nicht kontaktiert werden", teilte mir das Programm mit. Ich verglich die scheußlichen Chiffren und stellte fest, dass „BF319GD" der Kaufmann mit eigenem Haus war, den ich „Kaufi" genannt hatte. So ein Geizkragen! Besaß ein ganzes Haus und war sich zu gut, die Mitgliedsgebühr zu bezahlen. So einen Kleinkrämer wollten wir sowieso nicht. Ich löschte seinen Steckbrief aus meiner Favoriten-Liste und wandte mich der zweiten Nachricht zu.

Diesmal war es ein echter Brief!

„Liebe gnädige Frau!", begann er. Das gefiel mir. Wer immer es war, er hatte Manieren. Für Andie war es vielleicht ein wenig zu steif, zu förmlich, aber ich fand es nett. „Über Ihre Anfrage habe ich mich sehr gefreut. Ich habe Ihr Profil – oder vielmehr das Ihrer Freundin – bereits studiert und finde es ebenfalls interessant. Vielleicht möchten Sie mir ein bisschen mehr über Ihre Freundin erzählen und auch etwas über mich erfahren? Wäre für Sie auch der Austausch von Fotos denkbar? Mit freundlichen Grüßen und hoffentlich bis bald, Richard".

Wow!

Ich schob die Unterlippe vor und blies mir eine Haarsträhne aus dem Gesicht. Das war ja ein Hammer, wie meine Tochter sagen würde. Dass es *so* schnell gehen würde, hatte nicht mal ich geglaubt. Schnell überprüfte ich die Nummer und fand heraus, dass der höfliche Brief von „Engli" stammte, dem musikalischen Englischlehrer. Ein Lehrer, warum nicht? Andie war selbst Lehrerin.

Ich schrieb ihm zurück, erzählte ein bisschen was von Andie, wie ewig lange wir uns kannten und so, aber keine intimen Details. Dafür stellte ich eine Menge Fragen – welche Art von Musik er liebte, an welcher Schule er unterrichtete, ob er selbst Kinder hatte, was für Urlaub er gern mochte und so weiter. Während ich auf Antwort wartete, kochte ich mir einen Kaffee und lauschte ein wenig unter der Treppe, aber Max schien noch immer kein Verlangen nach mir zu haben. Nun, dann musste er eben noch länger schmoren. *Ich* musste morgen früh nicht zur Arbeit, hehe!

Richard schrieb tatsächlich innerhalb weniger Minuten zurück und beantwortete brav meine Fragen. Mit Kaffee gedopt spürte ich neue Kräfte in mir und erzählte ihm mehr über Andie und mich. Es war toll, dass man einfach seine geheimsten Gedanken in diese anonyme Kiste tippen konnte und sofort eine nette und kluge Antwort bekam. Ich begann zu begreifen, warum Stefanie sich so für diese idiotischen Chatrooms begeisterte ...

„Was mich besonders angezogen hat", schrieb Richard zu vorgerückter Nachtstunde, „war die Tatsache, dass Sie den christlichen Glauben erwähnt haben. Darüber würde ich gern Näheres erfahren. Ich muss gestehen, dass ich ein praktizierender Christ bin. Leider kommt das bei vielen Damen gar nicht gut an; eine bemerkenswerte Mehrheit begeistert sich für Horoskope, Handlesen und ähnliche esoterische Künste. Sobald man das Wort ‚Bibel' erwähnt, wird der Kontakt abgebrochen. Ich hoffe sehr, dass das bei Ihnen bzw. Ihrer Freundin nicht der Fall ist."

Mir wurde schwindlig, als ich diese Zeilen las. Aber daran war der Konsum von drei Tassen Kaffee wahrscheinlich ursächlich beteiligt. Gleich beim ersten Versuch ein Volltreffer! Das konnte doch fast nicht wahr sein ...

Oder doch – natürlich! Gott hatte mir den Auftrag gegeben, einen Mann für Andie zu finden, und er half mir bei der Auswahl. Halleluja! Fast hätte ich aus vollem Herzen zu singen angefangen, ich wollte bloß die Kinder nicht wecken.

„Danke, Herr!“, flüsterte ich inbrünstig und tippte mit fliegenden Fingern eine Antwort an Richard.

Es war unglaublich! Richard glaubte an den Gott der Bibel, ohne Schnickschnack oder Firlefanz. Wir verstanden uns großartig. Die Abstände zwischen den E-Mails wurden immer kürzer (dafür die Tippfehler mehr). Je länger wir uns mailten, desto stärker wurde das Gefühl, als würden wir uns schon lange kennen. Da ich aber keinen realen Richard im passenden Alter kannte – schon gar keinen, der Englischlehrer war –, konnte es sich nur um Seelenverwandtschaft handeln. Ich verlor das Gefühl für Zeit und Raum, ich war wie im Rausch.

Irgendwann kam dann die Nachricht: „Liebe Constanze, ich könnte stndenlang so weitermaillen! Aber leiider ist es 4 uhr vorbei + um 8 mus ich in der Klasse stehen + in ganzen sätzen sprechen. auch wen es mir überaus schwrfälllt, muss ich schlus machen. Morgen Abnd um 8 binich wider eingeloggt! bis dann gute Naxht Richard“

Ich sah auf die Uhr und erschrak. Wirklich schon vier Uhr vorbei? Das war unmöglich, die Zeit war wie nichts vergangen. Aber die Anzahl der Tippfehler zeigte mir, dass der arme Mann bereits total übermüdet sein musste – vor ein paar Stunden hatte er noch ganz fehlerfrei geschrieben.

„Gute Nacht, ich freue mich auf morgen!“, mailte ich.

Max hatte noch immer nicht nach mir gerufen. Saß der Mensch womöglich noch immer vor seinem Laptop? Hatte er denn total die Zeit vergessen (so wie ich, ähem)?

Egal. Länger konnte und wollte ich nicht mehr aufbleiben. Wie gerne hätte ich den Triumph gekostet, dass *einmal* ich diejenige war, die „Gleich, ich komme bald“ rief und dann ewig nicht kam. Es sollte halt nicht sein.

Leise, um die Kinder nicht zu wecken, schlich ich nach oben.

Im Schlafzimmer war es finster. Max Schmidleitner, das rätselhafte Wesen, lag im Bett und schlief tief und fest.

20. Kapitel

Ich war kaum eingeschlafen, als Max vorsichtig meine Schulter schüttelte und mir einen Kuss auf den Mund drückte.

„Was is?“, nuschelte ich unter Überwindung, ohne die Augen zu öffnen.

„Musst du nicht die Kinder wecken?“, flüsterte er. „Es ist sieben Uhr.“

„Was?“ Entsetzt riss ich die Augen auf. Tatsächlich, es war schon hell. Wie lange mochte ich geschlafen haben? Selbst nachdem ich mich ins Bett gelegt hatte, hatte ich mich noch längere Zeit schlaflos gewälzt – das war wohl die Schuld des vielen Kaffees …

Ich stöhnte und bedeckte das Gesicht mit meinem Arm. Ich fühlte mich, als ob mich ein Lastwagen überfahren hätte.

„Geht's dir nicht gut?“, fragte Max besorgt. „Du bist gestern erst so spät schlafen gekommen …“

„Konnte nicht einschlafen“, murmelte ich – und das war ja nicht einmal gelogen!

„Soll ich die Kinder versorgen?“, bot er an.

„Würdest du?“ Ich versuchte, meiner Stimme einen enthusiastischen Klang zu verleihen, aber es erforderte übermenschliche Anstrengung.

„Sicher. Schlaf noch eine Runde. Was muss ich tun?“

„Pausenbrote einpacken“, lallte ich. „Halb acht wegschicken. Danke, Erbsenbär!“

„Schlaf gut.“ Er küsste meine Schulter – das einzige, was er von mir sehen konnte, weil ich mir das Kissen über den Kopf gezogen hatte. Danach versank ich in eine Art Halbkoma, einen Dämmerschlaf voller wirrer Träume, unfähig, mich zu bewegen.

Ich erwachte erst kurz bevor die Kinder aus der Schule kamen, mit mörderischen Kopfschmerzen. Irgendwie gelang es mir, mich anzuziehen und ein Fertiggericht aus der Tiefkühltruhe in die Mikrowelle zu transferieren. Ich selbst ernährte mich von Aspirin. Die Kinder merkten nicht, dass es nur Fertigfutter gab, oder zumindest störte es sie nicht. Stefanie sprach möglicherweise sowieso nicht mit mir – ich war nicht ganz sicher, denn da Daniel ununterbrochen schwatzte, kam sie eh nicht zu Wort. Ich auch nicht, aber das war mir ganz recht. Ich ließ Daniels Geplapper an mir vorbeirauschen und beschränkte meine Antworten auf „hm", „aha" und „na so was".

Am Nachmittag erholte ich mich so weit, dass ich ein bisschen im Garten arbeiten konnte. Das Wetter war herrlich, sonnig und mild, so zwischen Spätsommer und Frühherbst. Frau Gollmann von schräg gegenüber winkte mir zu und brachte mir ein Körbchen mit späten Zwetschgen von ihrem Baum.

Ich verarbeitete sie zu einem Kuchen (die Zwetschgen, nicht Frau Gollmann), um mich damit bei Max zu bedanken, dass er mich in der Früh entlastet hatte. Max kam spät, freute sich über den Kuchen und verschwand in seinem Büro.

„Kann ich später an den Computer?", fragte ich ihn.

„Sicher, ich kann auch wieder im Schlafzimmer arbeiten."

„Das wär' super!" (*denn dann siehst du nicht, was ich hier mache.)*

„Seit wann begeisterst du dich denn so für den Blechtrottel?", schmunzelte er.

„Ach, na ja ... ich versuche mich schlau zu machen, wie das mit dem Internet funktioniert", stotterte ich. „Schließlich sollte man so was heutzutage wissen, nicht? Im Buchladen benutzen wir ja auch Computer, und ich möchte mich einfach ein bisschen besser auskennen."

Mein Gesicht fühlte sich heiß an, und ich hoffte, dass es nicht so rot leuchtete, wie es sich anfühlte. Konnte es wahr sein – ich log meinen eigenen Mann an? Weil ich heimlich mit einem anderen mailen wollte?!

Aber es war ja ganz anständig und in Ehren. Für Andie!

„Soll ich dir helfen?“, bot Max an.

Bloß das nicht!

„Nein, es geht schon“, lächelte ich. „Es macht Spaß, selbst draufzukommen. Außerdem weiß ich ja, wie viel du zu tun hast.“

„Du bist die Beste!“, fand er.

*

Pünktlich kurz vor acht Uhr saß ich vor dem Computer. Ich wunderte mich selbst, wie aufgeregt ich war. Würde Richard wirklich wieder da sein? Ich fühlte mich wie ein Teenager vorm Rendez-vous – und dabei gehörte Richard ja nicht einmal mir, sondern Andie.

„Sie haben 3 neue Nachrichten“, blinkte das Herz.

Eine war von „Sachi“, dem akademischen Sachbearbeiter, und eine von dem Tischler mit Hund. Beide zeigten Interesse, Hasenschnäuzchen kennenzulernen; Sachi schickte jedoch voraus, dass er praktizierender Atheist war und hoffte, das würde nicht zu Problemen führen. Der Tischler äußerte sich nicht zu diesem Thema, sondern erging sich in seinen Vorlieben, was Figur und Haartracht seiner Traumfrau anbelangte.

Die dritte Nachricht war von Richard. Sie stammte vom Vormittag und lautete: „Ich freue mich schon auf unseren Chat am Abend! LG Richard“.

Wie süß! Offenbar hatte er in der Schule eine Pause dazu genutzt, um mir (vom Schulcomputer aus!) diese Botschaft zukommen zu lassen.

Ich wartete bis Punkt acht Uhr – wenn ich früher schrieb, könnte der Mann mich womöglich für übereifrig halten.

Gerade als ich beginnen wollte, eine E-Mail zu tippen, blinkte das Herz wieder. Richard war mir zuvorgekommen!

„Liebe Constanze“, schrieb er, „ich habe mich schon

lange nicht mehr so gut unterhalten wie gestern Abend. Hoffentlich ist Ihre Freundin genauso gebildet, kultiviert, charmant, witzig und gläubig wie Sie. Ich kann es gar nicht erwarten, Sie beide kennenzulernen."

Wow! Er dachte bereits an ein Treffen! Mein schlauer Ratgeber empfahl, die Bekanntschaft wenigstens ein, zwei Wochen in virtueller Form zu pflegen, um einander ein bisschen näher kennenzulernen, bevor man ein „richtiges" Treffen in Angriff nahm. Aber ich hatte das Gefühl, Richard seit Jahren zu kennen.

„Das wäre toll", mailte ich zurück. „Ich schlage vor, dass wir beide uns zuerst allein treffen. Danach stelle ich Sie Andie vor."

„Sie wollen erst testen, ob ich was tauge, gell? ☺" schrieb er. „Recht haben Sie. Wer wird denn die Katze im Sack kaufen? Ich hoffe, ich werde Ihren Ansprüchen gerecht – ich werde mir mächtig Mühe geben."

„Morgen kurz nach sechs in der Kurkonditorei Oberlaa in der Babenbergerstraße", schlug ich vor. Das war in der Nähe der Buchhandlung, so konnte ich nach Geschäftsschluss direkt hingehen.

„Morgen schon?", schrieb er. Oje, hoffentlich war ich jetzt nicht zu forsch gewesen …?

„Ist das zu kurzfristig? Haben Sie schon was vor?"

„Nichts, was wichtiger wäre! Ich werde um 6 in der Konditorei sein!"

„Woran erkenne ich Sie?" Wir hatten noch keine Gelegenheit gefunden, um Fotos auszutauschen. Um ehrlich zu sein, hatte ich keine Ahnung, wie man ein Foto in den Computer reinbekam.

„Ich bin ein Liliputaner mit zwei Köpfen, und als Erkennungszeichen trage ich eine weiße Nelke im Knopfloch!", schrieb er. Ich brauchte eine Sekunde, um zu begreifen, dass er einen Witz machte. „Nein, im Ernst, ich bin groß, schlank und dunkelhaarig, und die Nelke werde ich wirklich tragen. ☺"

„Ich freue mich auf morgen!“, mailte ich – und das war nicht übertrieben.

21. Kapitel

Obwohl ich erst um zehn Uhr in der Buchhandlung sein musste, begann ich gleich, als die Kinder in die Schule aufgebrochen waren, meine Kleidung zu wählen. Elegant sollte sie sein, aber nicht aufgedonnert, dezent, aber nicht zu sehr auf graue Maus, seriös, aber nicht langweilig ... Ich entschied mich für ein hellgraues Kostüm mit schmalem Rock und tailliertem Blazer, dazu eine altrosa Bluse und ein Seidentuch. Außerdem wusch ich mir die Haare und drehte sie auf Lockenwickler. Ich überlegte, ob hochhackige Pumps passend waren, entschied mich aber dagegen. Zu pompös. Es war schließlich eher ein Nachmittags-Treffen als eine Abendeinladung. Außerdem musste ich vorher noch den ganzen Tag im Geschäft stehen. Ich wählte meine Lieblingsschuhe aus dunkelblauem Leder mit dünnen, halbhohen Stöckeln. Elegant, aber nicht überkandidelt. Und halbwegs bequem.

„Huh!“ Larissa rollte die Glubschaugen, als ich den Laden betrat. „Hast du heute eine Verabredung mit der Queen?“

„Oder trittst du in der Oper auf?“, fügte Ludwig hinzu, der seine unvermeidlichen Kisten mit Büchern hin- und hertrug und sich nicht im Geringsten befangen fühlte, bloß weil er versucht hatte, meine Tochter zu verführen. (Na ja, oder eigentlich sie ihn, in ihrem kindlichen Unverstand.)

„Ihr redet ja so, als ob ich sonst immer in Zigeunerkleidung rumlaufen würde!“, tat ich beleidigt.

„Was? Du? Du bist Mrs Perfect, weißt du nicht mehr?“, rief Larissa. „Wenn das, was du normalerweise trägst, Zigeunerkleidung ist, dann hab ich“, – sie zupfte an ihrem grünen Sweatshirt –, „Putzlappen an!“

„Na und ich erst, ich bin vergleichsweise geradezu nackt!“, behauptete Ludwig. (Dabei trug er Jeans und ein T-Shirt mit der Aufschrift *I am God's original creation.*) Ich ließ mich aber selbst durch die Vorstellung eines nackt durch den Verkaufsraum hüpfenden Ludwig nicht dazu hinreißen, den Grund für mein elegantes Outfit zu verraten. Im Gegenteil, ich vermied jedes Thema, das auch nur in die Nähe kam. Ich sprach auch nicht mit Larissa über unser „Traummann“-Buch. Das war zwar schade, denn ich hätte gern gewusst, welche Ratschläge sie schon befolgt hatte und mit welchem Erfolg, aber das hätte unweigerlich dazu geführt, dass sie mich dasselbe gefragt hätte. Ich hatte ihr zwar von der Kuppel-Party erzählt – aber „Operation Hasenschnäuzchen“ war nun doch irgendwie zu peinlich.

Gegen sechs sah ich immer öfter auf die Uhr und hoffte im Stillen, dass wir pünktlich schließen konnten. Das prachtvolle Wetter lockte leider Millionen von Touristen an, die über den Heldenplatz schlenderten und das berühmte Denkmal von Erzherzog Karl fotografierten, dessen Pferd frei auf den Hinterbeinen balancierte, ohne sich mit dem bronzenen Schwanz abzustützen. Dann spazierten sie durchs Burgtor, fotografierten Kaiserin Maria Theresia zwischen dem kunst- und dem naturhistorischen Museum – und dann kamen sie in unsere Buchhandlung, um Souvenirs und Reiseführer zu kaufen. Ich hatte schon angeregt, eine japanische Ausgabe von „Jesus, unser Schicksal“ auszulegen, um dem missionarischen Charakter unseres Geschäftes besser gerecht zu werden. An einem Tag wie heute konnte es natürlich nicht ausbleiben, dass drei Minuten vor sechs ein Schwall von Asiaten hereinkam, die mit Kameras behängt waren und Postkarten und Schneekugeln mit dem Riesenrad kaufen wollten.

Ich sah mein Rendezvous dahinschwinden. Was sollte Richard von mir denken, wenn ich gleich beim ersten Date zu spät kam? Und das, wo ich Unpünktlichkeit hasste!

„Na, geh schon", hörte ich Larissas Stimme an meinem Ohr. „Wir wollen die Queen doch nicht warten lassen, oder?"

Erleichtert umarmte ich sie und huschte hinaus. Die Kurkonditorei Oberlaa lag nur zwei Minuten entfernt. *Richard, ich komme!*

Aber nach zwei Schritten stockte ich. Denn in einiger Entfernung sah ich jemanden auf mich zukommen, den ich ganz und gar nicht treffen wollte. Und dieser Jemand war Stefanie.

*

Hastig drehte ich mich weg in der irrigen Hoffnung, sie würde mich nicht erkennen. Was hatte das Gör überhaupt hier zu suchen? Ich brauchte ein Versteck. Ins Geschäft zurückgehen konnte ich natürlich nicht, denn dort wollte sie ja wohl rein. Es gab keinen schützenden Hauseingang in erreichbarer Nähe – einzig und allein eine Litfasssäule am Gehsteigrand stellte einen gewissen Sichtschutz dar. Ich sprang hinter die Säule und schlich langsam rundherum, weil Stefanie ja immer näherkam und irgendwann daran vorbeigehen würde. Darauf bedacht, stets auf der gegenüberliegenden Seite zu bleiben, schob ich mich Schritt für Schritt weiter, ohne auf meine Füße zu achten – bis ich plötzlich von der Gehsteigkante herunterknickte und mit dem rechten Fuß auf die Fahrbahn rutschte.

Ich unterdrückte einen erschrockenen Aufschrei. Die Straße war zwar gerade leer, aber sobald die Ampel an der nahe gelegenen Kreuzung umspringen würde, würde ein Schwung von Autos vorbeibrausen. Schnell wollte ich meinen Fuß wieder raufziehen – aber es ging nicht. Der Absatz meines Schuhs hatte sich in einem Kanalgitter verfangen.

Ich ruckelte, drehte und kippte meinen Fuß, aber der Schuh kam nicht frei. Ein panischer Blick auf die Ampel zeigte mir, dass es gerade Grün wurde und eine Phalanx von Autos in meine Richtung startete.

„Mam, was *machst* du da?"

Ich zuckte zusammen. Stefanie! Die hatte ich ganz vergessen.

„Ich ... äh ... schau mir das Plakat an", heuchelte ich. Das Plakat, das zufälligerweise gerade vor meiner Nase hing, warb für ein Musical mit Inhalten von eher zweifelhaftem moralischem Wert. Auch konnte ich es kaum sehen, weil ich mich wegen der herannahenden Autofront so eng an die Litfasssäule lehnte, dass ich sie quasi umarmte.

„Mam!", kreischte Stefanie und riss an meinem Arm. „Pass auf!" Sie zerrte so heftig an mir, dass ich einen Schritt machen musste, um nicht umzufallen. Mein Fuß schlüpfte aus dem Schuh und ich stolperte auf den Gehsteig; im gleichen Augenblick donnerte das erste Auto so nah vorbei, dass unsere Haare flatterten.

„Der hätte dich fast überfahren!", schrie Stefanie aufgelöst.

„Aber nein – da war doch noch so viel Platz", behauptete ich zitternd und zeigte mit den Händen gut zwanzig Zentimeter. Ich atmete tief durch. Nichts passiert. Keine Panik.

„Was machst du eigentlich schon wieder hier?", fragte ich dann, um vom Thema abzulenken. Ich versuchte dabei würdevoll und autoritär auszusehen, aber das war nicht so einfach – von meinen Füßen war einer beschuht und einer nur bestrumpft, und außerdem waren sie ungleich hoch.

„Den Ludi abholen", meinte sie unbekümmert. „Ich hab ihm doch ein Eis versprochen!"

Mir blieb der Mund offen stehen über so viel Unverfrorenheit. Ich wollte zu einer Predigt zu den Themen „aufdrängen" und „sich ranschmeißen" ansetzen, doch ich überlegte es mir schnell anders. Leider musste ich Ludi das

Feld überlassen – denn *ich* konnte Stefanie im Augenblick wirklich gar nicht gebrauchen.

„Na dann viel Spaß", murmelte ich dumpf. „Dräng dich halt nicht allzu offensichtlich auf – das gehört sich nicht. Da könnten die Leute auf falsche Ideen kommen."

„Gehst du denn nicht mit?"

Blitzartig wurde mir offenbar, dass meine Tochter mit mir als Anstandsdame gerechnet hatte – das gute Kind! Wie hatte ich ihr doch Unrecht getan! In aller Unschuld erprobte sie ihre Wirkung auf Männer, ohne noch so recht zu wissen, wie weit sie gehen durfte, und hoffte dabei auf meine Unterstützung!

„Tut mir leid – ich hab was Dringendes zu erledigen", murmelte ich noch undeutlicher und versuchte dabei, einbeinig einen Rest von Würde zu bewahren.

„Na wie du meinst." Sie zuckte die Achseln und ging beschwingt in Richtung Buchhandlung weiter.

22. Kapitel

Ich wartete die nächste Rotphase an der Ampel ab, um nach meinem Lieblingsschuh zu tauchen. Er hatte sich richtig im Kanalgitter verkeilt. Ich kniete auf dem Bordstein und mühte mich nach Kräften, ihn da rauszuholen.

Knacks – jetzt war es passiert: der Absatz war abgebrochen. Ich zerdrückte einen unchristlichen Fluch zwischen den Zähnen. Mittlerweile war es zehn nach sechs, meine Hände und Knie waren voller Straßenstaub, und Stefanie, Ludwig und Larissa konnten jeden Moment rauskommen und sehen, was ich tat. Ich beschloss, den Absatz stecken zu lassen und später zurückzukommen, um ihn zu holen. Hastig streifte ich den ramponierten Schuh über und humpelte auf verschieden langen Beinen los. Dabei war es ja direkt ein Glück, dass ich nicht die hochhackigen angezogen hatte – sonst wäre der Höhenunterschied noch krasser ausgefallen.

Atemlos, zerzaust und dreckig kam ich in der eleganten Kurkonditorei an.

Und da war er.

*

Ich erkannte ihn sofort. Groß, schlank, dunkelhaarig und ein Lächeln wie in der Zahnpastareklame. Außer von ihm wurden die polierten Teakholztische nur von ein paar dicken älteren Damen bevölkert, die ihre Hüte auf dem Kopf behielten, sowie von einem Hofrat mit Glatze und Kugelbauch, der nur Augen für seine Schokoladentorte hatte. Dass Richard die versprochene weiße Nelke wie einen Schutzschild vor die Brust hielt, wäre also gar nicht notwendig gewesen.

Ich schaukelte huldvoll näher. Der fehlende Absatz verlieh mir einen aufreizenden Hüftschwung – allerdings nur einseitig.

„Constanze!" Er erhob sich, ganz Gentleman, und küsste mir die Hand. Dabei betrachtete er mich mit unverhohlener Bewunderung. Ich hatte ganz vergessen, wie es sich anfühlte, so angeschaut zu werden. Mir wurde ganz warm.

„Tut mir leid wegen der Verspätung!", stammelte ich schnell, um mir nichts anmerken zu lassen.

„Aber ich bitte Sie, die paar Minuten sind doch nicht der Rede wert. Im Gegenteil, Warten erhöht nur die Vorfreude – und es hat sich ja gelohnt."

Ich spürte, dass ich gleich rot werden würde. Nein, wie peinlich! Als ob ich fünfzehn wäre. Das heißt – jede Fünfzehnjährige (Stefanie zum Beispiel) hätte sich bestimmt viel cooler verhalten.

„Haben Sie schon bestellt?", fragte ich und setzte mich ihm gegenüber.

„Nein, ich wollte auf Sie warten. Was darf's denn sein?"

Er trug dunkle Cordhosen, einen schwarzen Pullover mit V-Ausschnitt und darunter ein weißes T-Shirt. Das wirkte auf eine lässige Art elegant. Sein Haar war an den Schläfen ein wenig grau gesprenkelt. Er hatte graue Augen und Lachfältchen.

Wir bestellten Kaffee – diese Bekanntschaft würde mir noch eine Koffeinvergiftung einbringen – und Mehlspeisen. Irgendwas, wahrscheinlich war es süß und fett ... ich weiß es nicht mehr.

„Erzählen Sie etwas von sich", bat ich ihn, um die Befangenheit zu überspielen und ein Gespräch in Gang zu bringen.

„Einiges haben wir ja schon elektronisch ausgetauscht", meinte er. „Aber da Sie ja gewissermaßen der Vorkoster für Ihre Freundin sind – was würde das Fräulein Freundin denn gern von mir wissen?" Er grinste lausbubenhaft.

Ach ja, Andie ... die hatte ich gerade völlig vergessen.

„Oh, äh ... also, Andie ist auch Lehrerin, und ... da hab ich gedacht, das trifft sich gut, weil Sie ja dann oft gemeinsam frei haben."

„Ah, die berühmte ‚Tagesfreizeit' der Lehrer", nickte er verstehend.

„Ja, genau."

„Sie gehören aber nicht zu der Fraktion, die denkt, Lehrer würden nie was arbeiten, oder?", erkundigte er sich besorgt.

„Was? Wieso?"

Er seufzte. „In der Bevölkerung herrscht weitgehend die Meinung, dass Lehrer nur ein paar Stunden am Vormittag arbeiten, und außerdem sowieso dauernd Ferien haben. Dass wir jeden Tag bis in die Nacht hinein an unseren Vorbereitungen und Korrekturen sitzen und auf fünfzig und mehr Wochenstunden kommen, nimmt leider keiner wahr – nicht einmal das Ministerium."

„Nein, ich wollte auf keinen Fall andeuten, dass Sie nichts arbeiten", versicherte ich hastig. „Ich … ich meine, Lehrer ist ja ein ungeheuer verantwortungsvoller und komplexer Beruf …"

Er lächelte glücklich und zeigte dabei seine Zahnpasta-Reklame-Zähne. Anscheinend hatte ich jetzt das Richtige gesagt.

Wir plauderten über das Gymnasium, an dem er unterrichtete, und über meinen Job in der frommen Buchhandlung.

„Führen Sie denn auch englische Literatur?", fragte er.

„Ja, wir haben vieles im englischen Original, und was wir nicht haben, bestellen wir."

„Da muss ich ja demnächst einmal auf einen Großeinkauf vorbeikommen", freute er sich.

Ich fand es angebracht, auf Andie zurückzukommen.

„Sie wissen, dass Andie eine Tochter hat, nicht wahr? Und Sie haben auch ein Kind, soviel ich weiß?" Natürlich wusste ich das ganz genau. Schließlich hatte ich letzte Nacht sein Persönlichkeitsprofil sozusagen auswendig gelernt.

„Ja, einen Sohn. Er ist 26 und lebt in Linz. Ich habe nicht viel Kontakt mit ihm."

„Oh." Ich rechnete schnell nach. Richard musste noch ganz jung gewesen sein, als dieser Sohn zur Welt kam.

„Ich war damals Student im ersten Jahr", berichtete er unaufgefordert. „Und da gab es in der Anglistik diese Dozentin, Carla hieß sie … Sie war eine wunderschöne Frau – fast so wie Sie. Auch so elegant, so feminin … Aber eher ein südländischer Typ, etwas dunkler als Sie." Der Blick, mit dem er mich maß, ließ mich schon wieder erröten. „Carla war natürlich viel älter als ich, und es schmeichelte mir jungem Burschen ungemein, dass sie sich offensichtlich für mich interessierte. Sie wissen ja, wie junge Männer sind …

die müssen immer mit irgendwelchen Eroberungen protzen!"

Er lächelte wieder mit diesen strahlend weißen Zähnen. Ein Hitzegefühl flog über meinen Körper. War das vielleicht der erste Bote der Wechseljahre? Ausgerechnet jetzt, in diesem Augenblick?! „Sie war eine erfahrene Frau, und ich ein unwissendes Kind", erzählte Richard weiter. Er hatte eine angenehme, volltönende Stimme und eine kultivierte Sprache. „Es war so leicht für sie, mich zu umgarnen. In kürzester Zeit habe ich ihr buchstäblich aus der Hand gefressen. Ich war so unwahrscheinlich stolz auf diese großartige Eroberung, die ich da gemacht hatte, dass ich gar nicht bemerkte, wie sie mich manipulierte. Denn im Gegensatz zu mir wusste sie selbstverständlich ganz genau, was sie tat: Sie war Mitte Dreißig und wollte ein Kind. Egal von wem, aber für sie war es Zeit. Ich war jung, gesund, potent, sah passabel aus und wirkte leidlich intelligent. Außerdem war ich eine allzu leichte Beute. Als ich endlich merkte, dass sie mich nur benutzt hatte, war es zu spät." Seine grauen Augen verdunkelten sich.

Ich wusste nicht, wie mir war. Da traf ich diesen Menschen zum ersten Mal, und bereits nach einer halben Stunde erzählte er mir die intimsten Details aus seinem Leben. Und doch war es mir nicht unangenehm. Es hätte mir peinlich sein können, aber das war es nicht. Zwischen uns war etwas – eine starke Verbundenheit, nein, eine Vertrautheit, als ob wir zwei alte Freunde wären.

„Es hat sehr wehgetan, von jemandem derart ausgenützt zu werden, den man zu lieben glaubt", erzählte er.

„Hast du – äh, haben Sie sie wieder gesehen?"

„Sie ist noch vor der Geburt des Kindes aus Wien weggezogen, aber ich habe herausgefunden, wo sie war, und habe sie besucht." Er lachte kurz auf. „Na, man könnte eher sagen, ich habe ihr aufgelauert. Ich konnte nicht verstehen, dass ich für sie nur ein Mittel zum Zweck gewesen war. Ich hätte doch so gern mit ihr eine Familie gegründet. Ich sah mich als stolzen Vater mit dem Kind auf dem Arm, und es störte mich überhaupt nicht, dass Carla fünfzehn Jahre älter war als ich." Er zuckte die Achseln. „Na ja, mit zwanzig hat man als Mann halt so romantische Vorstellungen – man möchte ein Held sein, der wehrlose Frauen und Kinder beschützt ..." Wieder grinste er dieses Lausbuben-Grinsen.

Ein flüchtiges Bild schlich sich in meine Gedanken – Max von hinten, der unbeweglich in seinen Computer starrte. Sah Max sich als Held, der mich und die Kinder gegen eine feindliche Welt beschützte?

„Leider wollte sie nichts davon wissen", bemerkte Richard bekümmert. Er ballte die Hand zur Faust und drückte damit gegen seine Brust, als ob ihm jetzt noch das Herz wehtäte. „Sie gab mir zu verstehen, dass das allein ihr Kind war und sie es auch allein aufziehen wollte. Sie gab mich gar nicht als Vater an und verlangte auch kein Geld von mir. Ich war eigentlich völlig überflüssig!" Jetzt presste er beide Hände gegen sein Herz.

„Das muss schlimm gewesen sein", murmelte ich mitfühlend.

„Es ging mir danach lange Zeit sehr schlecht", gab er zu. „Ich habe Jahre gebraucht, bis ich wieder einer Frau vertrauen konnte. Mein Sohn hat dann von sich aus Kontakt mit mir aufgenommen, als er sechzehn war – aber leider sind wir uns irgendwie immer fremd geblieben. Was ja auch kein Wunder ist." Er seufzte.

Ich zögerte mit meiner nächsten Frage; das Thema war für mich wichtig – für Andie wahrscheinlich weniger ... Aber ich musste es wissen.

„Waren Sie damals eigentlich schon gläubig?"

23. Kapitel

Richard zog überrascht die Augenbrauen hoch.

„Ach, Sie meinen – weil ich mich so problemlos auf eine voreheliche Beziehung eingelassen habe?"

Er sah mir direkt in die Augen, und ich spürte, wie ich bis in die Haarwurzeln hinein rot anlief. Auf meiner Stirn hätte man Spiegeleier braten können, so heiß fühlte sie sich an!

„Keine Sorge, ich nehme diese Frage nicht übel!", grinste er. „Das gefällt mir ja gerade so an Ihnen, dass auch Glaubensfragen kein Tabu sind, sondern ein ganz normales Gesprächsthema. Also: ich habe damals gerade … hm … eine Pause vom Glauben gemacht."

„Wie darf ich das verstehen?", hauchte ich.

„Ich bin in einem gläubigen Elternhaus aufgewachsen. Meine Mutter stammt aus England und ist Methodistin, und wir waren oft in der Methodistengemeinde hier in Wien. Aber als Jugendlicher wollte ich meine eigenen Wege gehen und habe mich eine Zeit lang vom Glauben abgewendet. Ich meine, nichts Dramatisches, es war halt einfach nicht so wichtig für mich. Erst in meinen Dreißigern habe ich mich neu dafür entschieden, diesmal bewusst. Aber das ist eine lange Geschichte. Und wie war das bei Ihnen?"

Ich fand es süß, wie sehr er darauf achtete, nicht ständig zu reden, sondern mich auch zu Wort kommen zu lassen. Ich erzählte ihm von der Gemeinde, in die ich seit Kindheitstagen eingebunden war und wo ich auch Max kennengelernt hatte, und dann sprachen wir über die Familie und über Richards Kirchengemeinde. Die Zeit verflog, ohne dass ich es merkte. Plötzlich fiel mir auf, dass es draußen bereits dunkel wurde.

„Du meine Güte, schon so spät!", platzte ich heraus. „Meine Familie hat wahrscheinlich bereits eine Vermisstenanzeige aufgegeben."

„Oje, hoffentlich muss ich mich nicht mit Ihrem Mann duellieren", grinste er.

„Na, *diese* Zeiten sind doch hoffentlich vorbei", meinte ich erschrocken.

Statt einer Antwort winkte er die Kellnerin herbei und bezahlte für uns beide. Beim Aufstehen wäre ich ihm beinahe um den Hals gefallen – nicht mit Absicht natürlich, sondern weil ich total vergessen hatte, dass meine Beine wegen des fehlenden Absatzes verschieden lang waren. Irgendwie krallte ich mich am Tisch fest, und Richard erwischte mich geistesgegenwärtig am Arm.

„Na, war der Kaffee mit Schnaps gekocht?", neckte er mich.

„Nein, es muss Ihre umwerfende Ausstrahlung sein", gab ich zurück, nachdem ich mein (äußeres) Gleichgewicht wiedergefunden hatte.

„Stimmt, gewöhnlich liegen mir alle zu Füßen", bemerkte er augenzwinkernd.

Bevor wir auseinandergingen, tauschten wir Telefonnummern aus. Erst als ich auf ungleichen Beinen zur Bushaltestelle schaukelte, fiel mir ein, dass wir kein neues Treffen ausgemacht hatten. Aber egal – ich war sicher, dass er sich melden würde. Irgendwie wusste ich es.

*

Als ich nach Hause kam, war es seltsam still. Kein Gewimmer von Daniels gequälter Geige – wann hatte er eigentlich das letzte Mal geübt? –, kein Gekreische von Stefanies Lieblingsband. Hinter den Fenstern war es dunkel. Sooo spät war es aber nun auch wieder nicht, dass alle schon im Bett sein müssten...?

Als ich in die finstere Küche trat, sprang Minka herbei und rieb sich schnurrend an meinem Bein. Anscheinend fühlte sie sich einsam. Und gefüttert hatte man sie auch nicht. Ich machte die Dose mit Katzenfutter auf, und da fand ich auf dem Tisch einen Zettel: „Sind bei Andie – Bussi, Max".

*

Ich traf gegen neun bei Andies Wohnung ein. Auf mein Läuten öffnete erstaunlicherweise Ludwig, der neuerdings allgegenwärtig zu sein schien. Wohnte der jetzt auch hier, oder wie? Aus dem sogenannten Badezimmer ertönte lautes, falsches Singen. Ich folgte Ludwig in den kleinen, kahlen Raum. Dort bot sich mir folgendes Bild:

Meine Tochter Stefanie, die eigentlich mit Ludwig nett Eis essen gehen wollte, saß im Schneidersitz in ihren schönen Jeans auf dem Boden im Dreck. Sie sang: „Der Heeerr segne dieses *Baaad*!", und bei „Baaad" klatschte sie einen Spachtel voller Fliesenkleber an die Wand. Ludwig fiel mit sonorer Stimme ein: „Und alle darin, die hier baden!", und klebte eine von Andies Flohmarkt-Kacheln auf, porzellanweiß mit filigranem blauem Muster. Jetzt kamen die beiden Kleinen, Daniel und Diana, ins Spiel.

Daniel schmetterte: „Er wasche uns rein von allem Dre-eck!" und klemmte die Abstandhalter-Kreuze zwischen die Kacheln. Diana kontrollierte das Ganze mit der Wasserwaage und sang: „Und schenke uns etwas Seiheife!"

Dieses Lied wurde gern am Ende des Gottesdienstes in unserer Gemeinde gesungen, nur dass es natürlich ein bisschen anders ging. Aber die vier sangen und spachtelten routiniert und hatten auch schon ein recht großes Stück Wand gefliest.

Stefanie: „Der Herr segne dieses Bad!" (*Haus*). Klatsch! Fliesenkleber!

Ludwig: „Und alle darin, die hier baden!" (*Die wir lieben*). Kachel drauf!

Daniel: „Er wasche uns rein von allem Dre-eck!" (*Unsren Sünden*). Abstandshalter!

Diana: „Und schenke uns etwas Sei-heife!“ (*Seinen Frieden*). Wasserwaage!

Und schon ging es von vorne los. Die vier kicherten, klatschten und klebten, waren von oben bis unten mit Fliesenkleber beschmiert und hatten anscheinend einen Riesenspaß. Ich war nicht sicher, ob die Verballhornung eines Segensliedes in die Kategorie „Blasphemie“ fiel. Sollte ich es ihnen verbieten? Wieso hatte Ludwig das zugelassen? Oder hatte Gott genügend Humor, um es lustig zu finden? Bestimmt war es nicht ganz falsch, das Bad und seine Benutzer zu segnen, und auch Seife war ein Geschenk der Schöpfung … Während ich noch über die theologischen Konsequenzen grübelte, umarmte Andie mich plötzlich von hinten – mit unfassbar staubigen Händen! – und quiekte etwas in mein Ohr, das ich wegen des Gesanges nicht verstehen konnte.

Ich folgte ihr in die Küche, wo man den Gesang nur noch so leise hörte, dass man sich unterhalten konnte. Die Küchenmöbel waren mit rosa Bettlaken abgedeckt. Auf der Trittleiter, die ich noch vom Tapezieren her in unliebsamer Erinnerung hatte, stand mein Mann, strahlte auf mich herab und sagte:

„Hallo, Liebling! Schön, dass du auch da bist! Bist du nicht ein bisschen falsch angezogen?“

Sein Kopf, seine Haare, seine Arme und sein ehemals gutes Bürohemd waren mit Kalkstaub bedeckt; von ferne konnte man glauben, er wäre plötzlich grauhaarig geworden.

„Was machst du denn da?“, erkundigte ich mich.

„Andie hat schon wieder Schwierigkeiten mit dem Strom gehabt“, erklärte er. „Kann mir mal jemand den Schraubenzieher geben?“

„Dein Max ist wirklich unglaublich!“, schwärmte Andie. „Mir ist schon wieder die Sicherung rausgeflogen. Nach den Erfahrungen vom letzten Mal hab ich aber nicht den Elektriker, sondern erst einmal deinen Max angerufen, und er hat wirklich gewusst, woran es liegt.“

„Das war nicht schwer zu erraten“, bemerkte Max von oben. „Da die Sicherung immer nur rausspringt, wenn du Kaffee kochst und gleichzeitig die Mikrowelle aufdrehst, ist offensichtlich die Leitung zu schwach.“

„Ja, aber er kann es auch reparieren!“, berichtete Andie voll Bewunderung.

„Warte es ab, noch bin ich nicht fertig.“ Max schraubte einen Deckel auf das Loch, das er in Andies Küchenwand gestemmt hatte. „Zum Glück liegen die Leitungen hier in Rohren und nicht nackt in der Wand, sonst hätte ich noch viel mehr aufstemmen müssen.“ Er deutete auf ein frisch zugegipstes Stück Mauer. „Ich hab einfach ein paar stärkere Drähte eingezogen und eine neue Sicherung eingebaut. Die Steigleitung ist eh stark genug.“

„Er redet zwar chinesisch, aber er ist ein Genie!“, lobte Andie und hob anhimmelnd den Blick zu Max auf.

Er mag ein Genie sein, aber er gehört mir!

„So, jetzt können wir's probieren.“ Max kletterte von der Leiter, zog das Betttuch von der Mikrowelle und schaltete sie ein. Sie begann zu brummen. Sonst passierte nichts. Max und Andie sahen einander an und begannen zu lachen.

„Wahnsinn!“, jubelte Andie und fiel Max um den Hals, dass eine Staubwolke aufstieg. „Dem Ingeniör ist nichts zu schwör!“ Dann wandte sie sich mir zu und wollte mich auch umarmen, aber ich wehrte sie instinktiv ab. Eine Staubwolken-Umarmung wollte ich meinen schönsten Kleidern nicht zumuten.

„Und?“, fragte ich verständnislos.

„Bisher ist es jedes Mal finster geworden, wenn die Kaffeemaschine und die Mikrowelle gleichzeitig in Betrieb waren“, erläuterte Max. „Aber jetzt gehen beide, und die Sicherung hält.“

„Oh, wow, toll!“ *Aber den tropfenden Wasserhahn in meiner Küche hat er noch immer nicht repariert.*

„Und die Kinder haben schon das halbe Bad gekachelt.

Das ist auch dein Verdienst", zwitscherte Andie und hatte schon wieder so einen himmelblauen Blick drauf.

Was läuft hier eigentlich?

„Nur weil ich gleich einen Kübel Fliesenkleber mitgebracht habe?", wehrte Max bescheiden ab. „Ich war eh grad im Baumarkt, weil ich doch Elektro-Zeugs und Gips gebraucht hab', und da hab' ich mir gedacht, die Kinder brauchen auch eine Beschäftigung."

„Wieso ist eigentlich dieser Ludwig hier?", fragte ich.

„Nach Andies Anruf hab' ich Stefanie angerufen, um ihr zu sagen, dass ich nicht zu Hause sein werde, wenn sie kommt. Da hat sie sich entschlossen, auch herzukommen, und den Burschen hat sie gleich mitgebracht. Ich hab' übrigens auch dich angerufen, aber du hast nicht abgehoben. Wo warst du eigentlich?"

„Ich … äh, ich hab' noch was zu besorgen gehabt", stotterte ich. „Und dann hab' ich einen … äh, Kunden von uns getroffen und hab' mit ihm einen Kaffee getrunken." Richard wollte ja demnächst einen größeren Posten christlicher Literatur auf Englisch einkaufen, also konnte ich ihn wohl als „Kunden" bezeichnen. „Warum ich mein Handy nicht gehört hab' …?" Ich holte es aus der Handtasche. „Na so was – aus! Vielleicht war der Akku leer?"

Wäre ich mit Max alleine gewesen, dann hätte ich ihm wahrscheinlich erzählt, dass ich einen Mann für Andie suchte und mich mit einem möglichen Kandidaten getroffen hatte (obwohl mir die Internet-Sache aus irgendeinem Grund peinlich war – aber davon hätte ich ja nichts sagen müssen). Aber da Andie daneben stand, konnte ich nicht gut die Wahrheit sagen.

Der Abend endete damit, dass Andie eine Anzahl Pizzen vom Italiener kommen ließ und alle einlud. Stefanie bestellte natürlich Salat – offenbar wollte sie die Wirkung ihrer „Vitamine machen sexy"-Kur aus dem Mädchen-Magazin noch schnell erhöhen, solange „Ludi" ihr die Huld seiner Gegenwart gewährte. Da saßen wir dann dicht gedrängt auf lauter nicht zusammenpassenden Stühlen um den Küchentisch und futterten Pizza direkt aus dem Karton. Ich wagte kaum etwas zu essen, weil Fastfood-Pizza die Angewohnheit hat, genau dann fetten Käse runterzutropfen, wenn man was Schönes anhat.

Stefanie himmelte Ludwig an, Andie himmelte Max an, die kleine Diana himmelte Daniel an, und weil somit jede Frau einen völlig falschen Mann anhimmelte (bis auf Diana, vielleicht), und für mich kein Falscher zum Anhimmeln mehr übrig war, dachte ich ein bisschen an Richard. Sein Lausbuben-Grinsen, seine prächtigen Zähne, seine vollendeten Manieren – und dass er mich an einigen sehr intimen Erlebnissen und Gedanken hatte teilhaben lassen.

Wann hatte Max, das mir angetraute Elektro-Genie, mich eigentlich zuletzt an seinen innersten Gedanken teilhaben lassen? Oder gar Gefühlen? Außer „Ich liebe dich" und „Ich habe Hunger" teilte er mir im Grunde überhaupt keine Gefühle mit. Hatte er überhaupt welche? Oder bestand sein Hirn nur aus einer Art Mikrochip? War „Ich liebe dich" das Pflicht-Gefühl, das er als Ehemann haben zu müssen glaubte? War „Ich liebe dich" der Kraftstoff, mit dem er mich regelmäßig auflud, damit ich gut funktionierte? Wer oder was war dieser Mensch eigentlich?

Und warum teilte ein praktisch Wildfremder seine Gefühle mit mir, aber Max nicht?

24. Kapitel

Hasenschnäuzchen hatte mehrere neue Nachrichten.

Eine war von dem Tischler mit Hund, der anfragte, ob er nicht ein Foto kriegen könnte. Ich überlegte ernsthaft, wie ich das anstellen sollte. Kurt Novotny hatte während der Gartenparty fotografiert und mir die besten Fotos gebracht, und da war auch Andie drauf. Natürlich in ihrer grässlichen Latzhose, aber wenn man die Hose abschnitt, war es ein ganz nettes Bild. Nur wusste ich nicht, wie ich es in den Computer reinkriegen sollte. Ich schrieb dem Tischler zurück, dass ich mich mit ihm treffen und ein Foto mitbringen könnte. Die Warnungen meines schlauen „Traummann"-Ratgebers schlug ich in den Wind, die mir eine mindestens zweiwöchige E-Mail-Bekanntschaft empfahlen. Das Treffen mit Richard war schließlich auch ein voller Erfolg gewesen, und den kannte ich viel kürzer als zwei Wochen. Außerdem musste ich männermäßig bald Nägel mit Köpfen machen – bevor Andie sich restlos in meinen Mann verknallte.

Die zweite Nachricht war von „Pflegi", dem Diplom-Krankenpfleger mit zwei Kindern, der sich bis jetzt noch nicht gemeldet hatte. Er schrieb:

„Liebe AM811KE!" (Das musste wohl Hasenschnäuzchens Internet-Chiffre sein.) „Ihr Steckbrief klingt nett. Ich würde gern mehr über Sie erfahren. Zu Ihrer Anfrage bzgl. chr. Glauben, teile ich Ihnen mit das ich früher Ministrand in Krummnußbaum war und Nichts dagegen habe in die Kirche zu gehen. Ich habe 2 Kinder die ich am Wochenende sehe, 14 und 15 Jahre alt. Beide gehen ins Gimnasyum. Auf Wiedersehen Christian."

Obwohl das ganz nett klang, konnte ich nicht verhindern, dass mir als erstes die Rechtschreibfehler auffielen. Das Wort „dass" war dem Herrn unbekannt, die Kommasetzung erfolgte nach dem Zufallsprinzip, und gewiss war er nicht „Ministrand" (Minist-Rand? Mini-Strand?), sondern Ministrant* gewesen. Ob er wohl versehentlich das „Gimnasyum" statt des Gymnasiums besucht hatte? (Pfui, Constanze, wie ätzend!) Ich war jedoch nach langjährigem Ringen zu der Ansicht gelangt, dass auch Leute, die nicht

---

* katholischer Messdiener im Kindesalter

ganz richtig schreiben konnten, gute Menschen sein konnten, und abgesehen davon war der Brief ja durchaus eine Antwort wert.

Die dritte Nachricht war von Richard.

„Liebe gnädige Frau", schrieb er, „ich habe unser Treffen als überaus bezaubernd empfunden. Mir ist, als hätte ich eine wahre Freundin gefunden – ja, eine Seelenverwandte! Obwohl ich natürlich nach wie vor daran interessiert bin, Ihre Freundin kennenzulernen, würde es mich sehr freuen, wenn auch wir unsere Bekanntschaft aufrechterhalten und vertiefen könnten. Ich hoffe, Sie empfinden ebenso und finden mein Ansinnen nicht aufdringlich ☺! In Vorfreude auf ein Wiedersehen, Richard"

Sein Brief war wie Balsam. Nicht nur, weil er frei von Rechtschreibfehlern war. Er fand mich „seelenverwandt" – also ging es ihm genauso wie mir. Und er wollte die Bekanntschaft mit mir vertiefen, unabhängig von Andie. Ich schrieb ihm gleich zurück. Glücklicherweise war er gerade online, und so plauderten wir wieder bis in die tiefe Nacht hinein – über Gott und die Welt, den Urknall, die Evolution, Abtreibung, Sterbehilfe, die Einsparungsmaßnahmen des Unterrichtsministeriums, Fluch und Segen des Computerzeitalters und weiß der Himmel was sonst noch.

Irgendwie vergaß ich wieder total die Zeit, und so geschah es zum zweiten Mal innerhalb weniger Tage, dass Max schon schlief, als ich ins Bett kam.

Gewöhnlich war es umgekehrt. Aber da sah er wenigstens einmal, wie das war, ständig allein einzuschlafen …

*

In der folgenden Woche traf ich mich mit Erwin, dem Tischler mit dem Hund, um ihm ein Foto von Andie in ihrer Latzhose zu zeigen, und mit Christian, dem Krankenpfleger mit der bescheidenen Rechtschreibung. Die Bedienung in der Kurkonditorei Oberlaa sah mich schon leicht merkwürdig an, als ich innerhalb einer Woche mit drei verschiedenen Männern aufkreuzte. Max dagegen half Andie beim Aufhängen von Vorhangstangen und beim Kaufen und Installieren eines Computers. Und obwohl Andie meine älteste Freundin war, begann ich mich besorgt zu fragen, ob sie im Ernstfall eine ausreichende Ehemann-Verführungs-Hemmung besitzen würde …

Es war höchste Zeit, ihre Libido in geeignete Bahnen zu lenken!

Am Mittwoch rief sie mich an und fragte, ob ich am Donnerstag mit ihr auf ein schnelles Mittagessen gehen wollte. Da beschloss ich, die Gelegenheit zu nützen und ihr einen meiner Kandidaten unterzujubeln. Ich rief Erwin an, aber der konnte nicht so kurzfristig; Christian hingegen hatte seinen freien Tag und war entzückt, der potenziellen Liebeskandidatin vorgestellt zu werden. Da ich mich mit Andie bei einem Chinesen verabredet hatte, bestellte ich Christian einfach eine Viertelstunde später dorthin, denn wir wollten so tun, als ob wir uns zufällig getroffen hätten.

Da saß ich nun auf rotem Samt hinter einer hölzernen Gitter-Trennwand, umschmeichelt von chinesischen Klängen, nuckelte an einer Tasse Grüntee und wartete. Es traf sich günstig, dass ich am Nachmittag mit Daniel zu einer Kontrolle seiner Zahnspange gehen musste, denn so hatte ich einen echten Vorwand, Andie und Christian nach kurzer Zeit miteinander allein zu lassen.

Bloß dass Andie irgendwie nicht kam.

Hatte ich das Lokal verwechselt? Hatte sie ein anderes gemeint? Ich überprüfte meine Notizen, aber die Adresse stimmte. Na ja, Andie war ja noch nie pünktlich gewesen. Was konnte man von einem Menschen erwarten, der sogar an seinem eigenen ersten Schultag zu spät kam? Wahrscheinlich hatte sie unterwegs eine Kiste Meerschweinchen aufgegabelt … oder Elefanten!

Christian andererseits erschien auf die Sekunde pünktlich. Er trug einen grauen Anzug und sah wirklich gut aus.

Wie verabredet ging er an meinem Tisch vorbei, blieb dann abrupt stehen und sah mich genauer an.

„Constanze? Nein, was für ein Zufall! Was machen denn Sie hier?"

„Na so was, der Herr Christian!", stieg ich auf das Spiel ein, obwohl das vorgesehene Publikum (Andie) gar nicht da war.

Er setzte sich zu mir und zwinkerte mir zu.

„Lassen Sie mich raten: Ihre Freundin ist nicht gekommen?"

Da ich allein am Tisch saß, war das wohl offensichtlich.

„Ich weiß auch nicht, wo sie steckt ... Pünktlichkeit war noch nie ihre Stärke."

„Ich rate noch einmal: Wetten, dass sie gar nicht mehr kommt?"

„Woher wollen Sie das wissen?", fragte ich alarmiert.

Er zog belustigt die Augenbrauen hoch.

„Vielleicht kann ich hellsehen?", schmunzelte er.

Ein schrecklicher Gedanke zuckte durch mein Gehirn. Vielleicht war Christian ein Serienmörder, der seine Opfer übers Internet aufspürte und Andie gerade im Hof zu den Küchenabfällen geworfen hatte? Woher sonst konnte er wissen, dass sie nicht mehr kommen würde? Ich rückte instinktiv etwas von ihm ab.

„Ich ruf sie schnell mal an", sagte ich hastig und hatte schon das Handy am Ohr. Während das Läuten in meinem Telefon zu hören war, lauschte ich mit dem anderen Ohr, ob ich Andies Klingelton vom Hof her oder aus einer nahe gelegenen Mülltonne piepsen hörte ...

Stattdessen kam Andies Stimme aus dem Hörer, die atemlos sagte: „Hallo Conny, entschuldige!"

„Andie! Gott sei Dank! Wo bist du? Geht's dir gut?"

„Ja ja, natürlich. Tut mir leid. Ich ... äh, Dianas Lehrerin hat mich angerufen, dass Diana in der Biologiestunde erbrochen hat, und da bin ich gleich losgerast, um sie abzuholen – entschuldige, ich hab' ganz vergessen, dich anzurufen. Es tut mir so leid. Jetzt sitzt du ganz allein da. Ich bin eine schreckliche Freundin!"

„Nein, nein", beruhigte ich sie. „Wenn meinem Kind schlecht wäre, würde ich so was bestimmt auch vergessen." (Das war natürlich eine glatte Lüge, aber ich hatte nichts davon, wenn sie sich mit Selbstvorwürfen quälte.) „Ich ruf dich am Abend an, bis dann."

Ich steckte das Handy wieder ein und sah Christian fragend an.

„Sie kommt tatsächlich nicht", sagte ich langsam. „Wieso haben Sie das gewusst?"

Er lächelte mich gewinnend an und beugte sich vertraulich vor.

„Ich muss sagen, Ihre schauspielerische Darbietung war beeindruckend." *Hä? Wovon spricht er?* „Aber ich denke, wir können dieses kleine Spielchen jetzt beenden."

„Was für ein Spielchen?", stammelte ich verwirrt.

„Wir wissen doch beide, dass es diese Freundin gar nicht gibt."

„Aber ich hab' doch gerade mit ihr telefoniert!"

Er beugte sich noch weiter vor und legte zärtlich eine Hand an meine Wange. Ich wäre gern zurückgewichen, aber hinter mir war bereits die Wand.

„Wer war es? Die Zeitansage? Die Telefonseelsorge? Zugauskunft?" Er grinste breit. „Sie müssen mir nichts vormachen. Es ist doch nichts Peinliches, einen Partner zu suchen!" Er nahm meine Hand. Noch bevor ich begriff, was er tat, zog er mir den Ehering ab. Ich schnappte nach Luft. *Was macht er da?* „Sie haben sich sogar die Mühe gemacht, einen Ring zu tragen.", fuhr er fort. „Aber eine so tolle, charmante Frau wie Sie muss sich wirklich nicht hinter einer erfundenen Freundin verstecken. Seien wir doch einfach ehrlich zueinander: Sie suchen einen Partner, und ich suche eine Partnerin. Und ich glaube, ich habe eine gefunden."

Schmatz! Da hatte ich ein Bussi auf der Wange kleben,

und nur das reflexhafte Wegdrehen meines Kopfes verhinderte, dass er mich mitten auf den Mund traf. Ich quiekte vor Überraschung und Entsetzen. Die Köpfe an den Nachbartischen drehten sich nach uns um.

Christian hielt irritiert inne und blinzelte.

„Was ist? Geht es dir zu schnell? Aber warum hast du mich dann hierher in dieses Lokal bestellt? Du warst es doch, die dieses kurzfristige Treffen vorgeschlagen hat – es konnte dir doch gar nicht schnell genug gehen ..."

„Ich wollte Sie mit meiner Freundin bekannt machen", flüsterte ich mit hochrotem Kopf. „Aber die ist leider unvorhergesehenerweise verhindert. Könnte ich jetzt bitte meinen Ehering zurückhaben? Mein Mann würde ihn vermissen!"

25. Kapitel

Ich knirschte den ganzen Nachmittag mit den Zähnen bei der Erinnerung an diese Demütigung. Wie hatte der Kerl nur glauben können, ich hätte Andie erfunden? Das Knirschen war so schlimm, dass der Zahnarzt mich sogar fragte, ob er etwas für mich tun könne, als er Daniels Zahnspange entgegennahm. Aber dies war kein zahntechnisches Problem. Ich kämpfte bloß mit meiner Selbstachtung ...

Das ist nur ein kleiner Rückschlag, redete ich mir zu. *Andie hat das nicht mit Absicht gemacht – sie kann doch nichts dafür, wenn Diana kotzt.*

Trotzdem wurmte mich die Sache mehr, als ich zugeben wollte. Wenn Gott mir half, einen Mann für Andie auszusuchen, warum ließ er dann zu, dass all meine Bemühungen ins Leere gingen? Bisher war mein Erfolg ja genau Null gewesen (wenn man mal von Renate und Dr. Weiß absah, die sich bei meiner Gartenparty ineinander verliebt hatten). Vielleicht war Christian nicht der Richtige für Andie, obwohl er gut aussah und selbstbewusst an die Sache heranging? Vielleicht war die peinliche Szene im Chinalokal eine Anfechtung – ein Test, ob ich durchhalten würde?

Ha!

Ich straffte mich. Natürlich würde ich durchhalten und mich von solchen Lappalien nicht kleinkriegen lassen! Ich hatte noch nie vorschnell aufgegeben, und ich würde es auch diesmal nicht tun.

„Das klingt ja furchtbar", sagte der Zahnarzt zu mir, während Daniel probehalber die nachgeschraubte Zahnspange einsetzte. „Ich könnte Ihnen eine Beißschiene für die Nacht machen. Von diesem Knirschen kriegt man Migräne und Verspannungen!"

*

Wie versprochen rief ich Andie an, als wir vom Zahnarzt zurück waren.

„Wie geht's Diana?"

„Na ja, war schon mal besser ... Sie hat sicher diese Magenverstimmung, die in ihrer Klasse umgeht. Die haben jetzt alle. Dauert nur ein, zwei Tage. Also am Sonntag ist sie wieder fit, wenn ich euch in den Prater einlade." Sie lachte zuversichtlich. „Tut mir echt leid wegen heute Mittag – aber ich hab' dich einfach vergessen, als Diana mir auf's Hemd gekotzt hat."

Ich verzog das Gesicht. Es gab Dinge, die ich mir gar nicht so detailliert vorstellen wollte.

„Eigentlich wollte ich dir ja etwas erzählen", fuhr sie fort. Dann zögerte sie.

„Ja?"

„Ich ..." Sie seufzte abgrundtief. „Ich glaub', ich hab' mich verliebt."

Mein Magen zog sich zu einem kleinen, kalten Klumpen

zusammen. Sie würde doch nicht etwa *mir* erzählen, dass sie sich in *meinen* Mann verknallt hatte?!

„Wer ist es denn? Kenne ich ihn?", brachte ich in einigermaßen leichtem Ton hervor.

Sie seufzte wieder, und mein Herz begann zu rasen. *Es ist wirklich Max. Warum sonst fiel es ihr so schwer, es auszusprechen?* Schweiß trat auf meine Stirn. Ich fühlte mich fiebrig. Konnte man sich übers Telefon an einer Magenverstimmung anstecken? Die Gedanken wirbelten schneller durch meinen Kopf, als ich ihnen folgen konnte. *Warum sagt Max es mir nicht selbst?*

„Es ist ... wieder ein ganz Falscher. Conny. Ein ganz Falscher."

Genau, der ist wirklich ganz falsch für dich. Lass bloß die Finger von ihm!

„Wieso denn?", krächzte ich. „Ist er ... verheiratet, oder was?"

„Ach, Conny, es ist so schwer ..."

Was ist schwer? Mir zu sagen, dass du mir den Mann ausspannen willst? Na los, sprich es aus! Trau dich!

„Oh, warte – entschuldige! Mir scheint, Diana erbricht schon wieder! Bis Sonntag!" Zack, da hatte sie aufgelegt.

Ich hielt den Hörer in der Hand und fühlte mich wie ausgewrungen. Mir war schwindelig.

Lud sie mich im Ernst am Sonntag zu einem fröhlichen Ausflug ein, nachdem sie mir gerade *fast* gesagt hätte, dass sie etwas mit meinem Mann hatte?!

Nein, stopp! Noch hatte sie es nicht ausgesprochen. Noch konnte ich so tun, als ob es nicht wahr wäre. Dieser Sonntag war vielleicht meine letzte Chance! Und ich würde mein schwerstes Geschütz auffahren: Richard.

*

„Mami?“

Daniel kräuselte seine Sommersprossennase über einem Schulbuch.

„Hm?“

„Kannst du mir helfen? Lies doch diese Seite da!“ Er hielt mir das Buch vors Gesicht. Die Geschichte, die er mir zum Lesen gab, handelte von einer Mutter, die sich von ihrem Mann trennte und die Familie verließ. „Ich soll die Geschichte aus der Sicht des Kindes neu schreiben“, erläuterte er.

„Na, dann versetz' dich in seine Lage“, schlug ich vor. „Wie würdest du dich fühlen? Was würdest du denken? Stell dir vor, wie es wäre, wenn ich weggehen würde!“

Seine Augen wurden groß.

„Mami, so was darfst du *nie* machen!“ Er umarmte mich und kuschelte sich ängstlich an mich. „Gell, Mami, du gehst nicht weg?“

„Aber Liebes, wie kommst du denn darauf?“ Mir wurde ganz flau im Bauch. *Wieso sagt er so etwas? Ausgerechnet jetzt? Ahnt er etwas? Hat er etwas bemerkt? Ist es denn schon so offensichtlich, dass Max eine Affäre hat?*

„N-nur so …“ stotterte er. „Ich meine … andere Eltern lassen sich ja auch scheiden …“ Er schluckte. „Aber du nicht, gell, Mami?“

„Mein Liebling! Ich würde dich *nie* alleine lassen, dich und Stefanie. Ihr seid meine Kinder, ich *kann* euch gar nicht verlassen!“

„Und den Papi?“

Ich zuckte die Achseln und versuchte harmlos dreinzusehen.

„Das hängt ja nicht nur von mir ab. Was, wenn er *mich* verlässt?“

„Das würde der Papi doch *nie* machen!“, versicherte er treuherzig.

„Na, dann ist ja alles gut. Kannst du den Aufsatz jetzt schreiben?“

Er nickte und verschwand in sein Zimmer. Ich blieb sitzen und starrte nachdenklich ins Leere.

Offenbar war bereits Alarmstufe Rot angesagt …

26. Kapitel

Obwohl ich mich Max gegenüber so normal und neutral wie möglich verhielt, beobachtete ich ihn genau. Allerdings tat er nichts, was ihn verriet – zumindest nicht in meiner Gegenwart. Er arbeitete viel – wie immer – und sprach wenig – auch wie immer. Ich hatte keinen Anteil an seinen Gefühlen und er nicht an meinen, und auch das war nichts Neues. Eigentlich war es erschreckend. Ich beobachtete ihn wie ein Detektiv, der einen Verdächtigen beschattet, und er bemerkte nicht einmal den Unterschied zu unserem sonstigen Eheleben. Selbst dass ich mich ihm körperlich entzog, fiel ihm gar nicht auf – wir hielten uns sowieso meist zu verschiedenen Zeiten im Bett auf.

Einmal untersuchte ich sogar heimlich sein Handy, ob er vielleicht verräterische Liebesschwüre per SMS gespeichert hatte, aber ich fand nichts. Hin und wieder ein Anruf von Andie, aber höchstens alle paar Tage, keineswegs mehrmals täglich oder so. Ob er vom Büro aus mit ihr telefonierte?

Die Kinder jedoch kamen mir verändert vor. Sie betrugen sich auffallend brav, so als ahnten sie, dass etwas im Busch war, und wollten um keinen Preis der Auslöser für einen Streit sein. Daniel übte Geige und machte ohne Aufforderung die Katzenkiste sauber; und Stefanie entfernte den meergrünen Nagellack (obwohl ich den insgeheim ganz hübsch gefunden hatte) und trug einen dezent perlmuttfarbenen auf. Außerdem räumte sie den Geschirrspüler aus und lernte demonstrativ für den Geschichts-Test. Das Wort „Ludi“ kam nicht mehr über ihre Lippen.

Ich fühlte mich unendlich einsam.

Ich hatte den dringenden Verdacht, dass mein Mann mich betrog, aber ich konnte mich niemandem anvertrauen. Mit Larissa oder den Freundinnen aus der Kirche wollte ich nicht darüber sprechen (zu intim, zu peinlich), und meiner besten Freundin konnte ich es erst recht nicht sagen.

Ein wenig Trost fand ich darin, mir in der Deck-Identität „Hasenschnäuzchen“ zu beweisen, dass ich nach wie vor attraktiv und begehrenswert war. Nacht für Nacht hing ich im Internet und machte neue Bekanntschaften. Für Andie, redete ich mir ein.

Wahrscheinlich passierte es auch, dass ich bei meinen ausgiebigen Chats mit Richard das Thema Ehebruch flüchtig erwähnte. Er fragte einfühlsam nach, und irgendwann brach mein Verdacht aus mir heraus. Richard war wirklich sehr verständnisvoll und hilfreich. Er berichtete mir von seiner Ehe, die nur drei Jahre gedauert hatte und die damit geendet hatte, dass seine Frau ihn betrog. Danach war er dann zum Glauben zurückgekehrt. Er war der Überzeugung, dass eine christliche Ehe viel bessere Chancen hätte als eine „weltliche“.

„Ich werde für Sie und Ihre Ehe beten“, schrieb er. „Wenn Gott mit dabei ist, wird diese Krise Sie stärken.“ Eine Welle der Rührung übermannte mich. Er betete für mich! Das war so süß. Mein eigener Mann betete nicht einmal *mit* mir …

*

Der Sonntag, an dem Andie uns eingeladen hatte, versprach ein strahlender Herbsttag zu werden, wie geschaffen für einen Ausflug. Diana schien tatsächlich wieder fit zu sein, denn zu meiner Überraschung erschienen sie und Andie im Gottesdienst. Das war nicht abgemacht gewesen. Ich war nicht sicher, ob ich mich darüber freuen sollte. Einerseits ja – Andie zeigte endlich etwas Interesse am Glauben, und das war gut, denn je stärker ihr Glaube wurde, desto weniger würde sie meine Ehe brechen. Andererseits war sie aber vielleicht nur gekommen, um länger mit Max zusammen zu sein?

Die beiden ließen sich jedoch nichts anmerken, zumindest nicht vor mir. Andie setzte sich neben mich und flüsterte mir ab und zu etwas ins Ohr. Verblüffenderweise waren es Glaubensfragen.

„Glaubst du wirklich, dass Gott jetzt hier ist, *mitten unter uns*? So richtig?“, fragte sie.

Ich überlegte. Wann hatte ich das letzte Mal darüber nachgedacht? Ich hörte diese Worte jeden Sonntag – aber *glaubte* ich sie auch? *Fühlte* ich Gottes Gegenwart?

„Ja“, flüsterte ich, „ich denke schon, dass er hier ist.“ Und im gleichen Augenblick überflutete mich ein Gefühl von Geborgenheit und Frieden – auf einmal wusste ich, dass Gott alles im Griff hatte. Da saß ich zwischen Max und Andie und war von Ängsten und Zweifeln geplagt, aber Gott hatte die Kontrolle! Über mein Leben, über Max, über diese Situation. Irgendwie würde alles einen Sinn ergeben.

Andie schloss die Augen und faltete die Hände vor dem Gesicht.

„Dann versuche ich jetzt, ihn auch zu spüren“, flüsterte sie mir erklärend zu.

Herr, bitte lass Andie deine Gegenwart fühlen!, betete ich inständig. Denn wenn Andie vom bloßen Kuhhandel-Christen zur wahrhaft Gläubigen wurde, würde sich mein Problem vielleicht in Luft auflösen …

*

Wie versprochen, aßen wir bei Andie zu Mittag. Das Essen war diesmal nicht vom Italiener, sondern vom Inder, aber der Nachtisch (Apfelstrudel) war selbst gebacken. Andie und Diana zeigten uns stolz die Fortschritte in ihrer Wohnung: Nachdem die Kinder und Ludwig das Badezimmer gefliest hatten, hatte Andie noch den Rest gestrichen und eine Badewanne einbauen lassen. Auch der Marmor-Waschtisch vom Flohmarkt stand jetzt an seinem Platz. Ein weiß lackiertes Schränkchen und ein Spiegel komplettierten das Bad. Jetzt fehlten nur noch die weißen und blauen Badetücher, dann konnte man es fast schon für das „Schöner Wohnen"-Magazin fotografieren – oder zumindest für „Origineller Wohnen" …

Auch das „Arabische-Nächte"-Schlafzimmer hatte Fortschritte gemacht. Der Schrank hinter der Tür sah zwar aus wie vom Caritas-Möbellager (und von dort war er wahrscheinlich auch), aber irgendwo musste Andie ihre Sachen ja verstauen. Der Raum wurde jedoch beherrscht von einem opulenten Doppelbett (*wozu braucht sie so ein breites Bett?!*) mit Messinggestänge, das mit Decken und Kissen in Rot, Braun und Gold beladen war. Üppige Fransen, Borten und Quasten verbreiteten tatsächlich ein gewisses Harems-Feeling. Ich bewunderte vor allem die Tapete, die wir unter so großen Opfern und Entbehrungen an die Wand geklebt hatten.

Auch Dianas Zimmer war fast fertig; sie hatte eine helle Tapete mit Blümchenmuster bekommen, und ein Hochbett, unter dem ihr Schreibtisch stand. Stolz gewährte sie Daniel einen Blick in ihre Spielzeugkisten und in ihren Schrank, der nicht vom Möbellager war, sondern neu und von Ikea.

In der Küche gab es (neben einer verstärkten Stromleitung) jetzt endlich auch einen Gasanschluss, sodass der Herd samt Backrohr funktionierte und die Kochplatte ausgedient hatte.

„Ist es nicht wunderschön?", freute sich Andie. „Bis auf ein paar Kleinigkeiten wird alles fertig sein, wenn ich in einer Woche zu arbeiten beginne. Es klappt alles super! Und das nur dank eurer Hilfe! Ach, ich bin ja so froh, dass ich euch alle habe. Gell, Diana?"

Sie maß unsere ganze Familie mit zärtlichen Blicken. Ich beobachtete sie, ob sie nicht vielleicht Max etwas länger oder etwas zärtlicher betrachtete als die anderen, aber ich konnte es nicht genau sagen. Diana hingegen nickte zustimmend und sah dabei vor allem Daniel an. Aber dagegen war ja nichts einzuwenden.

*

Stefanies unnatürliche Bravheit äußerte sich unter anderem darin, dass sie widerspruchslos mit uns in den Prater ging. Ursprünglich hatte sie gar nicht mitgehen wollen – sie war doch viel zu alt für solchen Kinderkram, behauptete sie. Und überhaupt, nur mit den Kleinen, Daniel und Diana ... wenn sie wenigstens jemanden in ihrem Alter mitnehmen könnte ...? Aber von all dem war in den letzten Tagen keine Rede mehr gewesen. Betont fröhlich spazierte sie mit der Familie durch das Erholungsgebiet der Wiener, bewunderte die herbstlich verfärbten Bäume und schien sich auf den Vergnügungspark zu freuen, der am Ende des Spazierganges wartete.

Ihre Bravheit beunruhigte mich – denn ich glaubte den Grund dafür zu kennen. Aber ich hatte noch einen Trumpf im Ärmel: Richard würde am Calafati-Platz unauffällig zu uns stoßen.

27. Kapitel

Nach dem Autoscooter und der ersten Achterbahn verwandelte sich Stefanies gekünsteltes Wohlverhalten in kindische Ausgelassenheit. Gemeinsam mit den beiden Kleinen stürzte sie quietschend und kichernd zum Jux-Schießstand, wo sich bei jedem Treffer eine Figur bewegte und ein komisches Geräusch ertönte. Die Szenerie zeigte eine Bar im Wilden Westen, und Stefanie ließ den Klavierspieler klimpern, die Tänzerin die Beine schwingen, ein Bierglas hüpfen, einen Geier zum Fenster hereinschauen und den Opa im Schaukelstuhl schaukeln. Daniel und Diana, die nicht so gut trafen, sagten ihr, worauf sie zielen sollte.

Ich freute mich am Vergnügen der Kinder, aber während ich versuchte, immer schön zwischen Andie und Max zu bleiben, sah ich unauffällig auf die Uhr, denn ich wollte Richard nicht warten lassen. Wir bewegten uns nur langsam vorwärts, weil wir bei jeder einzelnen Attraktion stehen bleiben mussten. Schließlich war Diana noch nie in ihrem zehnjährigen Leben hier gewesen!

„Bei diesem Fliegerdings dort musst du versuchen, die anderen Flugzeuge abzuschießen", erklärte Daniel, der ganz in seiner Rolle als älterer, erfahrener Freund aufging. „Wer als letzter noch oben ist, gewinnt eine Freifahrt."

„Das ist aber nicht so lustig, wenn nur drei Leute fliegen", versuchte ich abzulenken. „Da müssen wir im Sommer herkommen, wenn mehr Leute da sind. Wie wär's denn jetzt mit den ferngesteuerten Booten? Bestimmt ist heute das mit der Wasserspritze frei. "

„Ja, super!" Schon stürzte Daniel los und zog Diana an der Hand hinter sich her. Stefanie, ganz undamenhaft, rannte hinterdrein. Wir Erwachsenen folgten in etwas gemäßigtem Tempo.

„Papi, nimmst du auch ein Boot?", bettelte Daniel. „Machen wir ein Wettrennen?"

„Ja, Max, spiel mit den Kindern", lachte Andie, „und lass uns zwei alte Damen einmal ungestört reden!"

Nein, nur das nicht! Ich will gar nicht ungestört mit ihr reden und Dinge erfahren, die ich lieber nicht wissen will!

Aber vor den Booten wartete, pünktlich und zuverlässig, mein lieber Freund Richard. Er lungerte etwas planlos auf dem Platz herum (weil er wahrscheinlich schon seit zwanzig Minuten da war) und betrachtete die skurrilen Figuren, die eine Künstlerin dort aufgestellt hatte: ein Riesenbaby, das einen winzigen Mann an der Hand spazieren führte; ein Clown mit drei Armen und acht Augen, aus dessen Mund ein Springbrunnen spritzte; eine Frau, deren Unterleib ein Sofa war, und so weiter.

Ich ignorierte Andies Versuche, vertraulich mit mir zu reden, und zog sie zu einer Figur, die aus mehreren ineinander verschlungenen und verwachsenen Körpern bestand. Am Ende eines Beins wuchs statt einem Fuß ein Kopf heraus.

„Schau mal – hast du gewusst, dass dieser Fuß das Gesicht des ehemaligen Wiener Bürgermeisters hat?"

„Ehrlich. Du, Conny ..."

„Na so was!", rief ich aus, bevor sie mir irgendwas nicht wieder Gutzumachendes sagen konnte. „Richard? Was machen denn Sie hier?"

Richard schreckte scheinbar aus der Betrachtung des Riesenbabys hoch.

„Constanze, so eine Überraschung! Das ist aber nett!" Er schüttelte mir die Hand und warf einen fragenden Blick auf Andie.

„Das ist meine Freundin Andie", stellte ich sie schnell vor. „Andie, das ist Richard, ein guter Kunde aus meiner Buchhandlung!"

„Freut mich", murmelte Andie und schüttelte Richards Hand, ohne ihn richtig anzusehen.

„Sind Sie allein hier?", machte ich Konversation mit Richard.

„Ja – an so einem schönen Tag wollte ich ein bisschen an die frische Luft gehen."

„Dann wünsche ich Ihnen einen schönen Spaziergang!", lächelte Andie herzlich. „Conny, kann ich dir kurz ..."

„Warum schließen Sie sich nicht bei uns an?", fragte ich.

„Wir sind mit unseren ganzen Familien da, das wäre doch lustig!“

„Gern! The more, the merrier, nicht wahr?“ Richard sah Andie ins Gesicht und schenkte ihr ein strahlendes Zahnpasta-Lächeln. Das beeindruckte sie aber nicht im Geringsten. Sie rollte genervt mit den Augen, dass es schon richtig unhöflich war. Doch davon ließ ich mich nicht beirren. Ich hakte mich mit einem Arm bei Richard unter und mit dem anderen bei ihr. Dadurch war ich zwar jetzt zwischen ihnen, aber ich wollte nicht gleich mit der Tür ins Haus fallen. Spätestens bei der Geisterbahn würde ich die beiden gemeinsam in ein Wägelchen schubsen!

*

Im Weitergehen stellte sich heraus, dass mein Plan wieder einmal nicht ganz so hinhaute wie vorgesehen. Andie ließ jetzt davon ab, mir Geheimnisse zu erzählen, und benutzte stattdessen die Gelegenheit, sich mit Max zu unterhalten. Vor meinen Augen! Aber da ich Richard nicht gut alleine stehen lassen konnte, blieb mir nichts anderes übrig, als mit ihm Konversation zu machen. Wir blieben ein wenig hinter Max und Andie zurück, damit ich die beiden wenigstens im Auge behalten konnte. Ich setzte all meine Hoffnungen auf die Geisterbahn.

„Das ist die älteste Geisterbahn der Welt!“, prahlte Daniel. „Die ist über achtzig Jahre alt! Und die Geister sind voll gruselig! Traust du dich?“

Diana nickte schüchtern. Damit weckte sie Daniels Beschützerinstinkt. Er warf sich in die Brust und versprach: „Ich bin ja bei dir, du brauchst keine Angst zu haben!“ Er zog sie zum vordersten Wagen.

„Kommst du auch mit?“, rief Diana und rückte zur Seite, damit Stefanie sich noch dazu quetschen konnte. Schon ruckelte das Gefährt mit allen Kindern los und verschwand hinter den hölzernen Schwingtüren.

„Beschützt du mich auch?“, sagte Andie zu Max und kicherte schelmisch. „Komm, wir lassen Constanze mit ihrem Freund fahren!“ Und sie sprang in den nächsten Wagen, zerrte Max zu sich herein und fuhr los.

„He, was?“

Mir blieb der Mund offen stehen. Wie konnte sie es wagen? In aller Öffentlichkeit?! Ich krallte mich Halt suchend an Richards Arm.

Er räusperte sich.

„Gehe ich recht in der Annahme, dass Ihre Freundin nichts von unserer Aktion weiß?“

Ich nickte schwach.

„Sie … ähem … zeigt kein besonders großes Interesse an mir …“

„Aber dafür an meinem Mann!“, knirschte ich mit den Zähnen. „Finden Sie nicht?“

„Ach … na ja … es könnte auch nur freundschaftliches Geplänkel sein“, schwächte er ab, aber sehr überzeugend klang es nicht. „Lassen Sie sich nicht den Tag verderben! Kommen Sie, wir fahren auch!“

Er zog mich in den nächsten Wagen. Eigentlich fand ich das reale Leben gerade gruselig genug, aber es war auch schon egal. Die Schwingtüren öffneten sich, und wir fuhren in den dunklen Gang.

28. Kapitel

Rumms! Wir ruckelten um eine scharfe Kurve, dann kippte der Wagen nach hinten und wir wurden steil bergauf gezogen. Eine Kette rasselte unter uns. Achtzigjähriges Holz knarrte. Irgendwo heulte etwas.

„Es ist ja nicht nur dieses Geplänkel“, rief ich gegen den

Lärm an. „Max repariert die Sicherung. Max stemmt die Küche auf. Max verfliest das Bad. Max ist ja sooo ein Genie! Wie sie ihn anschaut! Davon könnten Steine schmelz-aaah!" Ein Zombie mit leeren Augenhöhlen kippte plötzlich vor mein Gesicht und grinste mich an. Ich rutschte vor Schreck tiefer in den Sitz, aber unmittelbar bevor mein Gesicht gegen die Erscheinung klatschte, verschwand sie wieder, und nur ein Luftzug streifte meine Stirn.

Richard lachte mit seiner tiefen Stimme neben mir und legte schützend den Arm um mich.

„Ich meine, sie himmelt ihn dermaßen offensichtlich an", fuhr ich trotzig fort.

„Ich verstehe Ihre Sorge", versicherte er und tätschelte meine Schulter. „Aber vielleicht ist es ja nur eine vorübergehende Phase. Warten Sie ein bisschen ab."

Direkt vor uns tauchte aus dem Nichts ein buckliges Monster auf, das mit zähnefletschendem Grinsen in einem Kessel umrührte, aus dem menschliche Arme und Beine ragten. Mein rechter Fuß trat instinktiv auf eine imaginäre Bremse, aber natürlich gab es in dem Wagen keine. Unmittelbar bevor wir mit dem ekelhaften Kannibalen zusammengeprallt wären, schwenkte unser Gefährt ruckartig nach rechts. Ich wurde gegen Richard geschleudert. Er drückte mich an sich. Der Stoff seines Sakkos fühlte sich auf meiner Wange angenehm an. Ich atmete den Duft seines Rasierwassers ein. Während rings um mich die Welt in Trümmer brach, meine beste Freundin mir den Mann ausspannte und eine Hexe unter schaurigem Gelächter auf einem Besen vorbeiflog, erhaschte ich an Richards breiter Schulter einen Augenblick der Geborgenheit.

Ich schloss die Augen und ließ das Heulen, Johlen, Lachen und Brüllen an mir vorüberrauschen. Viel zu schnell war die Fahrt zu Ende. Die Schwingtüren flogen auf, und Tageslicht blendete mich. Richard zog seinen Arm weg. Unser Wagen knallte gegen das Gefährt vor uns.

Darin saßen Max und Andie – eng umschlungen. Max

hatte beide Arme um Andie gelegt, und sie vergrub den Kopf an seiner Schulter.

Die grausame Wirklichkeit hatte mich wieder.

*

„Ganz ruhig, Constanze. Keine Szene – nicht vor den Kindern!", murmelte Richard und hielt mich zurück. Max tätschelte Andies Rücken.

„Du kannst die Augen jetzt wieder aufmachen", redete er ihr zu. Andie blickte auf, schüttelte ihre dunklen Locken hinter sich – und lachte!

„Huh, das war toll!", rief sie. „Lass uns noch einmal fahren! Hat's dir auch gefallen, Butterblümchen?"

Diana stand etwas bleich und mit groß aufgerissenen blauen Augen draußen vor der Geisterbahn. Sie umklammerte Daniels Hand, aber sie nickte begeistert.

„Ja, fahren wir noch einmal! Fährst du diesmal mit mir, Mami?"

Andie warf den Kopf zurück und lachte aus vollem Hals.

„Da tät'st du dich schön bedanken, Schnuppernäschen. Ich fürchte mich mehr als du. Fahr lieber wieder mit dem Daniel, der beschützt dich viel besser als ich!"

Richard trat zu ihr und fragte galant: „Darf *ich* Ihnen vielleicht diesmal Arm und Geleit antragen, gnädige Frau?" und zog sie mit sich.

In diesem Moment liebte ich ihn!

Allerdings kam es natürlich nicht in Frage, dass ich jetzt mit Max fuhr. Mich in seine starken Arme werfen, nachdem er mich gerade öffentlich gedemütigt hatte? Unmöglich!

„Komm, Stefanie, fahr' mit mir!", sagte ich schnell, und weg waren wir. Max blieb allein zurück.

Geschah ihm recht!

„Mam", fragte Stefanie drinnen, während der Zombie auf uns runterkippte (was sie ungerührt zur Kenntnis nahm), „wer ist dieser Typ, den du da aufgegabelt hast?"

„Ein Kunde“, murmelte ich vage, während unser Gefährt wild hin und her ruckelte. „Er kauft gern englische Literatur. Er ist Englischlehrer.“

„Und warum geht der mit uns?“ Menschenfresser. Scharfe Kurve.

„Er kam mir so allein vor, da hab’ ich ihn eingeladen.“ Hexe. Spinnweben im Gesicht.

„Kennst du ihn … näher?“ Enthauptung. Dämonisches Gelächter. Steil abwärts.

„Nnnein, nicht sehr gut. Warum?“ Unter uns brach eine Brücke zusammen. Ein Totenschädel rollte auf uns zu. Werwolf-Geheul. Scharfe Kurve.

„Ach, nur so. Du hast noch nie von ihm erzählt.“ Grabsteine. Gerippe.

„Ich erzähl’ ja sonst auch nicht viel von unseren Kunden – aaah!“ Ein Yeti tippte mir von hinten auf die Schulter – da musste ein verkleideter Mensch drin sein!

Stefanie schmiegte sich an mich.

„Ich hab’ dich so lieb, Mami!“ Feuersbrunst. Angstgeschrei.

„Ich dich auch, Liebling.“ Tageslicht. Max wartend vor der Geisterbahn.

*

Den restlichen Spaziergang über hielt ich mich einfach an die Kinder, weil ich hoffte, Andie würde zumindest aus Höflichkeit Konversation mit Richard machen. Das tat sie dann auch, allerdings unterhielt sie sich (aus Höflichkeit?) ebensoviel mit Max. Zeitweise hakte sie sich sogar bei beiden gleichzeitig unter und hatte jede Menge Spaß dabei.

Im Gegensatz zu mir übrigens.

Am Ende des Wurstelpraters verabschiedeten wir uns von Richard. Wir fuhren noch gemeinsam mit der U-Bahn zu Andie, weil wir unser Auto dort geparkt hatten. Auf dem gesamten Weg überlegte ich, wie ich mir Gewissheit verschaffen könnte, ob – beziehungsweise *was* – da eigentlich lief zwischen ihr und Max. Als wir vor Andies Haus standen, behauptete ich, ich wollte noch schnell aufs Klo gehen, und stieg noch einmal in Andies Wohnung hinauf.

Ich schloss mich in dem frisch gefliesten Bad ein und überlegte. Was suchte ich eigentlich? Einen Beweis für Max' Untreue? Aber was?

Und dann wurde ich fündig, noch bevor ich richtig zu suchen begonnen hatte.

Auf der Waschmaschine lag ein Stapel gefalteter Wäsche – T-Shirts, Unterwäsche, Pyjamas. Mein Blick fiel auf ein auffallendes blau-gelbes Paisley-Muster. Das kannte ich doch ...? Ich zog das Wäschestück aus dem Stapel heraus, faltete es auf – und erstarrte.

Es war eine Boxershort von Max.

Nein, unmöglich.

Es war eine Boxershort, sonst nichts! Vielleicht trug Andie ja auch Boxershorts? Wieso auch nicht? Und bestimmt waren Tausende von Shorts mit diesem Muster verkauft worden ... Aber die Größe ... die passte Andie bestimmt nicht ...

Und dann sah ich ein Stück aufgeplatzte Naht, die sorgfältig mit einem schwarzen Faden geflickt war, und da wusste ich, dass diese Unterhose Max gehörte, denn ich selbst hatte sie eigenhändig mit diesem farblich nicht passenden Faden genäht.

Meine Knie fühlten sich auf einmal wie Gummi an. Ich sank auf den Rand der Badewanne nieder.

Er hat bereits seine eigene Unterwäsche hier! hämmerte es in meinem Kopf. Jetzt erkannte ich auch noch eines von Max' T-Shirts in dem Wäschestapel wieder (es hatte ein kleines Loch unter dem Arm, das ich noch nicht gestopft hatte), aber die Boxershort war mir eigentlich schon Beweis genug.

Mein Mann betrügt mich mit meiner besten Freundin!

Das Badezimmer kam mir auf einmal eng und stickig

vor. Das Blut pochte schmerzhaft in meinen Schläfen. Ich atmete tief durch und versuchte mich zu beruhigen.

Das ist nicht wahr. Das geht vorbei. Es ist nur eine Phase.

Ich faltete die Boxershort zusammen, schob sie an ihren Platz in dem Stapel zurück und trat aus dem Bad. Andie tat ganz ahnungslos und wollte noch ein paar Worte mit mir plaudern, aber ich schob sie hastig beiseite und eilte zur Tür.

„Du, die warten unten alle im Auto auf mich – danke für den Ausflug, bis dann."

Bloß raus hier!

29. Kapitel

Mir war bewusst, dass es eigentlich höchste Zeit für ein klärendes Gespräch wäre. Aber ich scheute davor zurück, gewisse Dinge auszusprechen – sie wurden davon so erschreckend real! Max verhielt sich wie immer; vielleicht arbeitete er noch etwas mehr als sonst, aber ansonsten tat er, als ob nichts wäre. Und ich hielt einfach die Luft an und wartete. *Vielleicht ist es wirklich nur eine vorübergehende Phase.*

Andie versuchte mehrmals, mich anzurufen, aber ich hob einfach nicht ab. Da hatte ich meine beste Freundin so viele Jahre nicht gesehen, und kaum war sie endlich wieder da, betrog sie mich. Es tat weh. Ich konnte nicht mit ihr reden – und dabei hätte ich doch gerade jetzt eine Freundin so dringend gebraucht!

„Du siehst irgendwie blass aus", sagte Larissa am nächsten Dienstag zu mir. „Geht's dir nicht gut? Wirst du krank?"

Ich lächelte dünn.

„Es gibt so eine Magenverstimmung, die herumgeht", heuchelte ich. „Vielleicht hab ich die erwischt."

„Oje, du Arme! Soll ich dir einen Tee kochen?"

„Lass nur. Es ist nicht so schlimm. Wie läuft's denn so bei dir?"

Larissa rollte ihre Kulleraugen.

„Ich bin schon in dem Kapitel ‚Wie man sich interessant macht'", vertraute sie mir an. Ich brauchte einen Augenblick, um zu begreifen, dass sie von dem „Traummann"-Ratgeber sprach.

„Und?" Ich zog die Augenbrauen hoch, dankbar für ein Gesprächsthema, das mit mir und meinen Sorgen nichts zu tun hatte. „Hast du denn schon wen, für den du interessant sein willst?"

„Ach ... ich weiß nicht." Sie schlug den Blick nieder, und das sagte bei ihr mehr als alle Worte. Ich schaffte es tatsächlich, mich für sie zu freuen. Ja, ich wünschte ihr wirklich, dass es diesmal klappte!

„Und wie machst du dich interessant?"

„Ach, na ja ... nichts Neues, du weißt schon: Sei ganz du selbst, gib dich natürlich, versuche nicht, etwas zu sein, was du nicht bist, und so weiter. Wissen wir ja eh."

„Sonst nichts?"

„Hast du's noch nicht gelesen?", fragte sie.

„Ich ... bin in letzter Zeit nicht recht vorangekommen." *In jeder Hinsicht.*

„Also, da steht, dass Männer immer noch starke Helden sein wollen, die ihren Clan beschützen – so wie die Neandertaler." Sie kicherte und blies sich eine rote Haarsträhne aus der Stirn.

„Männer sind Neandertaler", murmelte ich. „Das erklärt alles."

„Findest du? Also, da steht, dass man ihnen dieses Gefühl gönnen soll – dass sie stark und klug sind und dass man ohne sie völlig hilflos wäre."

„Fünfzig Jahre Frauenbewegung völlig umsonst", hauchte ich erschüttert.

„Aber nein", tröstete mich Larissa. „Im Unterschied zu

den Neandertalerinnen *tun* wir ja nur so, als ob wir schwach und hilfsbedürftig wären, wir sind es ja nicht wirklich. Aber die Typen brauchen eben das Gefühl, dass ihre unsinnigen Körperkräfte zu irgendwas gut sind und sie sogar begehrenswert machen."

„Und darauf fällt irgendeiner rein?", zweifelte ich.

„Na probieren wir's doch einfach", tuschelte sie in mein Ohr. Gerade kam ein passendes Testobjekt vorbei: Ludwig mit einer großen Kiste Bücher, die er soeben vom Lager herangeschleppt hatte. Er stellte die Kiste ab und schnaufte.

„Wahnsinn", flötete Larissa, „dass du dieses schwere Ding tragen kannst!" Sie zerrte an der Kiste, konnte sie aber nicht bewegen. „Ich könnte die nicht einmal hochheben, geschweige denn irgendwohin tragen. Du musst echt die totalen Muskeln haben! Trainierst du?"

Mir hob sich schon fast der Magen von so viel Gesülze. Sie trug wirklich etwas zu dick auf!

Doch zu meiner größten Überraschung sah Ludwig überaus geschmeichelt drein und sagte: „Seh' ich so aus?" Er beugte den Arm und ließ wie zufällig die Muskeln spielen. „Nur ein bisschen Tennis, ab und zu ... und manchmal ins Fitnesscenter ..."

„Ehrlich?" Larissas Kulleraugen schauten treuherzig. „Ich hätte gedacht, es ist viel mehr. Ein Glück, dass wir dich für diese schweren Sachen haben – wir beide haben uns echt damit geplagt."

„Tja, manchmal ist so ein Mann doch für was gut", grinste Ludwig und verschwand wieder in Richtung Lager. Irrte ich mich, oder summte er dabei vor sich hin?

„Siehst du, es funktioniert!", strahlte Larissa.

„Neandertaler?!"

Vielleicht lohnte es sich doch, das nächste Kapitel zu lesen? Jedenfalls wunderte ich mich jetzt nicht mehr, dass die „Max-ist-ja-sooo-ein-Genie"-Nummer, die Andie ständig abzog, eine derart durchschlagende Wirkung hatte.

„Hallo, die Damen?" Unser Chef erschien in der Tür und

blinzelte mich gütig über seine Lesebrille hinweg an. „Kundschaft ist da!“

„Ich geh’ schon!“, erbot sich Larissa.

Aber der Chef sagte: „Er verlangt ausdrücklich nach dir, Constanze!“

„Aha?“ Ich ging in den Verkaufsraum hinaus.

Da stand Richard und lächelte sein Lausbuben-Zahnpasta-Lächeln.

Ich merkte, wie meine Knie weich wurden, und dabei hatte ich heute ausnahmsweise zwei gleich hohe Schuhe an.

„Jemand hat mir gesagt, dass es hier englische christliche Literatur gibt“, grinste er leutselig.

„Ja, äh, gern – was darf ich Ihnen zeigen?“

„Für meine Schüler hätte ich gern eine Auswahl von C. S. Lewis und George McDonald. Für meinen privaten Bedarf würde ich Sie gerne zum Mittagessen ausführen.“

Eine Blutwelle stieg mir heiß in den Kopf.

„Es ist schon halb drei“, stotterte ich.

Er zuckte die Achseln. „Früher konnte ich nicht. Ich hatte bis zwei Unterricht. Wenn Sie schon gegessen haben, dann wenigstens ein Kaffee?“ Er sah mich bittend an.

„Oh, ich …“ Tatsächlich hatte ich gar keine Mittagspause gemacht, sondern nur schnell ein mitgebrachtes Käsebrot gegessen. Da ich sowieso nur zweimal in der Woche arbeite-te, bestand ich nicht auf meinem Recht auf eine Pause.

Aber vielleicht sollte ich einmal eine Ausnahme machen …?

*

Wenig später saßen wir in einem Nobelrestaurant, das – laut Richard – einer Dame wie mir angemessen war. Weißes Damasttischtuch, Kerze, leises Mozartgesäusel. Wir bestellten Speisen wie „Tafelspitz-Sülzchen“ und „Lachs in Mandelkruste“ und dazu ein Achtel Wein, um den Kontrast zu Käsebrot und Leitungswasser vollkommen zu machen.

„Wie geht es Ihnen?“, fragte er einfühlsam.

„Gut!“, antwortete ich wahrheitsgemäß und wurde schon wieder rot. Wie könnte es mir anders als gut gehen, wenn ich mit Richard bei Sülzchen, Gesülze und Wein saß?

„Und zu Hause?“

„Äh, na ja … da herrscht Funkstille“, gab ich zu. „Einerseits bin ich stocksauer, andererseits trau’ ich mich nicht, etwas zu sagen …“

„Solange man es nicht ausspricht, ist es vielleicht gar nicht wahr?“ Zahnpasta-Lächeln.

Ich nickte. Wie konnte es sein, dass dieser nahezu fremde Mensch mich so gut verstand?

„Constanze …“ Er seufzte, als hätte er mir etwas Schwerwiegendes mitzuteilen, und griff nach meiner Hand. Ich versteifte mich. Wusste er etwas, was ich nicht wusste? Hatte Andie ihm bei der Geisterbahnfahrt etwas anvertraut? Hatten die beiden – Max und Andie – etwa schon konkrete Pläne, und Max war nur zu feig, es mir zu sagen, und Andie konnte es mir nicht sagen, weil ich jedes Gespräch mit ihr verweigerte?

Würde jetzt ausgerechnet Richard derjenige sein, der mir die schlechte Nachricht überbrachte?

Und warum wurde mir nicht übel bei diesem Gedanken? Warum verwandelte der Lachs in Mandelkruste in meinem Mund sich nicht augenblicklich in Pappmaché? Warum fühlte ich mich plötzlich irgendwie leicht – wie eine Feder im Wind?

Und dann begriff ich.

30. Kapitel

Schnell legte ich Richard einen Finger auf die Lippen und schluckte den Lachsbissen hinunter.

„Sag nichts“, flüsterte ich. Und es war mir in dem Moment tatsächlich egal! Wenn Max mich verließ und zu Andie zog (oder wie immer die beiden sich das eben gedacht hatten), dann war das seine Sache. *Ich* hatte nichts dazu getan, um ihn zu ermuntern! Naja, ich hätte vielleicht manchmal die „Max-ist-ja-so-ein-Genie“-Neandertaler-Nummer vorführen können, um meinen Mann bei Laune zu halten. Aber erstens hatte ich nicht gewusst, dass Männer so was brauchten, und zweitens kam mir das nach so vielen Jahren einfach lächerlich vor. Sollte ich etwa Max' Muskeln preisen, wie Larissa mir das an Ludwig demonstriert hatte? Vielleicht die tollen Muskeln an den Fingern? Den Mausklick-Muskel? Den Tastatur-Muskel? Oder die am Bauch? Den Schnitzel-Muskel, den Kuchen-Muskel und ganz besonders den Grammelknödel-Muskel? Unsinn!

Aber wenn Max mich betrog, dann war ich frei – dann hatte ich geradezu das moralische Recht, mich ebenfalls zu verlieben …

… und das hatte ich gerade getan.

*

Eigentlich hätte ich es schon seit Tagen bemerken können.

Jeden Abend hoffte ich, dass Richard online sein würde und freute mich auf das Chatten mit ihm. Er tauchte unvermutet in meinen Tagträumen auf, und jedem persönlichen Treffen fieberte ich entgegen wie ein verliebter Teenager. Nur die jahrelang trainierten Kontrollmechanismen der braven christlichen Ehefrau hatten mich davon abgehalten, meine eigenen Gefühle wahrzunehmen. Schließlich war ich *Mrs Perfect*, wie Larissa immer sagte – ich machte stets alles richtig, als Mensch, als Frau und als Christ. Ich verliebte mich nicht einfach nur mal so. Niemals würde ich die Sicherheit meiner Ehe für ein Liebesabenteuer aufgeben – schon, weil es sich einfach nicht gehörte. Soweit musste man sich als Ehefrau wohl unter Kontrolle haben. Und das hatte ich ja normalerweise auch.

Nur: *War* ich jetzt noch Ehefrau? Max betrog mich, und das anscheinend so offensichtlich, dass sogar die Kinder es schon bemerkt hatten. Max hatte angefangen!

„Richard … ich glaube, ich habe mich in dich verliebt", flüsterte ich. Ich beugte mich vor und hauchte ihm einen Kuss auf die Lippen. Richard hielt noch immer meine Hand fest, und die Berührung fühlte sich an wie pulsierende Wärme.

Irgendwie stand ich plötzlich neben mir und sah mir zu.

Sagte und tat ich das wirklich?!

Gestand ich tatsächlich einem fremden Mann meine Liebe, obwohl ich verheiratet war? Ich, Constanze, die Frau mit der Spontaneität eines hundertjährigen Grabsteines? Constanze, die ihren Urlaub zwei Jahre im Voraus plante und die niemals einen Typen auch nur begehrlich angesehen hatte, weil das ja schon Ehebruch war?

Wer war diese Frau?

In einem einzigen Augenblick warf ich alles über Bord – Ehe, Familie, das Image als untadeliger moralischer Fels. Plötzlich verstand ich, wieso Andie damals für den Surflehrer alles hingeschmissen hatte …

Richard saß stocksteif da und schloss die Augen. Seine Hand umklammerte meine so fest, dass es fast schon wehtat.

„Ja", presste er schließlich hervor, „ja … ich glaube, ich auch."

„Was – du hast dich auch in dich verliebt?"

Er öffnete die Augen, grinste und lockerte die Umklammerung meiner Hand.

„Quatsch. In *dich* natürlich!"

Ich rückte näher, lehnte meinen Kopf an seine Schulter und spürte die Schmetterlinge in meinem Bauch flattern. Es war unglaublich. Ich hatte total vergessen, wie es sich anfühlte, verliebt zu sein. Schließlich war es zwanzig Jahre her, dass ich mir dieses Gefühl das letzte Mal gegönnt hatte. Wahnsinn! Es war besser als Lachs – mit oder ohne Mandelkruste –, besser als das Gefühl nach vollbrachtem Hausputz, besser als Urlaub. Es fühlte sich an, als könnte ich fliegen. Ich unterdrückte mit Mühe den Impuls, lauthals zu lachen.

Ich war verliebt!

Es war verrückt, vollkommen verrückt, aber es fühlte sich toll an.

„Wir ... wir dürfen nichts überstürzen“, murmelte Richard.

Was? Ist das nicht normalerweise MEIN Text?

„Wieso?“, fragte ich ernüchtert. „Max hat doch zuerst ...?“

„Wegen der Kinder“, flüsterte er. Damit erreichte er nur, dass eine neue Woge liebevoller Gefühle mich überflutete. Er sorgte sich um *meine* Kinder. War das nicht süß von ihm?

„Ich glaube, die wissen eh schon, dass irgendwas nicht stimmt“, sagte ich, und hastig fügte ich hinzu: „In Bezug auf Max, meine ich.“

„Wie dem auch sei, wir müssen ihnen Zeit lassen, sich an den Gedanken zu gewöhnen.“

Ein vages Unbehagen beschlich mich. Ich dachte an Daniel, der erst vor ein paar Tagen gefleht hatte *„Gell, Mami, du gehst nicht weg?“* Hatte er wirklich schon etwas geahnt? Ich verdrängte den Gedanken. Vor ein paar Tagen hatte ich ja noch nicht einmal selbst etwas von meinen Gefühlen für Richard geahnt. Außerdem hatte ich nicht vor, Daniel zu verlassen. Die Kinder würden selbstverständlich bei mir bleiben!

„Zeit, ja ...“ Am liebsten hätte ich Richard sofort an Max’ Stelle einquartiert. Ich erkannte mich selbst nicht wieder. „Und was machen wir bis dahin?“ Ich wollte die ganze Zeit mit Richard zusammen sein. Jetzt sofort! Einmal im Leben fasste ich einen wirklich spontanen Entschluss, und dann durfte ich ihn nicht umsetzen?

„Wir sehen uns so oft wie möglich", versprach er. „Ich hole dich nach der Arbeit ab."

„Ich arbeite doch nur zweimal in der Woche!", wandte ich ein. *Viel zu wenig!!*

„Wir chatten jeden Abend", schlug er vor.

„Ja. Aber …"

„Hm?"

„Ich würde dich so gern einmal besuchen. Bei dir zu Hause." Bei diesen Worten stieg eine prickelnde Erregung in mir hoch, die ich mir gar nicht erklären konnte. Ich hatte ja keineswegs gesagt, dass ich mit ihm Sex haben wollte. Solange ich offiziell verheiratet war, wäre das auch völlig unpassend gewesen. Ich wollte doch nur sehen, wie er wohnte, die Atmosphäre seiner Wohnung in mich aufnehmen, ihn besser kennenlernen. Warum setzte dieser Gedanke neuerlich derartige Endorphin-Schübe frei? „In aller Freundschaft, natürlich nur", versicherte ich hastig – nur für den Fall, dass er einen ähnlichen Gedankensprung gemacht haben könnte.

Er drückte mich an sich.

„Und du glaubst, dass ich mich dann zurückhalten kann?", grinste er.

„Na hör mal!", protestierte ich. „Wir sind zwei erwachsene Menschen, charakterlich gefestigt und im Glauben gereift!"

Aber innerlich fühlte ich mich bereits völlig geschmolzen an …

31. Kapitel

Auf dem Weg zurück in die Buchhandlung schienen meine Füße den Boden nicht zu berühren. Auf einmal verstand ich den Ausdruck „auf Wolke sieben schweben“. Ich schwebte tatsächlich. Und welche Nummer meine Wolke hatte, war mir egal!

„Du schaust schon viel besser aus“, fand Larissa, als ich zurückkam. „Nicht mehr so blass. Das Essen hat dir gut getan. Du solltest dich nicht nur von Käsebroten ernähren.“

Das Essen? Was für ein Essen? Ich hatte das Gefühl, als bräuchte ich überhaupt keine Nahrung mehr, solange ich nur diese wunderbaren Schmetterlinge im Magen hatte.

„Ach, übrigens, hat Stefanie dich gefunden?“

„Hä? Was?“

„Deine Tochter war hier, kaum dass du weg warst“, erklärte Larissa. „Ich hab ihr gesagt, wo du hingegangen bist. Hat sie dich gefunden?“

„Nein.“ Eine kleine Alarmglocke schrillte in meinem Kopf. Hatte Stefanie mich in dem Lokal mit Richard gesehen? Nein, ausgeschlossen. Das hätte ich doch bemerken müssen, oder?

„Wahrscheinlich ist sie gleich nach Hause gegangen“, zuckte Larissa die Achseln.

Wahrscheinlich wollte sie in Wahrheit gar nicht mich treffen, sondern ihren Ludi, und es war ihr ganz recht, dass ich weg war, dachte ich. Aber es war keine Bitterkeit dabei. Warum sollte Stefanie nicht verliebt sein? Es war wunderbar, verliebt zu sein!

*

In den nächsten Tagen lag zu Hause eine gewisse Spannung in der Luft. Zumindest die Kinder spürten es. Ob Max es auch spürte, war schwer zu sagen, denn er war wenig zu Hause. Und wenn, dann arbeitete er. Ich hatte es aufgegeben, ihn danach zu fragen. Er erklärte es mir ja doch nicht so, dass ich es verstand. Und außerdem hatte ich andere Dinge im Kopf.

Jeden Abend stahl ich mich zum Computer und chattete ein Stündchen (oder auch zwei) mit Richard. Um Hasenschnäuzchen kümmerte ich mich kaum noch – schließlich schien Andies Bedarf für den Moment ja gedeckt zu sein.

Aber ich beobachtete Max. Man könnte fast sagen, ich belauerte ihn – ich wartete darauf, dass er endlich etwas sagte oder dass er sich verriet. So sehr ich mich vorher vor einer Aussprache gefürchtet hatte, so sehr wünschte ich sie jetzt herbei! Denn wenn Max sich offiziell von mir trennte, wäre das mein Freibrief gewesen. Schließlich hatte *er* mit dem Fremdgehen angefangen – sonst hätte *ich* es ja gar nicht so weit kommen lassen, mich zu verlieben. Wenn aber ich diejenige war, die mit der Aussprache begann, dann könnte es ja fast so aussehen, als ob ich auch mit dem Fremdgehen begonnen hätte. Und das wollte ich keinesfalls. Also musste ich warten, ob Max es jemals wagen sollte, mit mir darüber zu reden …

Eine Woche ging herum, dann zwei. Die Spannung war fast greifbar, aber Max sagte nichts. Draußen wurde es kälter, das Wetter wurde regnerisch und nebelig. November eben.

Kuschelwetter!

Ich sehnte mich danach, mit Richard zusammenzusein. Wir trafen uns ein- zweimal in der Woche, aber nur in Kaffeehäusern und ähnlichen öffentlichen Plätzen. Sein Durchlauferhitzer war kaputt, und solange seine Küche renoviert wurde, konnte er keine Dame zu sich einladen, fand er. Warum musste das blöde Ding gerade jetzt kaputtgehen? Es war Kuschelwetter, und ich wollte kuscheln!

In aller Ehrbarkeit, versteht sich. Schließlich war ich ja noch verheiratet.

Andie hatte es aufgegeben, mich anzurufen, da ich längere Zeit nicht abgehoben hatte. Außerdem musste sie inzwischen zu arbeiten angefangen haben und war sicher sehr beschäftigt, sich in ihrer neuen Stelle gut einzuführen.

Dabei hätte ich *jetzt* ihren Anruf gern entgegengenommen. Denn jetzt hätte ich nur zu gern gehört, was sie mir zu sagen hatte!

Irgendwann hielt ich es nicht mehr aus. Offiziell war ja zwischen Andie und mir nichts vorgefallen, was mich daran hindern könnte, mich nach ihrem Befinden zu erkundigen. Also rief ich sie an.

„Hi, Andie, hier Conny! Wie geht es dir? Was macht die neue Arbeit?“, meldete ich mich ganz locker.

„Oh, du bist es?“, staunte sie. „Ich hab schon gedacht, du sprichst nicht mehr mit mir!“ Sie lachte. Ich fand das eigentlich nicht komisch – an sich hätte ich doch durchaus gute Gründe gehabt, auf sie sauer zu sein. Es war wirklich nicht ihr Verdienst, dass Gott mir einen Engel in Richards Gestalt schickte, um mir durch diese schwere Zeit zu helfen!

„Warum sollte ich nicht mehr mit dir sprechen?“, fragte ich scheinheilig.

„Ja, keine Ahnung. Aber ich hab dich tage- und wochenlang nicht erreichen können, ich hab wirklich schon fast geglaubt, du vermeidest mich absichtlich.“

„Aber geh“, schwächte ich ab. „Es war nur einfach ... ziemlich viel los in letzter Zeit. Also, wie geht's dir?“

„Gut!“ Sie erzählte mir ausführlich von ihrer neuen Arbeit. Sie unterrichtete eine Klasse mit sechsundzwanzig Achtjährigen, und es machte ihr großen Spaß. „Die Arbeit als Ferienclown bringt mir eine Menge für den Unterricht“, schwärmte sie. „Ich bin jetzt viel lockerer als früher!“

Für meine Begriffe war Andie immer schon extrem locker gewesen, sodass eine Steigerung mir eigentlich unvorstellbar erschien – und auch nicht besonders notwendig.

„Und wie geht's der Wohnung?“ *Hast du schon einen geeigneten Stauraum für Max' Unterwäsche gefunden?*

„Oh, super, es ist sooo traumhaft! Du musst unbedingt bald wiederkommen! Seit Max und ich die Vorhänge aufgehängt haben, ist es ur-gemütlich!"

Vorhänge?! Wann? Er hat mir nichts davon erzählt! Und was heißt „Max und ich??" Spricht sie jetzt schon im Partnerlook von ihm?

„Conny? Bist du noch dran?"

„Ja – ja, sicher."

„Max ist echt sooo ein Schatz! Weißt du überhaupt, was du an ihm hast?"

Das fragt ausgerechnet SIE mich?!

„Äh … na ja, so im Alltag verliert sich der Glanz vielleicht mit den Jahren", stotterte ich.

„Aber du liebst ihn doch noch, oder?"

Die Fragen werden ja immer besser! Soll das ein Test sein, oder was? Hat sie plötzlich moralische Bedenken bekommen?

„Hm … man gewöhnt sich aneinander", antwortete ich vorsichtig.

„Ach, er ist sooo ein Prachtstück!"

Jaja, das wissen wir. Ein Schatz, ein Prachtstück, ein Genie. Ich hätte nur gern offiziell gewusst, wie ich jetzt dran bin!

„Und was ist mit dir?", kam ich schnell zum Thema. „Bist du noch in den Falschen verliebt?"

„Was für ein Falscher?"

„Du hast mir kürzlich erzählt, dass du dich wieder in einen ‚ganz falschen Mann' verliebt hast. Aber bevor du mir Einzelheiten oder Namen genannt hast, hat dein Kind sich übergeben, oder so ähnlich."

Sie lachte.

„Ich verlieb' mich immer in ganz falsche Männer, das weißt du doch! Aber ich find's einfach trotzdem schön, verliebt zu sein! Du nicht?"

„Doch, es ist toll!", platzte ich heraus.

Schweigen.

Mir dämmerte, dass ich möglicherweise gerade einen taktischen Fehler begangen hatte.

„Conny", kam Andies Stimme aus dem Hörer, „bist du… verliebt?"

„Äh… natürlich – in meinen Mann", heuchelte ich.

„Hast du nicht gerade gesagt, er hätte etwas an Glanz verloren und du wärest lediglich an ihn gewöhnt?"

Dieses Gespräch nahm gerade eine völlig verkehrte Richtung!

„Meine Güte, man redet so dahin…", stammelte ich.

„Conny, bitte sei ehrlich zu mir. Oder wenigstens zu Max. Das bist du ihm schuldig."

„Was?" Heiße Wut schoss in mir hoch wie Lava in einem Vulkan. „*Ich* bin euch was schuldig? *Euch*?! Dass ich nicht lache!"

32. Kapitel

Ich schmiss den Hörer hin und atmete tief durch.

Was sollte denn das jetzt?!

Was führte Andie eigentlich im Schilde?

Und was wusste sie?

Ich kämpfte meine Wut nieder – seit wann hatte ich so was überhaupt? Ich war doch sonst immer so beherrscht! – und zwang mich, ruhig nachzudenken. Hatte Andie gerade versucht, ein Geständnis aus mir herauszuquetschen, dass *ich* mich verliebt hatte? Ohne vorher zuzugeben, dass *sie* in meinen Mann verschossen war, wohlgemerkt? Aber warum? Eine moralische Frage von der Art, wer nun wen zuerst betrogen hatte und wer daher die Ehe gebrochen hatte und wer keine mehr zum Brechen hatte, musste doch für Andie völlig wurscht sein. Für *mich* war das wichtig, denn ich hatte einen Ruf als moralische Instanz zu verlieren. Und außerdem wollte ich nichts tun, was Gott missfiel – äh, das war natürlich der wichtigere Grund. Wie auch immer. Andie hatte jahrelang in wilder Ehe gelebt und ein uneheliches Kind bekommen – da war Ehebruch doch wohl auch schon egal, oder? Was also *wollte* sie eigentlich? Was sollte dieses seltsame Gespräch?

Ich ärgerte mich über mich selbst. Was hatte ich auch anrufen müssen! Jetzt war ich nicht nur nicht vorangekommen, ich hatte Andie auch noch einen Verdacht geliefert. So was Blödes!

Ich biss mir auf die Lippen. Es war nicht leicht, das Scheitern einer Ehe und einer Freundschaft gleichzeitig zu erleben.

Ich schrieb eine E-Mail an Richard. Danach fühlte ich mich besser.

*

Zwei Tage später. Ich hatte mich nach der Arbeit noch mit Richard in der Kurkonditorei getroffen und er hatte mir berichtet, dass die Reparatur seiner Küche abgeschlossen war und ich daher nächste Woche mit einer Einladung rechnen durfte. Obwohl sich dadurch an der ganzen verqueren Situation mit Max, Andie und mir natürlich gar nichts änderte, beflügelte mich dieser Gedanke irgendwie. Beschwingt kam ich nach Hause.

Im Wohnzimmer saß Max mit Andie auf dem Sofa.

Es war nun aber keineswegs so, dass ich sie irgendwie in flagranti erwischte, oder etwas Derartiges. Sie saßen einfach nebeneinander, dazwischen die Katze, und sahen aus, als ob sie auf mich gewartet hätten.

Mein Magen klumpte sich zusammen.

Jetzt war es also so weit. Die gefürchtete, herbeigesehnte Aussprache.

„Wo sind die Kinder?“, fragte ich. Die armen Kleinen mussten diese Szene nicht unbedingt miterleben!

„Stefanie lernt bei Katrin, und Daniel ist bei Lukas Novotny“, antwortete Max steif. Offenbar war ihm genauso klar wie mir, was für eine Art von Unterhaltung das hier werden sollte, und er hatte Vorkehrungen getroffen. Sehr berechnend!

„Wir… müssen mit dir reden“, begann Andie.

„Ich höre“, sagte ich und verschränkte die Arme. Diesmal würde *sie* mir etwas erzählen müssen. Ich würde mir keine Blöße mehr geben!

„Constanze“, sagte Max. Er wirkte bleich. Einen Augenblick lang fragte ich mich, ob Andie ihn da zu etwas drängte, wozu er noch gar nicht bereit war. War diese Unterredung wirklich seine Idee? Sein Wunsch? Aber egal. Ich wollte es endlich hinter mir haben.

„Du … bist in letzter Zeit … irgendwie verändert“, brachte Max hervor.

O nein, so spielen wir das nicht! ICH bin verändert? Ja, warum denn wohl, hä? ICH bin nicht schuld an der ganzen Sache, ICH habe nicht damit angefangen!

„Menschen verändern sich eben“, bemerkte ich abweisend. „Das solltet gerade ihr zwei doch eigentlich wissen.“

Die beiden tauschten einen schnellen Blick. Es gab mir einen Stich. Früher hatte Max sich mit *mir* durch Blicke verständigt! Um den Schmerz zu betäuben, dachte ich schnell an Richard.

„Conny, bitte rede doch mit uns“, bat Andie. „Mit ihm“, verbesserte sie sich dann schnell. „Sag uns, was los ist!“

„*Ich* soll *euch* sagen, was los ist?!“ Jetzt hatte ich aber endgültig genug! Wie weit wollte sie dieses Spiel denn noch mit mir treiben? „Max ist ja so ein Genie! So ein Prachtstück! Max stemmt die Küche auf! Max hängt die Vorhänge auf! *Das* ist los!“ Mich packte ein ungeheurer Zorn. All die Wut, die ich so viele Jahre nie gehabt hatte, schien plötzlich aus ihrem Versteck hervorzukommen. Immer hatte ich mich beherrscht, immer für Frieden gesorgt, ich hatte stets alles verstanden, alles verziehen und mir alles gefallen lassen. Aber jetzt nicht mehr! *Max lagert seine Unterwäsche ein!* Ohne zu wissen, was ich tat, drehte ich mich um, stolperte über Minka, die laut miauend davonschoss, riss meinen Mantel vom Haken und stürmte aus dem Haus.

Und was jetzt?

Richard!

*

Als ich in der Straßenbahn saß, um zu Richard zu fahren, bekam ich mich langsam wieder unter Kontrolle.

Das war aber auch eine Frechheit – die Kinder wegzuschicken und mir zu zweit aufzulauern! Und dann wollten sie noch so tun, als ob *ich* an allem schuld wäre. Aber nicht mit mir!

Nicht mehr.

Na, wenigstens hatte ich es einmal ausgesprochen, dass ich sehr wohl bemerkt hatte, was zwischen den beiden ablief. Ich hatte mich nicht in die Ecke drängen lassen, ich konnte zufrieden mit mir sein!

Es tat mir nur leid, dass es nun doch einen Knalleffekt gegeben hatte. Für die Kinder war das nicht gerade sehr schonend. Ich sollte ihnen Zeit geben, hatte Richard gesagt. Aber wie machte man das? So eine Nachricht *konnte* man doch gar nicht schonend überbringen!

Und nun war ich drauf und dran auszuziehen … wie würden meine Kleinen das aufnehmen?

Nein, ich musste auf jeden Fall wieder nach Hause gehen. Ich hatte ja auch gar keine Sachen dabei! Außerdem wäre mir sehr viel lieber, wenn Max ausziehen könnte. Hatte er nicht ohnehin Andies Wohnung renoviert? Und bereits seine Sachen hingebracht? Dann konnte er auch gleich dort wohnen. Der Wasserhahn in *meiner* Küche tropfte übrigens immer noch. Vielleicht konnte Richard das reparieren?

Mein Handy läutete.

Max.

Ich drehte den Ton ab.

33. Kapitel

Ich war in ziemlicher Auflösung, als ich bei Richard eintraf. Glücklicherweise war er zu Hause. Er war überrascht, aber auch erfreut, mich zu sehen.

„Constanze! Welche Ehre! Wollte ich dich nicht erst für nächste Woche einladen? Ich ... äh, es ist nicht ganz aufgeräumt!"

Es tat so gut, ihn zu sehen. Er verströmte so viel Sicherheit, so viel Geborgenheit. Ich fühlte mich plötzlich wie ein verlassenes Waisenkind, das sich nach einer Familie sehnt. Und das lag nicht nur am Nieselregen. Ich warf mich in seine Arme.

„He, was ist los? Du zitterst ja. Ist dir kalt? Komm rein, du bist ja ganz nass."

Das stimmte nicht wirklich; der kurze Weg von der U-Bahn bis zu seiner Wohnung hatte nicht ausgereicht, um von dem bisschen Nieseln ganz nass zu werden, aber es tat unendlich gut, so liebevoll bemuttert zu werden.

Er zog mich in die Wohnung, nahm mir den feuchten Mantel ab und hängte ihn sorgfältig auf einen Kleiderbügel.

„Heißer Tee, gnä' Frau?", fragte er augenzwinkernd.

Ich nickte und folgte ihm in die frisch renovierte Küche. Der Raum war klein und sehr funktionell eingerichtet – eine typische Männerküche. Er hatte nicht viele Sachen, dadurch lag auch nicht viel rum. Kein Schnickschnack, kein Firlefanz, keine verschimmelten Brotreste. Von wegen „nicht aufgeräumt". Alles wirkte recht sachlich und praktisch. Es passte zu ihm.

„Es ist etwas passiert", sagte ich, während ich ihm zusah, wie er Wasser kochte.

„Ist es das, was ich mir denke?", fragte er.

Ich berichtete ihm, was vorgefallen war. Er goss den Tee auf und führte mich ins Wohnzimmer. Ich hatte dem Besuch in seiner Wohnung so entgegengefiebert, und jetzt konnte ich ihn gar nicht richtig genießen, weil ich total durcheinander war. Nur mit halber Aufmerksamkeit nahm ich die Bücherwand wahr, die bis unter die Decke reichte, die blau gemusterte Sitzgarnitur mit der Stehlampe, das Pianino, die alten Film- und Theaterplakate an den Wänden und die vergrößerten Klassenfotos, die Richard mit seinen Schülern zeigten.

„Nun habt ihr also die Fronten geklärt", fasste er meine etwas wirren Erzählungen schließlich zusammen.

„Naja … mehr oder weniger … nehme ich an."

Geklärt? Ist irgendetwas klar? Jetzt geht es doch erst richtig los – die Streitereien um Kinder, Haus, Geld, Auto, Katze … das kann sich über Monate und Jahre ziehen …

„Und wie geht es weiter?", fragte er.

„Kann ich heute hier bleiben?", platzte ich heraus.

„Oh, äh … hm … du hast aber gar kein Gepäck dabei."

Das stimmte. Ich war eben nicht so vorausschauend wie Max!

„Du borgst mir einen Pyjama von dir", schlug ich vor.

Er lachte.

„Der würde bestimmt sehr lustig an dir aussehen!" Dann wurde er wieder ernst. „Du sagst, die Kinder waren bei dem Gespräch gar nicht dabei?" Ich nickte. „Dann wissen sie noch gar nichts?"

„Max wird's ihnen schon erzählen", brummte ich. Ich merkte, worauf er hinauswollte.

„Du solltest lieber selbst mit ihnen sprechen."

„Willst du mich loswerden, oder was?"

„Constanze, wie kannst du so was sagen? Du weißt, wie gern ich dich hier hätte. Damit du mir das glaubst, werde ich dir einen Wohnungsschlüssel geben, dann kannst du jederzeit wiederkommen. Aber ... es wäre nicht fair."

Ich musste insgeheim zugeben, dass er recht hatte, auch wenn mir das gar nicht passte.

„Na gut", seufzte ich. Es war mir einfach nicht vergönnt, spontane Entschlüsse zu verwirklichen!

*

Die Kinder waren allein zu Hause, als ich spät abends eintraf. Das erleichterte mich – ich *wollte* nicht mit Max reden. Was hatten wir uns noch zu sagen?

„Wo ist denn der Papi?", fragte ich so beiläufig wie möglich.

„Im Hauskreis", antwortete Stefanie, die vorm Computer saß und eifrig hineintippte.

Hauskreis! Den hab ich ja total vergessen. Typisch – ich bettle monatelang, dass er mit mir da hingehen soll, und kaum geh' ICH mal nicht hin, schon geht er.

Immerhin gab mir das die Gelegenheit, sein Bettzeug ins Gästezimmer zu verfrachten. Er würde diesen Wink dann schon verstehen.

„Möchtest du an den Computer?", fragte Stefanie hilfsbereit. „E-Mails schreiben? Ich bin jetzt fertig, du kannst ihn haben."

„Ja, danke, gleich. Ich ... Stefanie, ich ... möchte dir was sagen." Daniel spielte oben in seinem Zimmer – vielleicht war es einfacher, erst einmal mit Stefanie allein zu reden?

„Geht das auch später? Ich muss noch einen Aufsatz schreiben, für den hab' ich grad recherchiert, drum schreib' ich ihn lieber gleich." Weg war sie.

Ahnte Stefanie, was ich ihr sagen wollte? Glaubte sie, sie könnte es verhindern, indem sie das Gespräch verweigerte?

Na ja, irgendwie hatte ich mit Max ja genau das Gleiche gemacht. Anscheinend wurde es in dieser Familie jetzt Mode, einander aus dem Weg zu gehen.

Ich setzte mich an den Computer, um E-Mails nachzusehen und Hasenschnäuzchens Interfriends-Profil endgültig zu löschen.

Die Seite, die Stefanie für ihre Aufsatz-Recherche zuletzt gelesen hatte, war noch offen. Es war eine Seite des Online-Kuriers, der sich neuerdings großer Beliebtheit zu erfreuen schien. Ich wollte sie schon wegklicken, da stutzte ich.

„Heiratsschwindler auf der Suche nach Opfern“, las ich als Überschrift.

Und darunter prangte ein Foto von Richard.

34. Kapitel

Es war ein schlechtes und ziemlich unscharfes Foto, aber es zeigte ganz bestimmt Richard!

Mein Herzschlag setzte aus.

Heiratsschwindler?

Hastig überflog ich den Artikel.

„Ein Heiratsschwindler macht Wiens Kaffeehäuser unsicher“, las ich. „Der gutaussehende Betrüger gibt sich meist als Akademiker aus. Er spricht seine Opfer in Lokalen an oder lernt sie über Annoncen oder im Internet kennen. Nach kurzer Bekanntschaft erzählt er von einer Firmengründung oder Wohnungsrenovierung“ – *Wohnungsrenovierung?* – „und bittet sein Opfer um Geld, um einen ‚momentanen Engpass‘ zu überbrücken. Danach verschwindet er spurlos, unter Hinterlassung eines falschen Namens und einer falschen Adresse.“ – *Falsche Adresse? Aber ich habe ihn dort besucht, und er war zu Hause!* – „So finanziert er seinen aufwändigen Lebensstil. Die gutgläubigen Opfer gehen meist aus Scham nicht zur Polizei, doch Karin H. zeigte den Betrüger jetzt an. Geschädigte mögen sich bitte melden, Hinweise werden erbeten." Es folgte eine Telefonnummer.

Ich saß da wie vom Donner gerührt und starrte das Foto an. Richard grinste sein typisches Lausbubengrinsen, das ich so unwiderstehlich fand. Aber womöglich war ich nicht die einzige, die das fand ...? Er trug den schwarzen V-Pulli, den ich auch schon an ihm gesehen hatte, und er saß – nein, das konnte doch nicht sein! – er saß in dem Nobelrestaurant, in dem wir einander vor ein paar Wochen unsere Liebe gestanden hatten. Ich erkannte die Tapete hinter seinem Kopf wieder, es war eine sehr auffallende Tapete mit silbernen Girlanden, die trotz der schlechten Bildqualität deutlich zu sehen waren.

Richard – ein Betrüger?

Ich konnte und wollte es nicht glauben. Er hatte mir gegenüber kein Wort von Geld gesprochen. Im Gegenteil, er lud mich meistens zum Essen ein. *So finanziert er seinen aufwändigen Lebensstil.* Mit dem Geld meiner Vorgängerin?

Er hatte behauptet, seine Küche wäre renoviert worden. *Wohnungsrenovierung.* Meine Güte, was konnte so ein Durchlauferhitzer schon kosten? Doch nie im Leben genug, um davon einen *aufwändigen Lebensstil* zu finanzieren! Und er hatte ja auch gar nichts von Geld leihen gesagt.

Ein furchtbarer Gedanke kam mir.

Vielleicht brauchte er die Küchenrenovierung gar nicht, um mir Geld zu entlocken? Da ich verheiratet war, plante er vielleicht, Max mit kompromittierenden Fotos zu erpressen? Das würde erklären, warum er mir einerseits immer zuredete, wieder nach Hause zu gehen (damit Max erpressbar blieb), und mir andererseits einen Schlüssel von seiner Wohnung überließ (damit er an Fotos kam)!

Nein. Totaler Unsinn. So etwas würde Richard nie tun!

Oder doch?

Eigentlich kannte ich ihn doch kaum ... Und wie wäre sonst sein Bild in die Zeitung gekommen?

Ein nagender Zweifel setzte sich in mir fest.

Wenn Richard ein Betrüger war, dann wurde ich ja von allen Seiten betrogen! Max, Andie, Richard – wem konnte man noch vertrauen?

Hilfe!

Konnte Gott das zulassen?

Mir war, als würde ich von einem dunklen Strudel in die Tiefe gezogen. Das Leben schlug über meinem Kopf zusammen. Ich rang nach Luft.

Nein!

Constanze, die Beherrschte, die Vernünftige, würde einen kühlen Kopf bewahren. Ich war schließlich Mrs Perfect, die Frau, die sich nicht unterkriegen ließ und immer alles richtig machte. Ich würde herausfinden, ob an diesem verleumderischen Gerücht über Richard etwas Wahres dran war. Gleich morgen.

Ich trug Max' Bettzeug ins Gästezimmer, sagte den Kindern Gute Nacht und schloss mich im Schlafzimmer ein. Max' Heimkehr hörte ich gar nicht mehr.

35. Kapitel

Am nächsten Morgen kam ich erst aus meinem Zimmer, als alle fort waren. Mochten die Kinder ruhig denken, ich hätte verschlafen. Was für ein Glück, dass Stefanie mir gestern entwischt war, bevor ich mit ihr reden konnte. So hatte ich noch Gelegenheit, Richards Ehrlichkeit zu überprüfen. Wäre doch peinlich, wenn ich einem Betrüger auf den Leim gegangen wäre ...

Peinlich?

Es wäre eine Katastrophe! Wenn Richard ein Betrüger war, dann war ich von aller Welt verraten und verlassen!

Und peinlich wäre es außerdem.

Ich nahm denselben Weg wie gestern. Ein Glück, dass ich einen Schlüssel hatte! Jetzt am Vormittag war Richard bestimmt in der Schule. Ein wenig drückte mich das schlechte Gewissen, weil ich heimlich in seine Wohnung eindrang – aber nur ganz wenig. Denn erstens hatte er mir schließlich freiwillig den Schlüssel überlassen, und zweitens diente die Aktion ja nur der Wahrung seines guten Rufes.

Ich schlich leise in den zweiten Stock hinauf. Ausnahmsweise trug ich Jeans und Turnschuhe – das war zwar nicht so besonders damenhaft, aber es bot mehr Bewegungsfreiheit als ein enges Kostüm und High heels. Der Schlüssel passte – von wegen „falsche Adresse“ und „spurlos verschwinden“!

Ich schlüpfte ungesehen in die Wohnung und zog die Türe hinter mir zu. Es war still und finster. Trotzdem blieb ich vorsichtig. Gesetzt den Fall, Richard wäre wirklich ein Schwindler, der sich nur als Akademiker ausgab (was natürlich völlig unmöglich war), oder er wäre etwa krank, dann bestand die Möglichkeit, dass er schlafend im Bett lag. Oder in der Badewanne döste. Oder auch still am Schreibtisch saß.

Ich schlich durch das Vorzimmer und spähte in die Küche.

Leer. Sauber. Keine Überreste vom Frühstück. Wohnte er wirklich hier, oder war das nur eine Deck-Adresse? Eine leere Kulisse?

Ich kämpfte meine Zweifel nieder und lugte ins Wohnzimmer. Ebenfalls leer und aufgeräumt. Auf Zehenspitzen huschte ich zu der Tür, hinter der ich das Schlafzimmer vermutete. Hier war ich gestern nicht gewesen. Im Zeitlupentempo drückte ich die Türe einen Spalt breit auf und sah hinein.

Er hatte ein breites Bett. Kein richtiges Doppelbett, aber

breiter als ein normales. Satin-Bettwäsche, blau gemustert, glatt gebügelt. Ein Stapel Bücher auf dem Nachtkästchen versuchte den Eindruck zu erwecken, dass es doch Leben in diesem Haus gab. Ich arbeitete mich ins Badezimmer vor; damit hatte ich schließlich bei meinem letzten Spionage-Versuch durchschlagenden Erfolg gehabt. Auch das Bad war so sauber und aufgeräumt, wie ein Haushalt mit Kindern es niemals sein konnte. Es irritierte mich, dass ich nirgends Schmutzwäsche vorfand – aber vielleicht hatte er ja gerade erst gewaschen?

Im Arbeitszimmer gab es wenigstens ein paar beschriebene Zettel auf dem Schreibtisch. Jedenfalls war Richard nicht zu Hause – es sei denn, er hätte sich im Schrank oder unterm Bett versteckt. Vorsichtshalber sah ich dort auch noch nach. Nein, er war wirklich nicht da. Ich konnte ungestört meine Nachforschungen anstellen.

Aber wonach forschte ich eigentlich?

Ich musste irgendwas finden, was Richards Echtheit bewies. Nur was? Einen Ausweis? Könnte gefälscht sein. Mietvertrag, Meldeschein? Wenn er ein gewerbsmäßiger Betrüger war, hatte er bestimmt an so etwas gedacht.

Ich schob wahllos die Papiere auf seinem Schreibtisch herum. Englische Aufsätze, teilweise korrigiert. Entweder war er wirklich Englischlehrer, oder er gab sich redlich Mühe, diesen Eindruck zu erwecken! Notenblätter für Klavierstücke. Ach ja, er hatte ein Pianino. Aber zweifellos gab es Menschen, die Klavier spielen konnten und trotzdem Betrüger waren. So kam ich nicht weiter.

Ich müsste versuchen, etwas zu finden – oder besser: *nicht* zu finden –, was nicht seine Echtheit bewies, sondern dass er ein Betrüger war! Ein Album mit Frauenfotos vielleicht. Oder seine Kontoauszüge. Oder mehrere Ausweise, die auf verschiedene Namen ausgestellt waren … Möglicherweise schnitt er ja auch die Zeitungsartikel aus, die über ihn berichteten? Sowas hatte ich schon mal gehört. Naja, und wenn ich nichts von alledem fand, dann konnte ich mit einer gewissen Wahrscheinlichkeit annehmen, dass Richard echt war und es ehrlich mit mir meinte.

Ich versuchte systematisch vorzugehen, ohne Spuren zu hinterlassen. Falls Richard nämlich doch echt war, hätte ich hinterher einigen Erklärungsnotstand, wenn er draufkam, dass ich seine gesamte Wohnung durchwühlt hatte! Ich zog sämtliche Schubladen seines Schreibtisches heraus und arbeitete mich durch farbige Faserstifte, Klebeband und Tipp-Ex zu Lochern, Heftklammern und Bleistiftspitzern vor. Irgendwie staunte ich bei all dem über mich selbst. Ich hätte mir eine so spontane und leicht verrückte Aktion nie zugetraut. In letzter Zeit drängten Teile meiner Persönlichkeit ans Licht, von denen ich selbst noch gar nichts gewusst hatte …

Eine von Richards Schubladen enthielt nur Kabel, die sorgfältig beschriftet waren: „Kamera-Computer", „Handy Ladegerät", „Scanner" und dergleichen. Wirklich genial! In Max' Büro lagen haufenweise Kabel herum, als Knäuel auf dem Tisch, als Fallstrick auf dem Boden, und keiner wusste, wozu sie gehörten oder wo sie passten. (Also ich zumindest nicht.)

Bei den Papieren kam ich langsamer voran, weil ich sie alle durchblätterte. Aber auch hier zeigte sich schnell eine vorbildlich strukturierte Ordnung. Eine Mappe mit der Aufschrift „Shakespeare" enthielt ausschließlich Unterlagen über den Dichter; ich hörte daher bald auf, alle Zettel eines Ordners durchzusehen. Hatte er denn keine Mappe „Frauen" oder „Geld"? Irgendwo musste er doch sein Konto verwalten?

Ich brachte den Schreibtisch wieder in seinen ursprünglichen Zustand und versuchte es im Schlafzimmerschrank. Seine Auswahl an Kleidung gefiel mir übrigens sehr gut – er hatte wenige Sachen, aber die waren alle erste Qualität. Lässig-dezent, nicht zu modisch, aber auch nicht langweilig. Ich griff in alle Sakkotaschen, auch in die Innen-Brusttasche, in der Hoffnung auf gefälschte Ausweise, gestohlene Kreditkarten oder von Frauenhand ausgestellte Schecks. Eigentlich eher in der Hoffnung, dass all dies *nicht* da sein möge, und es war auch nicht da. Alle Taschen waren leer.

Plötzlich hörte ich ein Geräusch.

Ich fuhr zusammen. Was war das? Hatte er eine Katze?

Nein. Sein Interfriends-Profil hatte mir in der Rubrik „Haustiere“ mitgeteilt: „keine“.

Jetzt ertönte ein gedämpftes Zwitschern, das bei genauerem Hinhören so klang, als ob draußen jemand den schnellen Satz aus Mozarts Klarinettenkonzert durch die Zähne pfiff.

Richard?

Mein Herz setzte aus. Konnte es sein, dass er jetzt schon nach Hause kam?

Ich hätte mich erkundigen sollen, wie lange er Unterricht hatte!

Hastig sah ich mich nach einem Versteck um. Es wäre ultra-peinlich, mich von ihm hier beim Stöbern ertappen zu lassen. Einen Augenblick lang war ich versucht, einfach in den Schrank zu hüpfen, der offen vor mir stand. Aber wenn er dann seine Kleidung wechseln wollte? Entsetzlich!

Ich schloss die Schranktüren so leise, wie es mir mit zitternden Fingern möglich war, und suchte weiter. Mein Blick fiel auf das Schlafzimmerfenster. Es war eigentlich gar kein Fenster, sondern eine Glastür, die auf einen winzigen Balkon führte. Davor hing ein hellblauer Vorhang, der bis zum Boden reichte und nur auf einer Hälfte zurückgezogen war.

Von der Eingangstüre her hörte ich, wie ein Schlüssel im Schloss gedreht wurde.

Jetzt oder nie. Ich hatte keine Zeit mehr, mir Alternativen zu überlegen. So schnell es ging, ohne Lärm zu machen, trippelte ich auf Zehenspitzen zur Balkontür, öffnete sie einen Spalt breit und schob mich in den frostigen Wintervormittag hinaus. Das Klarinettenkonzert wurde lauter und schriller – offenbar hatte der Pfeifer die Wohnung betreten. Hastig zog ich die Türe von außen zu.

Der Balkon war wirklich winzig. Eigentlich war er nur ein Geländer, das einen davon abhalten sollte, aus der Türe zu fallen. Ich hatte kaum Platz für meine Füße. Aber ich war draußen. Ich drückte mich so gut es ging auf die Hälfte, die durch den Vorhang abgeschirmt war, und lauschte.

Das Pfeifen klang jetzt so, als ob Richard – oder wer immer es war – im Wohnzimmer wäre. Ich dankte dem Himmel, dass ich meinen Mantel anbehalten hatte. Sonst hätte er nämlich jetzt in Richards Garderobe gehangen und hätte meine Anwesenheit sofort verraten.

Drinnen wurde es still. Ich hielt den Atem an. War Richard fort? Das Rauschen der Klospülung belehrte mich eines besseren. Warum pfiff der Kerl denn nicht mehr? Dadurch hatte ich ihn wenigstens orten können.

Eine blasse Wintersonne blinzelte durch die Wolken. Ich schlug die Arme um mich und dankte dem Himmel zum zweiten Mal, dass ich meinen Mantel anbehalten hatte. Mir war schon so genügend kalt. Wie lange musste ich hier wohl ausharren?

Plötzlich fiel mein Blick auf den dünnen hellblauen Vorhang innerhalb der Balkontür, der mein einziger Sichtschutz war. Durch das Erscheinen der Sonne warf ich jetzt einen Schatten darauf – das bedeutete, dass ich von innen wie ein Schattentheater zu sehen sein musste.

Mein Herz klopfte bis zum Hals. Ich musste weg von dem Vorhang, aber wohin? So weit ich mich auch seitlich beugte, mein Schatten war immer noch zu sehen. Warum musste die Sonne auch ausgerechnet jetzt herauskommen?!

Ich musste weg von dem Balkon, es half nichts.

Das Haus war ein Altbau, und das Balkongeländer mündete auf beiden Seiten in ein vorspringendes Ziersims, das sich dann in den Fenstervorsprüngen fortsetzte. Ich hatte keine Wahl. Beherzt stieg ich auf das Geländer und schob mich seitlich an der Hauswand entlang auf das Sims.

Da stand ich nun in luftiger Höhe außen an der Mauer zwischen Balkon und Fenster und presste mich an die Wand. Immerhin war jetzt eine massive Mauer zwischen mir und dem Bewohner da drinnen. Jetzt konnte nichts mehr passieren!

Richard würde niemals ahnen, dass ich auch nur in der Nähe war ...

36. Kapitel

Langsam begann ich ein wenig zu frieren. Das Wetter konnte sich nicht ganz zwischen Sonnenschein und Schneesturm entscheiden. Erst wurde es hell, dann tanzten ein paar Schneeflocken vorbei, dann kam wieder ein Sonnenstrahl.

Immerhin regnete es nicht ...

Ich warf einen vorsichtigen Blick nach unten. Das Sims war Gott sei Dank breit genug, dass meine Füße bequem zur Gänze draufpassten. Was für ein Glück, dass ich die Turnschuhe mit den Gummisohlen anhatte. Ich schauderte bei dem Gedanken an kippelige Stöckelschuhe ...

Zwei Stockwerke tief unter mir wälzte sich eine Menschenmenge vorbei. Richards Haus stand in einer Seitengasse der Mariahilfer Straße, und dort fand bereits der vorweihnachtliche Shopping-Rummel statt. Rechts von mir waren ein paar dicke Stahldrähte in der Hausmauer verankert, an denen ein Komet aus Glühbirnen quer über die Straße gespannt war. Noch nie hatte ich die Weihnachtsbeleuchtung aus solcher Nähe betrachten können. Auf Augenhöhe, gewissermaßen. Interessant.

Mir dämmerte die Erkenntnis, dass ich mich hier in eine Sackgasse manövriert haben könnte. Was, wenn Richard den ganzen Tag nicht mehr fortging? Ich konnte doch nicht bis morgen früh hier stehen, in Wind und Schnee! Wie sollte ich hier wegkommen? Ich erwog flüchtig, mich über die Weihnachtsbeleuchtung auf die andere Straßenseite zu hangeln, dort in einer fremden Wohnung um Einlass zu bitten und unerkannt in der Menge zu verschwinden. Allerdings lag so eine Tarzan-und-Jane-Nummer, zwölf Meter über dem Boden, nicht gerade im üblichen Bereich meiner sportlichen Möglichkeiten. Und was, wenn die Stahldrähte mein Gewicht nicht trugen und ich mitsamt dem Glühbirnen-Komet in die shoppende Menschenmenge krachte? Das hörte sich nicht gerade nach einer unauffälligen Aktion an ...

Ich schickte ein Stoßgebet zum Himmel, presste mich an die Mauer und wartete auf ein Wunder.

Und dann hatte ich eine Erleuchtung.

Ich hatte doch mein Handy bei mir. Ich konnte Richard anrufen und mich mit ihm verabreden – an einem weit entfernten Ort. Dann würde er die Wohnung verlassen, und ich hatte freie Bahn. Natürlich würde ich wahrscheinlich etwas zu spät zu diesem Rendezvous kommen – ausgerechnet ich, ein Ausbund an Pünktlichkeit! –, aber damit musste ich fertig werden.

Beflügelt von dieser brillanten Idee öffnete ich meine Handtasche. Meine Finger waren schon ganz klamm von der Kälte. Ich fummelte das Handy aus der Tasche. Waren diese Tasten immer schon so winzig gewesen? Es war gar nicht so einfach, mit steifgefrorenen Fingern eine Nummer einzutippen, während man in schwindelnder Höhe auf einem schmalen Sims stand.

Hoppla!

Das Handy entglitt meinen froststarren Fingern, prallte mit einem blechernen Ton gegen das Sims und hüpfte in die Tiefe.

Fassungslos starrte ich auf die Stelle, an der soeben meine letzte Hoffnung im Abgrund verschwunden war. Ich glaubte es einfach nicht. Wie konnte es sein, dass *mir* das passierte, eine solche Anhäufung von Missgeschicken? Mir, der Frau, die immer alles richtig machte? *Mrs Perfect?* Da stand ich außen an einer Hausmauer auf einem schmalen Vorsprung, konnte weder vor noch zurück, fror und hatte auch noch mein Handy verloren!

Mein Leben zog an mir vorbei. (Stand es schon so schlimm um mich?) Vor meinem geistigen Auge blitzten Bilder aus meiner Kindheit auf: ein Picknick mit meiner Familie an irgendeinem See; mein erster Auftritt als Flötistin in der Kirche; der Tag, an dem ich Jesus mein Leben anvertraut hatte ... Da war ich acht Jahre alt gewesen und war ganz begeistert von einem Gemeinde-Kinderwochenende zurückgekommen. Andie und ich beim Schulausflug. Ich war immer eine gute Schülerin gewesen, aber keine Streberin. Ich machte schon damals alles richtig. Meine Matura. Mein Studium. Das erste Treffen mit Max, unsere Verlobung, unsere Hochzeit, die Geburten der Kinder – immer war alles perfekt gelaufen. Ich hatte alles in der richtigen Reihenfolge gemacht, alles hatte super geklappt, sogar meine Gartenpartys waren stets ein voller Erfolg gewesen (wenn man von Gästen in unpassenden Schlabberlatzhosen einmal absah).

Ich hatte immer geglaubt, dass ich eben den richtigen Draht zu Gott hatte, und dass er deswegen segnend seine Hand über mich hielt. Also, wie in aller Welt hatte ich in *diese* Situation geraten können?

Von unten drangen plötzlich Schreie und Rufen zu mir und rissen mich aus meiner Lebensrückschau. Mein Handy musste wie ein Geschoß in die Menschenmenge unter mir gekracht sein. Hoffentlich war niemand verletzt!

Ich schob vorsichtig meinen Kopf vor und lugte über den Rand meines Simses nach unten. Himmel, ging's da tief runter! Ich presste den Rücken gegen die Wand und kämpfte die aufsteigenden Schwindelgefühle nieder.

Unter mir bildete sich ein freier Platz, in dessen Mitte die zerschmetterten Überreste meines Handys lagen. Die Aufmerksamkeit der Leute hatte sich dadurch nach oben gewendet; sie wichen zurück, um besser sehen zu können, und zeigten nach oben. Mir dämmerte die Erkenntnis, dass die Außenseite einer Hauswand in luftiger Höhe nicht gerade die erste Wahl war, um unauffällig und unbemerkt zu bleiben.

Immer mehr Hände reckten sich hoch und zeigten auf mich. An den Fenstern der gegenüberliegenden Häuser versammelten sich jetzt auch Menschen. Vereinzelt wurden Fotoapparate gezückt.

Ich schlug eine Hand vors Gesicht und wedelte abwehrend mit der anderen Hand. Das hatte ein angstvolles Raunen zur Folge, und die Menge wich hastig noch weiter zurück. Dachten die da unten, ich würde runterfallen?

Und dann wurde mir klar, was sie dachten: Sie fürchteten, ich könnte *springen*! So was Dummes aber auch! Ich, eine Selbstmörderin? Wenn ich mich wirklich hätte umbringen wollen, dann wäre ich niemals so rücksichtslos gewesen, mich in eine dichte Menschenmenge zu stürzen! Und überhaupt würde ich dann nicht im zweiten Stock stehen, sondern auf dem Dach.

Ich überlegte, ob ich den Gaffern da unten etwas zurufen sollte: „Alles bestens, mir geht's gut, gehen Sie weiter, hier gibt's nichts zu sehen!“, oder so ähnlich. Aber dann hätte Richard mich drinnen todsicher gehört. Also beschränkte ich mich darauf, weiter abweisend mit den Händen zu wedeln, um die Leute zum Weitergehen zu ermuntern.

Der Effekt war gleich Null.

Und dann hörte ich die Polizeisirene.

37. Kapitel

In wenigen Minuten war der Platz unter mir mit Blaulicht erfüllt. Polizisten trieben die schaulustige Menge weiter zurück und stellten Absperrungen auf. Feuerwehrmänner trabten im Eilschritt herbei und spannten ein Sprungtuch auf.

Ich schloss die Augen.

Das konnte nur ein Alptraum sein!

Hinter mir, in Richards Wohnung, rumorte es nun ebenfalls. Stimmen wurden laut, und dann ging die Balkontür auf und ein schnurrbärtiges Gesicht unter einer Polizeikappe schaute vorsichtig heraus.

„Keine Angst, wir helfen Ihnen", sagte das Gesicht in einem Tonfall, der wohl besänftigend sein sollte.

Ich verdrehte gequält die Augen zum Himmel.

„Mir wäre am meisten geholfen, wenn Sie verschwinden würden", flüsterte ich.

Es war mittlerweile völlig ausgeschlossen, dass Richard meine Anwesenheit hier draußen *nicht* mitbekam. Im Gegenteil. *Alle* würden erfahren, was Constanze – die moralische Stütze der Gemeinde, die Vorbildchristin, der Fels in der Brandung – angestellt hatte! Die ganze Welt würde über mich lachen. Ich konnte froh sein, wenn es irgendeine Bezirkszeitung irgendwo in Australien gab, die meine „Rettung" *nicht* als Fotoreportage herausbrachte.

„Kein Problem ist so groß, dass wir Ihnen nicht helfen könnten", redete der Schnurrbärtige beruhigend auf mich ein. Der Ahnungslose! Bevor er hier erschienen war, hatte ich gar kein Problem gehabt.

Zumindest keins, mit dem ich nicht allein hätte fertig werden können.

Oder von dem ich zumindest *glaubte*, ich könnte damit fertig werden ...

Max und Andie ... Richard der Heiratsschwindler ...

Für einen Moment hatte der Abgrund unter mir plötzlich doch etwas unglaublich Verlockendes. Warum sprang ich nicht einfach? Alles hinter mir lassen ... In Gottes liebende Arme fallen ... Nicht mehr verraten und betrogen werden ... Einfach Ruhe finden ...

Ich gab mir einen Ruck und schob mich ein Stück von der Mauer weg.

„Gell, Mami, du gehst nicht weg?" Daniels ängstliche kleine Stimme hallte in meinem Kopf wider.

Was *tat* ich hier eigentlich? Hatte ich mich wirklich gerade in den Abgrund werfen wollen (der ohnehin mit einem Sprungtuch gesichert war)? Was war nur los mit mir?!

Noch bevor ich diese Frage klären konnte, tauchte plötzlich aus dem Nichts von oben eine schwarze Gestalt auf, packte mich mit stählernem Griff am Arm und stieß mich zum Balkon. Dort wartete schon der Schnurrbärtige mit seinem beruhigenden Blabla. Er krallte sich ebenso fest in meinen anderen Arm und zerrte mich ins Zimmer. Die Menge unten johlte, pfiff und applaudierte.

Ich sank einer Ohnmacht nahe auf den Fußboden. Aber meine Demütigungen waren noch nicht zu Ende.

Richards Gesicht erschien über mir. Mit einem Ausdruck grenzenloser Verwunderung erkannte er mich.

„Constanze? Was um Himmels willen tust du hier?"

*

Die folgenden Stunden habe ich versucht, aus meinem Gedächtnis zu löschen; es ist mir aber nicht ganz gelungen. Ich erinnere mich an eine Polizeistation mit trostloser Einrichtung und Kaffee aus einem Pappbecher. Der schnurrbärtige Polizeipsychologe wollte mir um jeden Preis ein Geständnis abringen, was mich zu dieser „Verzweiflungstat" getrieben hätte. Es war ihm einfach nicht klarzumachen, dass ich gar nicht lebensmüde war. Da ich ihm aber den wahren Grund, warum ich da draußen auf dem Sims stand, nicht verraten konnte, glaubte er mir nicht. Irgendwann erschien Max. Ich wusste nicht, wer ihn angerufen hatte, aber er wirkte blass und verstört. Vermutlich hatten sie ihm auch erzählt, ich hätte mich umbringen wollen.

„Constanze ...?“ Er wagte nicht, mich zu berühren oder gar zu umarmen. „Warum?“

Ich warf den letzten Rest christlicher Selbstachtung über Bord und fluchte, seit über dreißig Jahren übrigens zum ersten Mal.

„Verdammt!“, fauchte ich. „Ich *wollte* nicht runterspringen! Warum kapiert das denn keiner?“

„Aber was hast du da draußen gemacht?“, fragte Max hilflos. Ich hatte ihn noch nie so verloren erlebt. Wenn er nicht gewissermaßen an allem schuld gewesen wäre, hätte er mir fast leid getan.

„Ich hab in der Wohnung was gesucht und wollte nicht erwischt werden“, zischte ich.

„Du bist bei mir ... eingebrochen?“, wiederholte er fassungslos.

„Sie sind eingebrochen?“, wiederholte auch einer der Polizisten.

Ein Rest von Verstand regte sich in meinem zerrütteten Gehirn. Wenn ich auf Einbruch plädierte, würde man mich vielleicht anzeigen, aber da ich nichts gestohlen hatte, würde das glimpflich ausgehen. Solange mich die Polizei hingegen für eine verrückte Selbstmörderin hielt, drohte mir womöglich die Einweisung in die Psychiatrie. Da mit dem heutigen Tage mein guter Ruf sowieso für alle Zeit dahin war, wollte ich lieber eine verurteilte Einbrecherin sein, als meinen Lebensabend in der Psychiatrie zu beschließen!

„Ja, genau“, bekräftigte ich daher.

Unter den Polizisten entstand Gemurmel. Ein paar Minuten später wurde Richard in den Raum geschoben. Du meine Güte – hatte die treue Seele etwa die ganze Zeit nebenan ausgeharrt?

„Die Dame sagt, sie wollte bei Ihnen einbrechen“, erläuterte der Polizist, der hier anscheinend das Sagen hatte.

„Einbrechen? Aber, Constanze, ich habe dir doch ...“

Ich rollte wild mit den Augen und nickte dazu, um ihm anzudeuten, dass er mir zustimmen sollte.

„... dir doch gesagt, dass es bei mir nichts zu holen gibt“, beendete er den Satz lahm. Der Gute! Er wusste zwar nicht, worauf ich hinaus wollte, aber er spielte mit.

„Das hab' ich gemerkt!“, knurrte ich und versuchte, abgebrüht zu klingen.

„Wollen'S Anzeige erstatten?“ Der Polizist sah endlich einen Hoffnungsschimmer, diese Sache zu beenden.

„Wie? Ich?“ Richard schüttelte den Kopf. „Nein, nein – natürlich nicht. Das ist eine ... äh, Privatsache. Außerdem wurde ja nichts gestohlen.“

„Na also.“ Der Beamte wirkte erleichtert. „Jetzt schreiben wir noch das Protokoll, Sie alle unterschreiben, und dann können'S gehen. Die Rechnung“, wandte er sich an mich, „wird Ihnen zugestellt.“

Ich zuckte zusammen.

Rechnung?

Ein Riesen-Aufgebot an Polizei und Feuerwehr, Absperrungen, ein Sprungtuch, ein Psychologe und ein Terror-Spezialist, der sich vom Fenster über mir abgeseilt hatte, um mich festzuhalten ... das würde ein teurer Spaß werden!

„Aber ich habe Sie doch gar nicht gerufen“, wandte ich ein. „Und auch nicht gebraucht!“

„Dann kraxeln'S halt nicht außen auf Häusern herum“, beschied der Polizist mir gleichmütig, und damit war der Fall für ihn erledigt.

38. Kapitel

Die ganze Heimfahrt über saß Max schweigend am Steuer des Autos. Ich fühlte mich furchtbar. Wenn er mich wenigstens mit Fragen überschüttet hätte – das hätte ich ja noch verstehen können. Aber dieses Schweigen war schrecklich.

„Danke fürs Abholen", wagte ich einen Vorstoß.

„Gern geschehen", murmelte er, und dann schwieg er wieder.

Zu Hause wartete Andie auf uns.

Ich blieb wie angewurzelt stehen, als ich sie sah. *Sie* hier? Wohnte sie jetzt schon da, oder was? Am liebsten wäre ich gleich wieder gegangen. Aber dann sah ich die scheuen, besorgten Blicke meiner Kinder, und da musste ich hinein und meine beiden Lieblinge umarmen, als ob ich sie seit Monaten nicht gesehen hätte.

„Is' irgendwas los, Mami?", piepste Daniel ängstlich.

„Nein, alles bestens", behauptete ich fröhlich. „Mir geht's gut. Habt ihr schon gegessen? Wollt ihr vielleicht was spielen gehen, solange die Diana zu Besuch ist?"

Stefanie verstand den Wink.

„O ja, kommt, wir gehen rauf und spielen Monopoly!", rief sie mit geheuchelter Begeisterung und schob die beiden Kleinen die Treppe hinauf.

Ich wartete, bis alle in Stefanies Zimmer verschwunden waren und die Türe zugemacht hatten.

„Was macht *sie* da?", fauchte ich Max an und zeigte auf Andie.

Max hob abwehrend die Hände.

„*Sie* ist doch deine beste Freundin", stotterte er. „Ich dachte ... wenn du schon nicht mit mir sprichst ... vielleicht redest du mit ihr?"

„Max hat mich angerufen und gesagt, dass irgendwas mit dir ist", verteidigte sich Andie. „Da bin ich gleich hergekommen und hab den Kindern was zu essen gemacht."

„Das können die allein!", brach es aus mir hervor. „Willst du mir die Kinder denn *auch* noch wegnehmen?" Das alles war ein bisschen viel. Schluchzend sank ich auf das Sofa. Beinahe hätte ich mich dabei auf Minka gesetzt, die fauchend davonschoss und zu Andie flüchtete.

Sogar die Katze hat Andie lieber als mich!

„Constanze ..." Max tätschelte unbeholfen meine Schulter. „Was hast du denn nur?"

„Was ich habe?", kreischte ich und stieß seine Hand weg. „Glaubst du wirklich, ich weiß nicht, was da zwischen euch beiden läuft?"

„Nur weil er mir ein bisschen beim Wohnungsrenovieren geholfen hat?" Andie ging vor mir in die Hocke, um mir ins Gesicht sehen zu können. „Was ist denn da Schlimmes dabei?"

„Ich dachte, du freust dich, wenn wir uns gut verstehen", murmelte Max.

„Gut verstehen, ja, aber doch nicht *so*!", trotzte ich.

„Doch nicht wie?"

Na, *so* gut, dass du sogar schon Unterhosen in ihrer Wohnung einlagerst!", platzte ich heraus.

„Unterhosen?" Sein Erstaunen war echt.

„Ja, Unterhosen! Zum Beispiel die mit dem blau-gelben Muster, die links geflickt ist! Glaubst du, ich erkenne sie nicht?"

Max' ratloser Blick suchte bei Andie Hilfe. Andie warf den Kopf zurück – und lachte!

„Die Boxershorts, die du mit Gips bekleckert hast, erinnerst du dich?"

„Hä?" Jetzt kannte ich mich nicht mehr aus.

„Ach, die!" Verstehen erhellte Max' Gesicht. „Aber das war doch völlig harmlos! Da bin ich einmal gleich nach dem Büro bei Andie vorbeigefahren, um eine Steckdose einzugipsen. Sicherheitshalber hab' ich die schöne Bürohose und das Hemd ausgezogen, damit ich sie nicht dreckig mache."

„Du hast in Unterwäsche Andies Küche aufgestemmt?!", vergewisserte ich mich.

„Ich bitte dich, Constanze, jetzt sei nicht kindisch! In Boxershorts und T-Shirt ist man doch praktisch vollständig bekleidet. Wäre es dir lieber gewesen, ich hätte meinen Anzug ruiniert?"

„Hm", knurrte ich. „Und?"

„Na, prompt bin ich gestolpert und hab mich von oben bis unten mit Gipsbrei beschmiert. Und Andie hat darauf bestanden, die Sachen für mich zu waschen. Das war alles, ehrlich!"

„Na was, und du bist nackt nach Hause gegangen?!"

„Natürlich nicht", entrüstete sich Max. „In meiner Bürohose! Ich hatte halt für den Heimweg mal nichts drunter an – na und? Glaubst du, irgendwer hat das bemerkt?"

„Er hat sich im Badezimmer umgezogen", beteuerte Andie hastig. „Allein!"

„Und sonst ... ist nichts zwischen euch?", fragte ich kleinlaut.

„Was denkst du denn von uns?", entrüstete sich Andie.

„Na ja, du himmelst ihn immer so übertrieben an – Max ist so ein Genie, Max ist so ein Goldstück und so!"

„Und du glaubst wirklich, ich würde das tun, wenn *tatsächlich* was zwischen uns wäre?", fragte sie. „Für wie blöd hältst du mich eigentlich?"

Da hatte sie natürlich Recht. Wenn wirklich etwas liefe, würden sie es unauffälliger anstellen ...

„Hör mal", fuhr sie fort, „ich mag deinen Mann wirklich gern. Aber erstens ist er eben dein Mann und daher für mich absolut tabu, und zweitens ist er doch gar nicht mein Typ. Dieses Anhimmeln, das war anfangs freundschaftliches Geblödel, und dann später ..." Sie verstummte.

„Ja?", ermunterte ich sie.

„Später ... wollte ich dich darauf hinweisen, was für

einen Schatz du an ihm hast. Weil ..." Sie kaute nervös an ihrer Lippe. „Weil du dich doch anscheinend ... verliebt hast."

39. Kapitel

Doinnng!

Andies Worte trafen mich wie ein Schlag.

Jetzt war es tatsächlich *ich*, die sich verliebt hatte!

Bis vor einigen Minuten hatte die Sache so ausgesehen, dass mein Mann und meine Freundin mich in rücksichtsloser, unmoralischer und egoistischer Weise hintergangen hatten. Sie verletzten meine Gefühle und begingen Ehebruch an meiner Ehe, aber Gott in seiner Güte sandte mir einen Engel in Gestalt von Richard, um mich in dieser schweren Zeit emotional zu unterstützen.

Aber jetzt lagen die Dinge plötzlich völlig anders.

In den Augen von Max (und Andie) war *ich* diejenige, die sich rücksichtslos, unmoralisch und egoistisch verhielt. Ich hatte mich aus heiterem Himmel in einen wildfremden Typen verknallt – und das ohne ersichtlichen Grund oder Anlass.

Kein Wunder, dass beide mich ständig gefragt hatten, was mit mir los war ...

Ich schämte mich entsetzlich.

Vor ein paar Stunden, als ein angeseilter Polizei-Spezialist mich unter dem Applaus der Volksmenge vor meinem vermeintlichen Selbstmord „rettete", hatte ich gedacht, dass ich nun wirklich nicht mehr tiefer sinken konnte. Irrtum! Noch schlimmer als das öffentliche Gespött der Leute war die Erkenntnis, dass ich mich seit Wochen – *Wochen!!* – total unmöglich aufgeführt hatte und es nicht einmal bemerkt hatte! Ich, Mrs Perfect, die Frau, die normalerweise alles richtig machte!

Ich wünschte, ich könnte im Boden versinken. Unsichtbar werden. Oder wenigstens die Zeit zurückdrehen.

„Constanze“, sagte Max neben mir mit brüchiger Stimme. „Hast du ...?“

„Ich hatte nichts mit ihm!“, sprudelte ich hastig hervor. „Ehrenwort! Ich schwöre! Da war nichts!“

Eine Umarmung ... ein Kuss ... stichelte mein Gewissen, *ist das vielleicht nichts?*

„Da ... das hab ich auch nicht angenommen“, stotterte Max peinlich berührt, aber er sah doch irgendwie erleichtert aus. „Ich meine ... äh ... ob du ihn ... liebst?“

Ob ich ihn liebte? Richard?

Was war das für eine Frage? Liebe? Wie konnte ich wissen, ob ich ihn liebte – ich kannte ihn doch kaum! Okay, ich war vielleicht ein bisschen verknallt, aber ich war alt genug, um zu wissen, dass „Schmetterlinge im Bauch“ bei weitem nicht dasselbe waren wie „Liebe“!

Ich sah Max an, der mit erwartungsvollem Blick auf meine Antwort harrte, und auf einmal wurde mir klar, dass er Angst hatte. Angst, mich zu verlieren! Mein starker, genialer Mann, der Sicherungen wechseln und Steckdosen eingipsen konnte und für jedes Problem eine Lösung wusste, hatte Angst!

Meine Augen füllten sich mit Tränen. Einen Augenblick lang sah ich einen jungen Max vor mir, der mich an der Eisbude beiläufig fragt, ob ich lieber Erdbeer, Vanille oder ihn heiraten will. Max, der meine Hand hält, während ich unsere Kinder zur Welt bringe. Max, der Baby Stefanie stundenlang herumträgt, während sie Koliken hat. Max, der mit Klein-Daniel Sandburgen baut. Max, der die Katze mit völlig falschem Futter mästet, den Kindern Videospiele erlaubt und panische Angst hat, ich könnte ihn verlassen.

„*Dich* liebe ich!“, schniefte ich, womit ich seine Frage auf höchst diplomatische Weise unbeantwortet ließ. Dann heulte ich los.

„Ich äh ... ich geh' schnell Kaffee kochen", flüsterte Andie und verdrückte sich diskret. Niemand achtete auf sie.

„Ehrlich?", fragte Max, und auch ihm lief eine Träne über die Nase.

Ich konnte nur noch nicken. Dann lagen wir uns in den Armen.

*

Andie ließ uns eine halbe Stunde Zeit, bevor sie mit dem fertigen Kaffee wieder hereinkam. Die brauchten wir auch. In den letzten Wochen hatte sich bei uns beiden einiges an Kummer aufgestaut, was herausmusste. Und auch wenn alles nur durch ein Missverständnis begonnen hatte, so würde es doch noch einige Zeit dauern, bis wir alles geklärt und aufgearbeitet hatten.

Mir dämmerte, dass ich Max um Verzeihung bitten musste. Dieser Gedanke behagte mir gar nicht – so etwas hatte ich noch nie tun müssen! Da ich normalerweise alles richtig machte, musste ich mich auch nicht entschuldigen. Vergebung war etwas, das ich höchstens den anderen gewährte. Darum zu bitten war ungleich schwieriger.

Der Kaffee roch verführerisch. Das war doch ganz was anderes als das triste Gebräu in dem tristen Pappbecher in jener tristen Polizeistation, die ich am liebsten mit allem Drum und Dran aus meinem Gedächtnis getilgt hätte! Außerdem hatte Andie schnell einen Teller Weihnachtsgebäck aus der Bäckerei geholt; das weckte die Lebensgeister und holte mich aus dem Wirrwarr meiner Gefühle auf den Boden der Realität zurück. Ich umarmte Andie. Es war so schön, meinen Mann und meine Freundin zurückzuhaben, auch wenn ich gleichzeitig die schlimmste Demütigung meines Lebens erlitten hatte und gerade eine größere Krise im Hinblick auf mein Selbstwertgefühl durchmachte!

„Also eines möchte ich jetzt aber doch wissen", sagte Andie und biss in den allergrößten Zimtstern. „Was in aller Welt hast du eigentlich da draußen auf der Mauer gemacht, bei der Kälte?"

„Das ist eine lange Geschichte", seufzte ich.

„Kannst du sie nicht abkürzen? Es ist zwar wirklich sehr – äh – abwechslungsreich bei euch, aber irgendwann müssen wir auch wieder nach Hause."

„Na gut." Heute war offenbar der internationale Constanzen-Demütigungstag, da kam es auf das auch schon nicht mehr an. „Ich ... ich war also der Meinung, dass meine Ehe sowieso ... äh, am Ende ist, und da hab' ich es als Wink des Schicksals angesehen, dass mir dieser Mann begegnet ist ... Als Stütze in schweren Zeiten, sozusagen. Irgendwie hab' ich gehofft, dass ich dort bei ihm Zuflucht finde, wenn ... na ja, ihr versteht, nicht wahr?"

„Und deswegen betätigst du dich bei ihm als Fassadenkletterer?", wunderte sie sich.

„Nein, das war so ..." Ich zierte mich. Nach allem, was ich heute schon an Peinlichkeiten durchgemacht hatte, hätte ich es selbst kaum für möglich gehalten, dass ich immer noch eine neue finden konnte! „Ähem ... ich hatte plötzlich den Verdacht, dass er ..." Meine Stimme sank zu einem Flüstern herab. „... ein Heiratsschwindler sein könnte."

„Ein Heiratsschwindler?", wiederholte Max laut. Und mit einer gewissen Genugtuung fügte er hinzu: „Ein sehr großes Vertrauen scheinst du ja nicht zu ihm gehabt zu haben!"

„Wieso? Wie bist du darauf gekommen?", fragte Andie.

„Es stand in der Zeitung."

„Ja, das mit dem Schwindler hab' ich auch gelesen. Aber wieso hast du gedacht, dass ausgerechnet er es ist?" Andie runzelte ungläubig die Stirn. „Hat er ... irgendwas Verdächtiges gemacht?"

„Sein Foto war in der Zeitung“, flüsterte ich.
„Was? Nein! Da steht doch, dass niemand ihn kennt!“
„Doch! Im Kurier. Von gestern.“
„Echt?“ Andie tauchte unter den Couchtisch, wo die gestrige Ausgabe des Kurier ungelesen herumlag. Sie raschelte, dann fand sie, was sie suchte. „Da!“ Sie breitete die Seite auf dem Tisch aus.

„Heiratsschwindler auf der Suche nach Opfern“, stand da die Überschrift, die mich gestern so alarmiert hatte. Darunter sah man ein Foto. Es zeigte aber keineswegs Richard, sondern eine verhärmte Frau mittleren Alters, und darunter stand: „Karin H. zeigte den Betrüger an“.
„Was?“

Hastig überflog ich den Artikel. Er klang ganz ähnlich wie der, den ich gestern Abend im Online-Kurier gelesen hatte, obwohl ich mich nicht mehr an den genauen Wortlaut erinnern konnte. Aber wieso war da ein anderes Foto als gestern?

„Kann es sein, dass die Online-Version andere Bilder hat? Vielleicht aktuellere?“, rätselte ich. *Oder habe ich mir nur eingebildet, Richards Bild da zu sehen? Werde ich vielleicht verrückt? Sehe ich schon Gespenster?*

„Ich glaube, das kann ich erklären“, piepste eine kleinlaute Stimme von oben.

Unsere Köpfe schnellten hoch. Oben auf dem Treppenabsatz hockten drei Kinder mit großen Augen und hatten anscheinend das gesamte Gespräch belauscht.

40. Kapitel

Normalerweise hätte ich mit den Kindern geschimpft, weil sie gelauscht hatten, aber heute war ich irgendwie nicht in der rechten Position dazu. Außerdem wollte ich wissen, was es mit diesem Online-Kurier und Richards Foto auf sich hatte.

„Na dann erklär' es!", forderte Max Stefanie auf. „Aber komm runter, das ist gemütlicher."

Die Kinder schlichen schüchtern die Treppe herunter und drückten sich in das Sofa. Daniel legte schützend den Arm um Diana. Sie wussten offenbar genau, dass sie nicht hätten lauschen dürfen.

„Kekse?", fragte Andie fröhlich und hielt ihnen den Teller hin.

„Also?", sagte Max zu Stefanie.

„Na ja ...", druckste sie verlegen herum. Es war eine erfrischende Abwechslung, dass ausnahmsweise jemand anderer sich peinlich berührt fühlte. „An dem Tag, an dem wir im Wurstelprater waren ... da hast du, Mami, plötzlich diesen Typen aufgegabelt ... Das war schon merkwürdig. Na ja, und dann hast du ständig diese ... äh ..."

„Diese was?", forderte ich sie auf.

„Diese Seiten im Internet besucht", flüsterte sie. Mir schoss das Blut ins Gesicht. Jetzt kam das *auch noch* zur Sprache! Blieb mir denn nichts erspart? Woher wusste sie das überhaupt?

„Und deine E-Mails ...", fuhr sie fort. Ich wurde dunkelrot. *Benutzt Stefanie etwa auch Max' E-Mail-Adresse?*

„Und ich hab' doch mitgekriegt, wie die Stimmung hier immer mehr den Bach runtergegangen ist", murmelte sie trotzig. „Ich bin ja nicht blöd. Ich konnte mir ausmalen, dass der komische Typ was damit zu tun hat."

„Aber was hat das jetzt mit dem Kurier-Bericht zu tun?", fragte Andie.

„Ich hab' den echten Bericht im Kurier gesehen – und da hab' ich gedacht ... wenn Mami glaubt, dass ihr Freund ein Betrüger ist, dann wird sie ihn vielleicht nicht mehr mögen ... und wieder zu uns kommen."

Es brach mir das Herz. Ich hatte nicht geahnt, dass Stefanie so viel mitbekommen hatte. Und welchen Kummer ich ihr damit gemacht hatte! Ich war eine schreckliche Mutter! Auf einmal wurde mir klar, was für eine Katastrophe ich um ein Haar angerichtet hätte. Es war ja direkt ein Glück, dass die Polizei eingegriffen hatte, sodass sich alle Missverständnisse aufklärten. *Gott sei Dank* war es so weit gekommen! In meinem Perfektheits-Dünkel war ich nie auf die Idee gekommen, dass auch ich Fehler machen konnte – ich hatte offenbar einen solchen Knalleffekt gebraucht, um es zu kapieren.

„Gut, aber was hast du gemacht?", sagte Max zu Stefanie.

„Ich hab' einfach den Bericht ein bisschen verändert und die Seite offengelassen, sodass Mami sie lesen musste", sagte sie.

Also darum hatte sie mir gestern so bereitwillig den Computer überlassen und hatte sich so schnell davongemacht. Mit Absicht!

„Du hast den Bericht verändert?", wunderte sich Max.

„Ich hab' die html-Seite auf dem Desktop gespeichert und mit NotePad bearbeitet", erläuterte Stefanie. „Hab' ich in Informatik gelernt." Ich hatte das Gefühl, als ob das Gespräch plötzlich auf Japanisch geführt wurde, aber Max nickte befriedigt.

„*Der gutaussehende Betrüger gibt sich meist als Akademiker aus* – dieser Satz ist von mir", bemerkte Stefanie stolz. „Weil ich doch wusste, dass er Lehrer ist."

„Und das Foto?", fragte Max.

„Ich hab' das Bild von der Frau durch ein Foto von Mamis Freund ersetzt und die Unterschrift gelöscht."

„Und woher hattest du ein Foto von meinem – äh, von Richard?", platzte ich heraus.

„Oh – ich wollte dich einmal von der Buchhandlung abholen, aber du warst nicht da. Deine Kollegin hat mir gesagt, wo du hingegangen bist – in dieses super teure Nobelgasthaus. Ich wollte dir nachgehen und hab' dich dort schon wieder mit diesem Kerl gesehen. Da hab' ich nur schnell ein Foto gemacht und bin wieder davongeschlichen."

„Du spionierst mir nach und hast auch noch eine Kamera dabei?!" Was hatte ich da für eine Schlange an meinem Busen genährt?

„Mein Handy, Mami!", bemerkte Stefanie und verdrehte die Augen. „Die Fotos, die man damit machen kann, sind zwar grottenschlecht, aber in dem Fall war das ja egal. Im Gegenteil, von einem Betrüger auf der Flucht wirkt ein schlechtes, unscharfes Foto doch viel glaubhafter, nicht?" Sie grinste selbstgefällig. „Du hast es ja auch geglaubt. Ich hab' nur gefürchtet, du wirst bemerken, dass die Internet-Adresse oben nicht stimmt, weil es ja in Wirklichkeit gar keine echte Internet-Seite ist. Aber so schlau bist du zum Glück nicht. Mit dem Kurier-Logo und dem Kurier-Layout hab ich dich voll überzeugt, gell?" Sie kicherte. „Ich könnte in Informatik ein Referat darüber halten."

O ja, bitte. Die Berichte über meine spektakuläre Rettung, die morgen in allen Zeitungen stehen werden, reichen ja noch nicht aus, um mich völlig zu zerstören. Mach mich auch noch bei deinen Lehrern unmöglich!

„Stefanie", sagte Max ernst, „du hast damit einen vollkommen unschuldigen, unbescholtenen Mann als Betrüger hingestellt. Das ist Rufmord, und das ist verboten!"

„Unschuldig?", empörte sie sich. „Der Typ hat versucht, Mami zu verführen! Und mein Trick hat doch immerhin geholfen, oder?"

„O ja", murmelte ich schwach. „Der Erfolg war überwältigend."

„Hauptsache, ihr habt euch wieder lieb!", quiekte Daniel.

41. Kapitel

In gewisser Hinsicht hatte ich Glück. Denn erstens regnete es am nächsten Tag; daher konnte ich mein Gesicht mit einem Schal vermummen, bevor ich zu einem weit entfernten Kiosk schlich, um unerkannt ein paar Zeitungen zu kaufen. Und zweitens hatte irgendjemand dankenswerterweise einen Lebensmittelskandal aufgedeckt, also war ich zumindest nicht auf den Titelseiten zu sehen. Ich huschte unerkannt nach Hause, schälte mich aus meinen Verkleidungen und breitete die Zeitungen hastig auf dem Küchentisch aus. Minka missverstand das als Aufforderung, sich mitten im Lokalteil gemütlich niederzulassen; normalerweise nahm ich sie dann auf den Schoß und kraulte sie, während ich die Zeitung las, aber heute schubste ich sie nur vom Tisch. Beleidigt stolzierte sie davon.

Im „Kurier" war tatsächlich ein Foto von mir. Es zeigte den spektakulären Moment, in dem sich der Terror-Spezialist von oben zu mir abseilte und mich festhielt. Glücklicherweise verdeckte er dabei den Großteil meines Gesichts. Die Bildunterschrift lautete: „In einer dramatischen Rettungsaktion konnte gestern eine Frau vor dem Sprung in die Tiefe bewahrt werden. Die Lebensmüde wurde in psychologische Betreuung entlassen." Mehr stand da nicht. Ich entspannte mich ein wenig. Mein Name wurde nicht genannt, und alles andere war ja mehr oder weniger frei erfunden. Weder wollte ich in die Tiefe springen, noch war ich lebensmüde, und in psychologischer Betreuung befand ich mich auch nicht. Niemand würde diese Zeilen auf mich beziehen. (War eigentlich alles, was in der Zeitung stand, derartig unwahr?)

Die Schlagzeile der „Kronen Zeitung" befasste sich zum Glück ebenfalls mit dem Lebensmittelskandal, aber im Lokalteil stand wieder etwas über mich. Das Foto war ganz ähnlich wie das im „Kurier", aber der Artikel nannte leider den Namen der „Lebensmüden“ mit „Konstanzia S.“. Würde irgendwer mich, Constanze (mit C vorne und e hinten), damit in Verbindung bringen?

Ich blätterte die „Presse“ durch. Endlich ein seriöses Blatt, das es nicht nötig hatte, seine Leser mit solchen Räubergeschichten zu unterhalten! Und dem „Standard“ war ich einen Vierzeiler wert – ohne Foto, ohne Name. Ich seufzte auf. Es hätte schlimmer sein können.

Ich rüstete mich mit ein paar Katzen-Leckerlis aus und hockte mich auf den Boden.

„Miez, Miez, wo ist meine Minka?“, lockte ich die beleidigte Katze. „Komm, ein bisschen Versöhnungs-Bauchkraulen, ja?“ Aber Minka ließ sich nicht blicken. Stattdessen läutete das Telefon.

„Oh mein Gott, du bist zu Hause!“, stellte Larissa erleichtert fest, als ich abhob. „Geht's dir gut?“

„Wieso? Sollte es nicht? Ist was passiert?“, fragte ich dümmlich.

„Das wollte ich dich fragen! Ich ... äh ... oh, Constanze, wieso hab' ich nichts bemerkt? Es tut mir so leid! Kannst du mir verzeihen? Ich bin eine furchtbare Freundin!“ Sie hörte sich an, als ob sie demnächst in Tränen ausbrechen wollte.

„Was denn bemerkt? Was ist los?“

„Oh Gott, du hättest jederzeit zu mir kommen können!“, beteuerte sie. „Du hättest nicht ... so einen, äh ... drastischen Hilferuf nötig gehabt!“

Mir war, als dämmerte mir eine Ahnung, wovon sie sprach, aber es gefiel mir nicht.

„Was für einen Hilferuf?“

„Deine Selbstmorddrohung! Oh Constanze, wie schrecklich musst du dich gefühlt haben, um ...“

Ich fiel ihr ins Wort.

„Das stimmt doch überhaupt nicht! Das ist nur ein Missverständnis.“

Pause. Larissa schnappte nach Luft.

„Dann bist das also wirklich du?“, fragte sie ungläubig.

Bingo.

Woher auch immer Larissa ihre Informationen beziehen mochte, jetzt konnte ich nichts mehr abstreiten. Ich hatte es so gut wie zugegeben. Manchmal war ich aber auch wirklich zu blöd! Ich hatte einfach zu wenig Erfahrung mit peinlichen Situationen und deren routinierter Vertuschung.

„Ähm ... na ja ... woher hast du's denn?" Ich fragte mich wirklich, wie sie mich auf diesen Fotos hatte identifizieren können, wo doch der Terror-Spezialist vor meinem Gesicht rumhing.

„U-Bahn-Zeitung", gab sie zu. „Auf dem Foto bist du gut zu erkennen."

Meine Knie wurden weich. Ausgerechnet die Gratiszeitung, die in allen U-Bahn-Stationen zu Hunderten verteilt wurde und die praktisch jeder las, der in Wien morgens die U-Bahn benutzte! Nun, es war klar, dass dieses volksnahe Blatt sich so eine Story nicht entgehen lassen konnte. Daran hätte ich denken können.

Bloß ändern konnte ich es sowieso nicht.

„Ich ... äh", stotterte ich. „Ich war bei einem Bekannten und wollte auf den Balkon ... und ... äh ... da war nicht genug Platz für uns beide ..." Ich verstummte beschämt.

„Und deswegen bist du an der Wand entlanggeklettert und hast Sachen in die Menge runtergeworfen?", staunte sie. Ich sah sie richtig vor mir, wie sie ihre Kulleraugen verwundert aufriss.

„Na ja ..." In einem Augenblick geistiger Klarheit erkannte ich, dass Heimlichkeiten nicht mein Metier waren. „Operation Hasenschnäuzchen" hätte geheim sein sollen – und wohin hatte mich das gebracht? Ich entschloss mich daher zu rücksichtsloser Offenheit. Wahrscheinlich war es sowieso am besten, alles wahrheitsgemäß zuzugeben und dann einfach alle reihum um Verzeihung zu bitten. So etwas hatte ich zwar noch nie gemacht, aber vielleicht war eine Rosskur ganz heilsam für mich. „Du weißt ja, ich suche einen Mann für meine Freundin. Und da hab' ich einen gefunden, der mir gut gefiel, aber meine Tochter hat mir einen Streich gespielt, sodass ich plötzlich dachte, er könnte ein Heiratsschwindler sein. Darum hab' ich ein bisschen bei ihm spioniert. Aber dann ist er unerwartet nach Hause gekommen, also musste ich mich verstecken. Das war alles."

Larissa schwieg so lange, dass ich schon dachte, sie wäre aus der Leitung geflogen.

„Du hast bei ihm ... eingebrochen?", hauchte sie schließlich. An ihrer Stimme hörte ich, dass sie völlig platt war.

„Na ja, nicht wirklich ... ich hatte einen Schlüssel", verteidigte ich mich.

„Wow", sagte sie anerkennend, „das hätte ich dir gar nicht zugetraut!"

Sollte das jetzt vielleicht gar ein Kompliment gewesen sein?

42. Kapitel

Zu Mittag brachten die Kinder mehrere Exemplare der U-Bahn-Zeitung mit, sodass ich das bewusste Bild selbst betrachten konnte. Es war eine Großaufnahme, mit dem Teleobjektiv aufgenommen, etwas unscharf, aber leider wirklich gut zu erkennen. Es zeigte mich mit erschrocken aufgerissenen Augen – der Fotograf hatte den Moment erwischt, in dem dieser Polizist völlig unerwartet von oben zu mir herabgeschwebt kam und mich am Arm packte. Auch dieser Artikel wiederholte unermüdlich die idiotische Theorie von der lebensmüden Irren, obwohl jeder denkende Mensch sehen konnte, dass in meinen Augen weder Todessehnsucht noch Wahnsinn, sondern nur blanke Überraschung stand.

„Mann, mindestens fünf Leute haben mich gefragt, ob du das bist!“, schnaubte Stefanie. „Da hast du uns was Schönes eingebrockt. Ich trau’ mich nie wieder unter Menschen!“

„Tut mir echt leid, Liebes!“, murmelte ich demütig. Ich hätte ihr gern eine etwas angemessenere Antwort gegeben – etwa, dass es für mich ja wohl noch sehr viel schlimmer war und dass das alles nicht passiert wäre, wenn sie nicht diesen haarsträubenden Einfall mit dem Heiratsschwindler gehabt hätte. Aber ich konnte mir an den Fingern abzählen, was sie mir dann als nächstes um die Ohren geschlagen hätte, und ich wollte nicht allzu sehr in die entwürdigenden Details gehen. In diesem Fall konnte ich nicht gewinnen. Das gehörte alles zum Crashkurs „Demut für Anfänger“.

„Also, ich find’s cool!“, strahlte Daniel. „Ich erzähl’ es allen. Die anderen Mütter waren noch nie in der Zeitung!“

Ich schloss die Augen und wünschte mich auf den Mars. Nie hatte ich den Wunsch verspürt, berühmt zu werden – schon gar nicht so!

Ich hatte nicht geahnt, wie viele Leute diese U-Bahn-Zeitung lasen – und vor allem, wie detailliert. Aber im Laufe des Nachmittags hatte ich Gelegenheit, es herauszufinden. Das Telefon stand gar nicht mehr still, und im Unterschied zu sonst waren nicht alle Anrufe nur für Stefanie.

Da ich Larissa gegenüber schon alles zugegeben hatte, hatte es gar keinen Zweck mehr zu leugnen. Larissa funktionierte wie eine Buschtrommel. Ich holte also jedes Mal tief Luft und wiederholte die Geschichte: ein Mann für meine Freundin, Missverständnis, blablabla, spioniert, versteckt. Diese Version hatte mehrere Vorteile: Erstens war sie so gut wie wahr – es bestand also keine Gefahr, dass ich mich später in Widersprüche verwickeln würde. Zweitens war weder von Hasenschnäuzchen noch vom Internet die Rede, und drittens blieb ein kleines, aber nicht unwesentliches Detail unerwähnt, dass ich mich nämlich selbst in den hoffnungsvollen Kandidaten verliebt hatte.

Das war noch zu intim für die Öffentlichkeit. Denn wie es damit weitergehen sollte – das wusste ich selbst noch nicht.

*

Max kam überraschend früh nach Hause, fragte die Kinder nach ihrem Wohlergehen und den Hausaufgaben und benahm sich überhaupt ganz ungewöhnlich.

„Braucht ihr einen Babysitter, oder könnt ihr heute Abend allein bleiben?", fragte er.

„Wir bleiben allein!", antwortete Stefanie sofort.

„Ich fürchte mich aber so", wandte Daniel ein, „außer, wenn der Fernseher läuft!", setzte er grinsend hinzu.

„Dein Fernseh-Kontingent für diese Woche besteht nur noch aus einer halben Stunde!", rief ich aus der Küche, während Max gleichzeitig sagte: „Gut, dann lass die Kiste laufen!"

Spielten wir etwa schon wieder „Böse Mami, lieber Papi"?

Ich trocknete mir die Hände an der Schürze ab und kam näher.

„Max, wir haben diese Fernsehzeiten kontingentiert, weil wir ..."

„Ich weiß", unterbrach er mich. „Aber manchmal muss man das eben etwas lockerer sehen. Manchmal ist etwas anderes wichtiger."

„So – und was?"

Er nahm mich in den Arm.

„Heute möchte ich mit meiner Frau ausgehen", sagte er, grinste mich an und versuchte dabei wie George Clooney auszusehen. „Das hätte ich längst mal wieder tun sollen."

*

Das Lokal wurde mit Mozart berieselt und sah sehr teuer aus. Ich hatte ein schlechtes Gewissen – schließlich stand mir demnächst die Rechnung für das heitere Polizei-und-Feuerwehrfest ins Haus ... Warum ging Max plötzlich mit mir aus?

Wir setzten uns, und ein Befrackter zündete eine Kerze an. Am Nachbartisch drehten sich ein paar Köpfe verstohlen zu mir um. Leider konnte ich mir denken, woher ich diesen Leuten bekannt vorkam. Ich tat so, als ob ich von nichts wüsste.

Das Lokal war sogar so teuer, dass es für die Damen eigene Speisekarten ohne Preisangabe hatte. In so einem Nobelschuppen war ich ja überhaupt noch nie gewesen! Ich verwarf Hummerpastete, Chateaubriand und alles, was irgendwie mit Weinsoße einherging. Das war bestimmt unbezahlbar. Vielleicht eine kleine Salatplatte? Bekanntlich machten Vitamine sexy ...?

Schließlich bestellten wir Lammrücken mit Rosmarin und Tournedos Metternich, weil Max beides probieren wollte und ich, wie er treffend bemerkte, sowieso immer die Hälfte übrig ließ. Wahrscheinlich war es ein Glück, dass ich nicht wusste, was das kostete. Und dann begann Max etwas unvermittelt mit der Konversation.

„Jetzt sag mir bitte, was ich falsch gemacht habe!"

„Hm?" Wovon sprach er? Hatte der Kellner missbilligend die Stirn gerunzelt, weil wir unpassenden Wein bestellt hatten? Hatte Max sich ins Tischtuch geschnäuzt, ohne dass ich es bemerkt hatte?

„Abgesehen davon, dass du dir eingebildet hast, ich würde dich betrügen, was völlig absurd ist – was hab' ich falsch gemacht? Irgendwas muss dich doch in die Arme von diesem ... diesem Typen getrieben haben", erläuterte er.

Ich spürte, wie mir das Blut in den Kopf stieg.

„Von seinen Armen war ich aber noch weit entfernt", flüsterte ich. Was war denn das für ein Thema?! Wo die Leute doch eh schon herschauten und darüber rätselten, ob ich nun die Lebensmüde vom Fensterbrett war oder nicht!

„Also hab' ich nichts falsch gemacht? Bin ich der perfekte, ideale Ehemann?"

„Äh, na ja ..." Diese Chance sollte ich jetzt nicht ungenutzt lassen!

„Was ist mit *‚äh, na ja'* – bin ich nun perfekt, oder nicht?"

„Wer ist schon perfekt?", fragte ich zurück. *Ich zum Beispiel bin es längst nicht so sehr, wie ich gedacht hatte ...*

„Also komm – sag's mir! Wie soll ich es sonst ändern?", drängte er.

„Weißt du's wirklich nicht?"

„Sonst würd' ich ja nicht fragen."

„Also gut ..." Ich überlegte. Wo sollte ich anfangen? „Du ... arbeitest ständig. Du gehst nie mit mir gleichzeitig schlafen, und du betest nie mit mir. Du erlebst den Alltag mit den Kindern nicht mit, aber wenn du einmal da bist, fällst du mir bei der Erziehung in den Rücken. Mami verbietet, Papi erlaubt. Böse Mami, lieber Papi!" Ich merkte, dass ich allein schon bei dieser Aufzählung aggressiv wurde. Was war nur los mit mir? Ich war doch immer die sanftmütige, ausgleichende Constanze gewesen ...? „Ja, und du vermeidest jede Gelegenheit, bei der du – Gott behüte – einmal in Ruhe mit mir sprechen könntest: beim Schlafengehen zum Beispiel oder im Hauskreis. Du teilst deine Gefühle nicht mit mir, und du interessierst dich auch nicht für meine. Du weißt nicht, was mich im Innersten bewegt, und ich weiß es nicht von dir. Ich bin einsam!"

Ich verstummte, überwältigt von der Wucht dieser Mitteilung. Dass ich mich neben Max manchmal einsam fühlte, hatte ich bisher noch nicht einmal selbst gewusst.

Max schwieg ebenfalls. Gedankenverloren stocherte er im Rosmarin-Reis herum.

Schließlich rang er sich ein gequältes Lächeln ab.

„Okay, fragen wir andersrum. Hab' ich auch manchmal etwas richtig gemacht?"

43. Kapitel

Der Lammrücken reichte nicht aus, um all meine Punkte zu diskutieren. Bei der „bösen-Mami"-Frage konnten wir uns nicht ganz einig werden. Ich vertrat die Ansicht, dass eine konsequente Erziehung den Kindern Sicherheit vermittelte. Und Max fand, dass ich diese Erziehungsfragen zu verbissen sah und ruhig etwas lockerer werden könnte. Immerhin verstand er zum ersten Mal, warum ich manchmal das Gefühl hatte, er fiele mir in den Rücken.

„Und dass ich immer nur arbeite – das stimmt doch nicht", behauptete er. „Ich bin doch oft zu Hause!"

„Ja, du bist da, aber nicht ... *da*!", sagte ich. „Du bist praktisch immer mit dem Kopf in irgendeinem Computer. Dein Körper ist da, aber was ist mit deinem Gehirn? Sind da nur Bits und Bytes drin?"

Max grinste breit.

„*Mega*bytes!", berichtigte er.

Gegen meinen Willen entlockte mir das ein kleines Lächeln.

„Ich habe aber einen Mann geheiratet", wandte ich ein. „Einen engagierten, gläubigen Mann, intelligent, geschickt und witzig. Keinen Computer!"

„Gutaussehend", sagte Max.

„Hä?"

„Du hast ‚gutaussehend' vergessen!"

Wieder musste ich lächeln, nicht, weil Max so frech war, sondern weil ich plötzlich an Larissas Neandertaler-Prinzip denken musste. Funktionierte das wirklich so einfach?

„Gutaussehend, natürlich. Für einen Computer geradezu ein Adonis!"

„Na gut, und ..." Max betrachtete seine Gabel, als ob sie ihm ein faszinierendes Geheimnis offenbaren könnte. „Und was hat jetzt dieser ... Kerl, was ich nicht habe?"

Diese Frage machte ihm Angst. Ich hatte auf einmal Richards Stimme im Ohr: *„Oje, hoffentlich muss ich mich nicht mit Ihrem Mann duellieren!“* Er hatte das im Scherz gesagt, als ich ihm bei unserem allerersten Treffen beinahe in den Schoß gefallen wäre, weil mein Schuh kaputt gewesen war. Aber so weit hergeholt war das irgendwie gar nicht …

„Er hat mit mir geredet“, gab ich zu. „Wir haben über Gott und die Welt diskutiert – über die Todesstrafe und die Euthanasie und das Bildungswesen und was weiß ich noch!“ Und leiser setzte ich hinzu: „Er hat seine Gefühle mit mir geteilt. Er hat mir von seinem unehelichen Sohn erzählt, und wie sehr es ihn verletzt hat, dass dessen Mutter ihn verlassen hat. Und von seiner Scheidung, und … solche Sachen halt.“

„Oh.“ In Max Augen blitzte es. „Darauf stehst du? Soll ich dir auch von meinen unehelichen Kindern und meiner Scheidung erzählen?“

„Du hast gar keine unehelichen Kinder“, antwortete ich mit vollem Mund.

„Ich kann aber gern welche machen, wenn du das als Mangel empfindest“, bot er an.

„Du bist unmöglich!“, schimpfte ich.

„Ich weiß. Deswegen liebst du mich ja.“ Er winkte den Befrackten herbei und bestellte flambiertes Mousse au chocolat, obwohl ich bereits pappsatt war.

„Aber jetzt mal im Ernst.“ Er beugte sich vor, sah mir tief in die Augen und holte Luft. „Du und die Kinder, ihr seid das Allerwichtigste in meinem Leben. Auch wenn ich das vielleicht nicht immer auf eine angemessene Art zum Ausdruck bringe. Und ich …“ Er rang mit sich. Es fiel ihm schwer weiterzusprechen. „Ich hatte furchtbare Angst, dass du gehen könntest“, presste er hervor.

Ich betrachtete das Tischtuch und schämte mich.

„Aber jetzt, wo ich dich so schön ausführe, Zeit mit dir verbringe und all meine peinlichsten Gefühle und unehelichen Kinder mit dir teile, wirst du sicher gleich draufkommen, dass ich viiiel netter bin als dieser Kerl."

Seine Augen flackerten unsicher und suchten meinen Blick. Er hatte immer noch Angst.

Aber es stimmte, was er sagte: Schon lange hatte ich mich in seiner Gegenwart nicht mehr so wohlgefühlt! Da war wirklich eine Vertrautheit zwischen uns wie am Anfang unserer Ehe. Wie hatten wir nur zulassen können, dass diese Nähe im Dickicht der Alltagssorgen verlorenging?

„Danke, dass du deine Gefühle mit mir teilst", flüsterte ich und spürte auf einmal Tränen in den Augen.

„Das gefällt dir wirklich?", staunte er. „Ich kann mich von jetzt an den ganzen Tag fürchten, wenn dich das glücklich macht."

„Blödmann!", murmelte ich und blinzelte die Träne weg. Ich wusste, dass dies der Moment war, in dem ich ihn endlich um Vergebung bitten musste – auch wenn es mir ungeheuer schwer fiel …

„Es ... es tut mir leid", murmelte ich. „Dass ich dir ... das angetan habe. Verzeih mir."

So, nun war es raus. Ich fühlte mich erleichtert. So schwierig war es eigentlich gar nicht.

Max legte mir den Finger auf den Mund. „Ist schon gut", sagte er leise. „Ich hab' mir noch was überlegt ... Constanze, wenn es dir wichtig ist, dann … verzichte ich auf den Posten des Abteilungsleiters. Soll der Kessler ihn haben, der ist eh schon geschieden."

Ich riss die Augen auf.

„Ehrlich?"

Er nickte. „Du bist mir wichtiger als alles andere, und das möchte ich auch beweisen."

„Du bist wirklich süß!" Ich beugte mich vor, um ihn über den Tisch hinweg zu küssen. Das hatte er jetzt echt verdient!

Ein Knistern, ein Klirren – ich zuckte zusammen. Ein beißender Gestank stieg mir in die Nase. Alle Köpfe drehten sich zu uns um. Max war aufgesprungen und trat nach unserer Kerze, die auf dem Boden lag. Eine Wachsspur zog sich quer über das Stofftischtuch, wo Max den Kerzenleuchter beiseitegeschleudert hatte. Schon eilte ein Befrackter herbei, um die Bescherung zu begutachten. Ich befingerte meine Frisur über dem rechten Ohr; anscheinend war ich beim Vorbeugen mit ein paar Haaren in die Kerzenflamme geraten.

„Meine Frau ist Feuer und Flamme für mich", grinste Max in die Runde der gaffenden Gesichter.

Ich beschloss, ab sofort jegliche Art von Menschenansammlung zu meiden.

*

Meine lieben Kollegen in der Buchhandlung hatten ihre eigene Art, mit meiner plötzlichen Berühmtheit umzugehen. Als ich am Dienstag zum ersten Mal nach meinem Zeitungsauftritt wieder in den Laden kam, klebten die Fotos von meiner „Rettung" über dem Spiegel im Mitarbeiterklo.

„Christliche Buchhandlung: Unsere Mitarbeiter wollen hoch hinaus", stand mit Rotstift darüber. Das Bild, auf dem der Terror-Spezialist sich von oben zu mir abseilte, war betitelt mit „Jede gute Gabe kommt von oben (Jakobus 1,17)", und das Bild, auf dem ich ins Haus zurückgezerrt wurde, mit „Denn der Herr, dein Gott, ist ein barmherziger Gott. Er lässt dich nicht fallen. (5. Mose 4,31)"

„Sehr witzig", brummte ich.

Dann nahm ich meinen Lippenstift und schrieb quer über den Spiegel: „Wer den Schaden hat, braucht für den Spott nicht zu sorgen! (Binsenweisheit 1,1)" Lippenstift ging schwer wegzuputzen – aber solche Skrupel sollten meine Spontaneität nicht länger einengen!

Schön langsam gewöhnte ich mich daran, dass alle Welt sich über diesen Vorfall lustig machte. Mehr noch – ich machte es sogar selbst. Ursprünglich hatte ich gedacht, dass ich nie wieder unter Menschen gehen konnte. Doch ich fand heraus, dass die meisten Leute es mochten, wenn jemand über sich selbst und über seine eigenen Fehler lachen konnte. Ich hatte bloß in meinem bisherigen Leben noch nie Gelegenheit dazu gehabt.

Doch als ich um sechs den Laden verließ, um nach Hause zu gehen, stand da einer, dem ich tatsächlich nicht begegnen wollte: Richard.

„Constanze", sagte er.

Ich blieb stehen. Es war schon dunkel; die Weihnachtsbeleuchtung spiegelte sich auf der Straße, die nass von Schneematsch war. Rings um uns wogte der adventliche Einkaufsrummel. Mit Paketen beladene Leute hasteten an uns vorbei, ärgerlich darüber, dass sie aufgehalten wurden.

„Ich hab' dich angerufen", sagte er, „aber immer nur Anrufbeantworter!"

„Mein Handy ist doch kaputt", murmelte ich. Mein Magen spielte Revolution. Richard sah immer noch hinreißend aus. Sein Lächeln ließ mein Herz schmelzen, Schmetterlinge tanzten im Bauch, und gleichzeitig zog sich alles in mir fröstelnd zusammen.

„Komm, trink einen Tee mit mir", bat er und zog mich aus der Menschenmenge fort, die widerwillig um uns herum strömte.

Wir landeten wieder einmal in der Kurkonditorei Oberlaa. Die Bedienung sah mich noch seltsamer an als das letzte Mal. Vermutlich las sie auch die U-Bahn-Zeitung. Ich bestellte Kamillentee – ein stärkeres Getränk hätte ich im Moment nicht vertragen!

„Wie geht es dir?", erkundigte er sich, so als ob ich krank gewesen wäre.

„Gut", antwortete ich tonlos. Seine Nähe versetzte mich wieder in Hitzewallungen, wie schon beim ersten Mal.

„Ich … möchte dich was fragen."

Das kann ich mir vorstellen!

„Es war ein Missverständnis", erklärte ich hastig.

„Was hast du eigentlich gesucht? Und warum hast du dich vor mir versteckt? Ich hab' dir doch den Schlüssel gegeben, es war doch völlig in Ordnung für mich, dass du in meiner Wohnung warst."

„Ich ..." Himmel, das war irgendwie *noch* peinlicher als bei allen anderen Leuten. „Meine Tochter hat mich reingelegt. Sie hat die Online-Zeitung so manipuliert, dass ich denken sollte, du wärest ein Heiratsschwindler. Ich ... hab nach Beweisen gesucht."

„Und *das* hast du geglaubt?", fragte er entsetzt.

Ich zuckte die Achseln.

„Eigentlich nicht, aber es war doch ein Foto von dir dabei. Ich konnte ja nicht ahnen, dass meine Tochter erstens so hinterhältig und zweitens technisch so geschickt ist."

Er schüttelte ungläubig den Kopf.

„Warum hat sie das gemacht?"

„Um uns auseinanderzubringen. Sie hat wohl gemerkt, dass wir uns ... verliebt haben."

„Und was ist mit deinem Mann und seiner Freundin? Hat sie das nicht bemerkt? Was für Tricks hat sie dagegen unternommen?"

„Richard ..." Ich studierte den Bodensatz in meiner Teetasse. „Das war auch ein Missverständnis. Da läuft nichts. Die beiden haben nur geblödelt. Wie du selbst im Prater gesagt hast: freundschaftliches Geplänkel."

„Oh." Darauf wusste Richard erst einmal gar nichts zu sagen. Sein Blick schweifte gedankenverloren über die Vitrinen voller Kuchen, was sofort die Serviererin anlockte. Anscheinend beobachtete uns diese Frau die ganze Zeit.

„Wünschen Sie etwas Süßes zum Tee?"

Richard bestellte etwas, nur um sie loszuwerden. Es war, glaube ich, eine Birnentorte.

„Dann betrügt er dich gar nicht?"

Ich schüttelte den Kopf.

Sein Lächeln erlahmte.

„Und was bedeutet das für uns?"

Ich starrte auf die Torte, die unberührt zwischen uns stand. Meine Augen brannten. Gleich würde ich heulen. Ich sehnte mich nach Richards Umarmung, aber gleichzeitig wusste ich, dass es falsch war. Immer schon falsch gewesen war.

„Ich ... gehöre zu Max", flüsterte ich, und dann rollte die erste Träne über meine Wange.

Richard nahm eine Papierserviette und tupfte die Träne auf. Als seine Finger mein Gesicht berührten, zuckte ich zusammen.

„Ja", sagte er bekümmert. „Ich wollte es nicht wahrhaben. Ich habe mir gewünscht, dass du frei wärst. Aber ..." Er wischte die nächste Träne von meiner Wange, aber jetzt kamen immer schneller welche nach. „... ich habe schließlich selbst für deine Ehe gebetet ... Es wäre einfach nicht richtig. Nein, es wäre nicht richtig", wiederholte er, wie um sich selbst zu überzeugen.

„Du bist ein Engel", flüsterte ich. Und das meinte ich wörtlich.

44. Kapitel

Am nächsten Tag rief ich Andie an und kündigte meinen Besuch an. Das war eigentlich überfällig. Ich nahm Daniel mit, damit Diana Unterhaltung hatte. Denn ich brauchte Andie für mich allein.

Die Wohnung war weihnachtlich geschmückt. Man konnte sehen, dass Andie sich in ihren neuen vier Wänden richtig wohlfühlte. Sie *wohnte*, und das mit Begeisterung. Außerdem hatte sie gebacken – eine hausfrauliche Kunst, mit der sie relativ wenig Erfahrung hatte. Mehr als zehn Jahre Ferienclub mit ausgiebigem Buffet trugen nicht gerade dazu bei, ein solches Talent zu fördern. Folgerichtig waren alle Lebkuchen steinhart und auf der Unterseite schwarz. Andie hatte sich zwar bemüht, alles Angebrannte abzukratzen, aber das Räucheraroma setzte sich trotzdem durch.

„Ich fürchte, du musst diese Kekse im Kaffee einweichen, sonst brechen dir ein paar Zähne aus", lachte sie.

„Gib sie in eine Blechdose, zusammen mit einem Stück Apfel", riet ich. „Dann sind sie bis Weihnachten weich."

„Echt? Super, das mach' ich gleich. Und wir schicken die Kinder zum Bäcker, die sollen genießbaren Kuchen holen."

„Ich hab' dir übrigens was mitgebracht", sagte ich, als Daniel und Diana fort waren.

„Wieso? Weihnachten ist doch erst in zwei Wochen?"

„Jaaaha ... als Wiedergutmachung, sozusagen. Weil ich dich so falsch verdächtigt habe." Damit hatte ich eine Art des Um-Vergebung-Bittens gefunden, die mir etwas leichter fiel.

„Ist schon vergessen", versicherte Andie. „Geschenke nehm' ich natürlich trotzdem gern."

Ich hatte ihr ein Paar wunderschöne Bettbezüge gekauft, in Rot, Braun und Gold – genau Andies Haremsfarben, und außerdem stand „Prinzessin" drauf. Da hatte ich einfach nicht widerstehen können.

Andie freute sich auch gebührend. Es machte Spaß, jemanden zu beschenken, der sich derart von Herzen freuen konnte! Dann kamen die Kinder mit ihren Einkäufen zurück. Es war nicht genau das, was wir unter „Kuchen" verstanden – ein Striezel in Weihnachtsmannform und eine Packung Überraschungseier – aber man konnte den Weihnachtsmann ja mit Butter und Honig beschmieren. Immerhin war er weder hart noch angebrannt. Dann verschwanden die Kinder und die Überraschungseier in Dianas Zimmer, und wir waren endlich ungestört.

„So, und jetzt erzähl", forderte ich Andie auf. „Dieses ganze Missverständnis hat ja eigentlich damit begonnen, dass du mir gesagt hast, du hättest dich in einen *‚ganz falschen Mann'* verliebt. Aber bevor du mir sagen konntest, wer das ist, hat dein Kind dir das Bad vollgekotzt. Und dann bin ich zugegebenermaßen vielleicht ein bisschen über-misstrauisch geworden, aber als ich dann diese Boxershort in deinem Bad gefunden habe, war für mich klar, dass du dich in Max verliebt hattest. Denn auf ihn trifft die Beschreibung *‚ganz falsch'* ja total zu."

„Meine Güte, Conny, wenn ich *geahnt* hätte, was du dir da zusammenspinnst!" Sie tropfte sich den Pullover mit Honig voll und wischte daran herum, was es noch schlimmer machte. „Dabei hab' ich ja die ganze Zeit versucht, es dir zu erzählen. Aber du hast irgendwie plötzlich nicht mehr mit mir geredet."

„Jaja, egal. Das ist vorbei. Aber jetzt sag's mir schon endlich! Wer ist es?"

„Wer *war* es, meinst du."

„Schon vorbei?"

Sie schüttelte den Kopf. „Hat erst gar nicht richtig angefangen."

„Also wer?"

„Ludwig."

„Hä? Was für ein Ludwig?", fragte ich dümmlich.

„Na, *dein* Ludwig! Dein Kollege! Der Typ, der Stefanie und mich nach deiner Gartenparty ins Spital gebracht hat."

„Ludwig??" Auf den wäre ich nie gekommen! „Aber ... ist der nicht ein bisschen zu jung?"

„Er ist 28, wenn du's genau wissen willst."

Und somit 16 Jahre jünger als du – und 13 Jahre älter als Stefanie, aber das nur nebenbei ... Also in jeder Hinsicht „ganz falsch"!

„Ja, ja!" Sie hob beschwichtigend die Hände, obwohl ich gar nichts gesagt hatte. Konnte sie meine Gedanken lesen? „Was glaubst du, warum ich ihn als *‚ganz falsch'* eingestuft hab'? Es ist halt ein Jammer, wenn man in meinem Alter immer noch so ein ... Spielball seiner Gefühle ist! Aber wo die Liebe hinfällt ... Oder kannst *du* das steuern, in wen du dich verliebst?“

„Äh.“ Kalt erwischt. „Sowas ist halt ... sehr vielschichtig.“

„Eben. Und was ihn noch ‚falscher' gemacht hat: Er ist ja auch so ein Superchrist. So wie du. Ohne Gott steht der morgens gar nicht erst auf. Und dann ich – eine Kuhhandel-Christin! Eine katastrophale Mischung.“ Sie seufzte. „Immerhin ist er ein paar Mal mit mir ausgegangen. Er hat mich wohl als Missionsobjekt angesehen. Ach ja, mein Bad hat er auch gefliest.“

„Ich weiß, damals war ich auch hier. Aber was meinst du mit Missionsobjekt?“

Andie verdrehte die Augen. „Na du weißt schon – er wollte mir unbedingt von Gottes Liebe erzählen und mich für das Reich Gottes gewinnen und so.“

„Da hat er sich bei dir die Zähne ausgebissen“, stellte ich fest.

Andie sah auf einmal irgendwie komisch drein. „Nicht unbedingt“, murmelte sie.

„Was?“

Andie grinste verschämt. „Ich hab' dir doch von meinem Deal mit Gott erzählt. Also, dem Ludwig hab' ich's auch erzählt. Und dann hat er mir von *seinen* Erfahrungen mit Gott erzählt. Und ... na ja ...“

„Na ja was?“

„Irgendwie ... klingt das alles jetzt viel plausibler für mich.“

„Echt?“

„Ja ... dass Gott mich liebt und einen Plan für mein Leben hat ... Der Ludwig hat mir so interessante Sachen aus seinem Leben erzählt ... Und auch in meinem Leben ... Ich meine, dass ich zum Beispiel gerade an dich als Freundin geraten bin ... Wenn ich nicht am ersten Schultag diese Meerschweinchen geschenkt bekommen hätte, wäre ich vielleicht gar nicht neben dir zu sitzen gekommen, stell dir das mal vor!"

Es leuchtete mir nicht ganz ein, warum eine über 30 Jahre zurückliegende Meerschweinchen-Schenkung überzeugender von Gottes Barmherzigkeit erzählte, als all meine Bemühungen in diesen 30 Jahren – aber Gottes Wege waren ja bekanntlich unerforschlich, und wenn es Andie half, warum nicht?

„Soll das heißen, dass du jetzt richtig an Gott glaubst?"

Sie zog die Schultern hoch. „Ein bisschen."

„Wow."

Da bearbeitete ich Andie jahrzehntelang ohne Erfolg, und dann kam so ein junger Bursche daher und wupps war Andie gläubig. Irgendwie ungerecht …

„Ich hab mich dann auch noch weiter mit dem Ludwig und seiner Freundin getroffen, und die beiden sind wirklich toll. Ich bin so froh, dass ich sie kenne!", schwärmte Andie. „Sie haben mich auch zu ihrem Bibelkreis eingeladen – vielleicht geh' ich nächste Woche da hin. Eigentlich bin ich jetzt total neugierig, was da drin steht, in der Bibel!"

„Moment." Ich war geistig hängen geblieben. „Sagtest du ‚Freundin'? Der Ludwig hat eine Freundin? Seit wann?"

„Ja." Andie schaute mich mit dem Ausdruck äußerster Verwunderung an. „Ich hab' gedacht, du weißt das."

O mein Gott – es wird doch nicht Stefanie sein??

„Wer ist es denn?", krächzte ich.

„Na, Larissa!"

Erleichterung!

Augenblick mal – Larissa?

„Seit wann?"

„Seit einem Monat, schätz' ich. Hast du das wirklich nicht bemerkt?"

Es war kein Wunder, dass sie das erstaunte. Da sah ich die beiden zweimal in der Woche *miteinander* in der Buchhandlung und hatte nicht bemerkt, dass sie neuerdings ein Paar waren! Hatte das Neandertaler-Prinzip also doch Wirkung gezeigt?

„Wenigstens passt sie im Alter halbwegs zu ihm“, murmelte ich.

„Ich finde, sie passen auch sonst gut zusammen“, ereiferte sich Andie. „Ich freue mich sehr für die beiden. Bestimmt heiraten sie bald!“

Das war typisch Andie: Obwohl sie selbst in Ludwig verliebt gewesen war, konnte sie sich völlig ohne Bitterkeit darüber freuen, dass er woanders sein Glück gefunden hatte.

„Und was ist jetzt mit dir?“, fragte ich. „Bist du in einen neuen ‚Falschen‘ verliebt, oder bleibst du solo, oder was?“

Sie zuckte die Achseln.

„Irgendwie bin ich grade dabei, mich in Gott zu verlieben“, grinste sie. „Das ist mal was anderes.“

Ich nickte wissend, ohne es wirklich zu verstehen. *Diese* Phase hatte ich mit acht Jahren erlebt, da hatte mir der Vergleich gefehlt.

„So, und nachdem wir mein Liebesleben jetzt ausführlich durch haben“, erklärte sie bestimmt, „kommen wir nun zu deinem! Ich will alles wissen: Wer ist der Typ, woher kennst du ihn, was läuft da zwischen euch? Und denk dran: Wahre Freundinnen haben keine Geheimnisse voreinander.“

45. Kapitel

Ich seufzte abgrundtief. Aber daran führte kein Weg vorbei.

„Eigentlich war er für dich gedacht“, begann ich. Und dann erzählte ich Andie alles. Wirklich alles. Von dem „Traummann“-Ratgeber. Von der Kuppel-Party, und wie ich aus allen Ecken halbwegs repräsentable Junggesellen im passenden Alter zusammengekratzt hatte. Vom Internet und der peinlichen „Operation Hasenschnäuzchen“ und den verblüffenden Erfolgen, die ich damit erzielt hatte.

„Den einen Kandidaten wollte ich dir bei diesem Mittagessen vorstellen, zu dem du dann nicht erschienen bist“, berichtete ich. „Der war so sehr auf eine Frau aus, dass er dachte, ich hätte dich nur als Vorwand erfunden.“

In Andies Gehirn arbeitete es.

„Und der andere – der, den wir im Wurstelprater getroffen haben –, den wolltest du eigentlich auch *mir* vorstellen? Dann ... dann war das gar kein Zufall, dass wir den getroffen haben?“

„Ein abgekartetes Spiel“, gab ich zu.

„Wow, bist du hinterhältig! Das hätte ich nie von dir gedacht.“

„Na ja, ich hatte zu diesem Zeitpunkt schon den Verdacht, du könntest dich in Max verlieben, und ich wollte ... äh ... deine überschäumende Libido rechtzeitig in geeignetere Bahnen lenken ...“ Ich duckte mich, um dem Zierkissen auszuweichen, das Andie nach mir warf.

„Überschäumende Libido!“, schnaubte sie. „Und ich hab’ dich für meine Freundin gehalten!“ Das nächste Kissen segelte auf mich zu. Ich brachte meinen Honigstriezel in Sicherheit.

„Dabei war die Sache ja noch viel genialer eingefädelt als du glaubst!“, rief ich.

„Wieso?“ Sie hörte auf, Sachen nach mir zu werfen.

„Ich hab’ extra einen für dich ausgesucht, der auch Christ ist. Damit wollte ich zwei Fliegen mit einer Klappe treffen: Einen Mann für dich finden und dich zum Glauben bekehren!“

„Toller Plan“, lachte Andie. „Ist aber anscheinend irgendwie nach hinten losgegangen!“

„Das kann man wohl sagen“, murmelte ich. „Dass ich mich *selber* verliebe, war natürlich nicht vorgesehen. Und während bei mir das Chaos ausbricht und meine Familie fast auseinanderfällt, findet deine Bekehrung still und heimlich hinter meinem Rücken statt."

„Das nennt man vermutlich ‚Der Mensch denkt, aber Gott lenkt'", kicherte Andie.

„Das nennt man: ‚Constanze, die Frau ohne Fehl und Tadel, macht sich öffentlich zum Trottel'", knurrte ich.

„Ich bin sicher, dass Gott weiß, wozu das alles gut ist – um Larissa und Ludwig zu zitieren", tröstete Andie. „Also komm, erzähl weiter! Wie bist du auf dieses berühmte Fensterbrett gelangt? Lass nichts aus!"

*

Viele Honigstriezel später landeten wir dort, wo die ganze Richard-Affäre begonnen hatte: im Internet. Denn ich hatte bei Interfriends den Mitgliedsbeitrag für drei Monate bezahlt, und die waren noch nicht um. Ich zeigte Andie Hasenschnäuzchens Persönlichkeitsprofil und ihre Partnervorschläge, die inzwischen auf 52 angewachsen waren.

„Du kannst ja ein bisserl da herumspielen", schlug ich vor. „Mach den Persönlichkeitstest neu – ich hab nicht immer genau gewusst, was du ankreuzen würdest. Selbst wenn du niemanden kennenlernst, ist es doch ganz vergnüglich. Und es wäre schade, den Beitrag verfallen zu lassen, den ich schon bezahlt habe."

Andie lachte. „Wenn ich einmal gar nicht weiß, was ich mit mir anfangen soll, dann werde ich es probieren. Vielleicht in den Weihnachtsferien", versprach sie. „Aber manche Dinge kann man einfach nicht erzwingen, also erwarte nicht zuviel."

Es war schon recht spät, als ich nach Hause aufbrach. Es war so schön gewesen, die alte Vertrautheit mit meiner Andie wieder zu haben, dass ich ganz vergessen hatte, dass Daniel und Diana am nächsten Tag Schule hatten.

„Du, Mami?", sagte Daniel, als wir durch die dunklen

Straßen nach Hause fuhren. „Können wir bald wiederkommen?“

„Sicher, warum?“ Fast hätte ich ihn gefragt, ob er vielleicht ein bisschen in Diana verliebt war. Zum Glück sprach er weiter, bevor ich mich ins Fettnäpfchen setzen konnte.

„Sie hat die neue Version von Mario-Land auf ihrem Gameboy, und wenn ich meinen mitbringe, können wir uns verlinken und gegeneinander spielen.“

„Ah ja.“ Anscheinend war ich zurzeit auf das Thema „Verliebtheit“ irgendwie über-fixiert.

Aber vielleicht war ich ja auch nur zerstreut. Andie hatte nämlich etwas gesagt, was mir nicht mehr aus dem Kopf ging: *Ich bin sicher, dass Gott weiß, wozu das alles gut ist!*

Tja. Gott mochte es wissen – aber ich hätte es auch gern verstanden!

*

Auch später, als ich neben Max – meinem Erbsenbär! – im Bett lag, konnte ich nicht aufhören, darüber nachzugrübeln. Mir kamen die Bibelstellen in den Sinn, die die Kollegen aus der Buchhandlung im Spaß unter meine Zeitungsfotos geschrieben hatten: „Jede gute Gabe kommt von oben (Jakobus 1,17)“, und „Denn der Herr, dein Gott, ist ein barmherziger Gott. Er lässt dich nicht fallen“ (5. Mose 4,31).

Und da durchzuckte mich die Erkenntnis!

Das Eingreifen der Polizei hatte mich daran gehindert, noch schlimmere Fehler zu machen, als ich ohnehin schon gemacht hatte. Der angeseilte Terror-Spezialist war wirklich eine „gute Gabe von oben“!

Aber mehr noch: Gott ließ mich trotz meiner haarsträubenden Dummheit „nicht fallen“. Ich hatte mich für ach so großartig, perfekt und unfehlbar gehalten, und ich hatte schmerzlich erkennen müssen, dass nichts davon auch nur annähernd zutraf. Aber ich wusste auch, dass Gott mir vergab und mich immer noch liebte. Und diese Erkenntnis wog die erlittene Schmach mehrfach auf. Nicht perfekt sein zu müssen und *trotzdem* geliebt zu werden – welch eine Erleichterung!

Eigentlich nahm dieser Gedanke eine große Last von mir.

Und der Witz daran war: Ausgerechnet Andie, meine „ungläubige" Freundin, hatte mich darauf gestoßen.

46. Kapitel

Richard machte es mir glücklicherweise leicht, indem er sich nicht bei mir meldete. Dafür war ich ihm ziemlich dankbar. Anfangs fürchtete ich noch, er könnte jeden Moment zur Tür der Buchhandlung hereinspazieren, aber als die Wochen vergingen, ohne dass er kam, entspannte ich mich.

Ich hatte zwar den Entschluss gefasst, Max treu zu bleiben, aber dieser Entschluss kam aus meinem Kopf. Mein Herz, das unvernünftige Ding, zog da nicht so schnell mit. Immer wieder drängte sich ein lausbübisches Lächeln in meine Tagträume, blitzende graue Augen, die Erinnerung an lange, tiefe Gespräche und … naja, der Duft eines aufregenden Rasierwassers. Manchmal konnte ich mich nicht beherrschen, meine E-Mails nachzusehen und zu hoffen, dass Richard geschrieben hatte; und manchmal war die Versuchung groß, selbst eine Mail zu schreiben. Aber irgendwie fand ich dann die Kraft, es nicht zu tun.

Ich hatte – unter Überwindung – den ganzen Ordner mit Richards Mails gelöscht. Die Tatsache, dass Stefanie offenbar ebenfalls Zugriff darauf hatte und sie womöglich alle lesen würde, beflügelte mich dabei. Die Herrschaft über Hasenschnäuzchens virtuelles Liebesleben hatte ich vollständig auf Andie übertragen (und sie gebeten, das Passwort zu ändern und mir nicht zu verraten). So versuchte ich, jede Erinnerung an diese peinliche Angelegenheit möglichst zu tilgen und mich ganz auf Max und das Wiedererblühen unserer ehelichen Vertrautheit zu konzentrieren.

Eines Abends im Februar saßen Larissa und ich noch nach Geschäftsschluss im Büro der Buchhandlung und arbeiteten. Wir hatten die Buchhaltung des alten Jahres endlich abgeschlossen, aber dadurch war manch anderes liegengeblieben.

„Oh", sagte Larissa plötzlich und sah ihren Computer grimmig an. „Da ist ein bestelltes Buch gekommen, aber ich hab' von dem Kunden keine Adresse. Wie soll ich den jetzt benachrichtigen?"

„Wer ist es denn?", fragte ich, ohne von meinen Bestelllisten aufzusehen.

„Ein Magister Richard Linsbauer", antwortete sie. „Kennst du den?"

Beim Klang dieses Namens jagte eine Welle aus Feuer durch meinen Körper. Mein Herz verdoppelte seinen Rhythmus. Ich spürte, wie ein feuchter Film aus Schweiß mein Gesicht überzog.

„Hm?", machte Larissa, um mich zu einer Antwort zu ermuntern.

„Ja", krächzte ich. „Den kenn' ich."

„Dann weißt du auch seine Adresse?" Sie wandte sich auf ihrem Drehstuhl zu mir um. „Constanze? Was hast du? Geht's dir nicht gut?"

„Geht schon. Alles bestens", keuchte ich und fächelte mir unauffällig Kühlung zu.

„Oh mein Gott!" Verstehen erhellte Larissas Gesicht. Sie wühlte in ihren roten Haaren. „Ist das … *der*?"

Erwischt!

Ich zog die Schultern hoch. Was soll's, Larissa kannte sowieso die gesamte Geschichte meiner Demütigungen.

„Ja, das ist *der*", gab ich zu.

„Siehst du ihn noch?“, fragte sie. Anscheinend dachte sie, sie hätte mich gerade in einem mitteilsamen Augenblick erwischt und versuchte, schnell ein Fitzelchen delikater Information zu erhaschen. Ich durchschaute ihre Absichten, aber schließlich sind wir alle neugierig, und sie hatte sich in den vergangenen Wochen wirklich sehr taktvoll verhalten und nur ganz wenige scherzhafte Anspielungen gemacht.

Außerdem hatte ich in diesem Punkt ausnahmsweise mal nichts zu verbergen.

„Nein, ich hab ihn Mitte Dezember das letzte Mal gesehen“, sagte ich deshalb. „Und wir haben auch nicht telefoniert oder gemailt.“

„Wow.“ Sie rollte ihre Clownsaugen. „Das find' ich echt stark! Und … bist du noch … ich meine … du und Max …“ Sie wusste nicht recht, wie sie ihre Neugier in taktvolle Worte kleiden sollte.

Ich seufzte. „Liebe“, dozierte ich, „ist ja nicht nur ein Gefühl, wie man ständig hört, sondern eigentlich ein Entschluss. Ich hab' vor fast 20 Jahren versprochen, Max zu lieben und zu ehren und all das, und jetzt ist der Punkt gekommen, wo ich's halten muss. Das ... ich denke, das verlangt Gott von mir.“ Ich stockte. Natürlich gab es auch noch andere Gründe, oder? „Ich meine – ich kenne Max so lange, und im Großen und Ganzen ist er ja völlig okay … Kleine Mängel hat schließlich jeder, und wer kann schon sagen, ob eine Beziehung mit Richard in irgendeiner Weise besser wäre? Alles, was neu ist, fühlt sich aufregend an, aber ich weiß nicht, wie der Alltag mit Richard wäre … ich kenne ihn ja schließlich gar nicht … Und Schmetterlinge im Bauch sagen nicht wirklich viel …“ Ich verstummte. Mir war bewusst, dass ich gerade nicht besonders überzeugend geklungen haben musste.

Larissa schob die Unterlippe vor und blies sich eine Haarsträhne aus der Stirn.

„Das ist also eine Art Kosten-Nutzen-Rechnung“, fasste sie nachdenklich zusammen. „Bei Max weißt du schon, was du hast, aber bei Richard ist unbekannt, was du kriegen würdest – er ist eine Katze im Sack."

„Wenn du es so ausdrückst, klingt es furchtbar unromantisch", beklagte ich mich. „Es ist ja nicht nur das ... Ich meine, all diese gemeinsamen Erinnerungen von 20 Jahren – die haben doch auch einen Wert, nicht wahr? Die kann Richard niemals aufholen. Und dann die Kinder! Es würde sie furchtbar verletzen, wenn ich Max verließe und mit Richard neu anfinge ... dieser Preis ist einfach zu hoch."

„Also ist es doch eine Preisfrage", bekräftigte Larissa. „Richard kostet viel, aber sein Nutzen ist unbekannt; Max kostet nur ein bisschen Beziehungsarbeit, und man weiß genau, was man kriegt."

Es klang tatsächlich nicht romantisch – aber eigentlich recht vernünftig. Seltsamerweise bestärkte gerade dieser nüchterne „Preisvergleich" mich darin, dass ich das Richtige tat.

„Max gibt sich jetzt auch wirklich Mühe", ermutigte ich mich selbst. „Seit diesem ... äh, seit damals versucht er, ab und zu mit mir ... zu reden."

„Er versucht mit dir zu *reden*?" Larissa riss die Augen auf. Offenbar hatte sie bis jetzt angenommen, dass Reden zu einer Ehe automatisch dazugehörte. Sie musste wohl noch einiges lernen ...

„Na ja, nicht so dieses Alltagsreden – ich meine, wir nehmen uns richtig Zeit für ein Gespräch, gehen vielleicht essen und so."

„Aha." Sie nickte verstehend. „Und vorher habt ihr nur das ‚Alltagsreden' gehabt?"

„Ja, sicher – wer bringt die Kinder zum Zahnarzt, wer füttert die Katze, gibt's was zum Essen, kannst du den Rasen mähen. So was betrachte ich aber nicht als *Gespräch* – ich meine, es muss auch sein, aber dabei kommt man sich doch nicht nahe."

„Ja, ich versteh' schon, was du meinst. Dann hat er also begriffen, was dir ... gefehlt hat?" Sie warf mir einen vorsichtigen Blick zu, um herauszufinden, ob sie jetzt schon zu tief in den intimen Details meiner Ehe schürfte.

„Ja, irgendwie schon. Eigentlich erstaunlich ..."

„Du hast aber auch wirklich ein drastisches Signal gesetzt", bemerkte sie.

Ich rief mir das Bild vor Augen, wie ich zwischen den Spitzen meiner Turnschuhe auf die Straße hinuntergesehen hatte, während die Feuerwehr dort ein Sprungtuch entrollte.

„Und das nicht einmal mit Absicht", murmelte ich. Aber sie hatte recht: Hätte Max sich denn auch so viel Mühe gegeben, unsere Beziehung zu verbessern, wenn er es nicht mit der Angst zu tun bekommen hätte? Wäre sein Ohr ebenso offen für meine Wünsche und Bedürfnisse gewesen, wenn mein Hilferuf weniger „drastisch" ausgefallen wäre? Vielleicht war dieser Höhepunkt an Peinlichkeit einfach notwendig gewesen, um Max aufzurütteln ...?

Andererseits war es schon eine Verkettung von idiotischen Fehlentscheidungen gewesen, die mich letztendlich auf dieses Sims geführt hatte.

„Das hat mir die größte Demütigung meines Lebens beschert", fügte ich hinzu.

„Was? Dort oben zu stehen und dabei fotografiert zu werden?"

„Hm, das auch. Aber ich meinte: zu erkennen, dass auch ich Fehler mache – und zwar gewaltige."

Larissa sah mich aus ihren Kulleraugen an, ob ich das ernst meinte. Dann grinste sie breit.

„Halleluja!", jubelte sie, sprang auf und umarmte mich.

„Hä?" Dieser Ausbruch überrumpelte mich total. „Was heißt das jetzt?"

„Willkommen bei den Sterblichen!"

„???"

„Ach, Constanze!" Sie fuhr sich durch ihre Nicht-Frisur. „Du warst immer so wahnsinnig *perfekt*, das war ... nicht auszuhalten."

„Was, ehrlich?“ *Und ich hab gedacht, du bewunderst mich dafür ... ich bin dein Vorbild? Ich und Rosamunde Pilchers Lieblingsschaf.*

„In deiner Nähe hab’ ich mich immer ganz klein gefühlt“, gestand sie. „Unfähig, unwürdig, unvollkommen – einfach total *un*!“

Ich zog die Augenbrauen hoch. „Das hab’ ich dir vermittelt?“, fragte ich schockiert. Anscheinend brauchte ich noch viel mehr Vergebung, als ich gedacht hatte – von allen Seiten ...

„Na ja, nicht so direkt – ich meine, du hast nichts Derartiges *gesagt*, aber ... allein der Glanz deiner Perfektheit, deine Aura der Untadeligkeit ... Na du weißt schon. Neben dir war ich immer das Aschenputtel.“

„Und das ist jetzt anders?“ Ich runzelte die Stirn. *Bin jetzt ich das Aschenputtel?*

„Ja, das ist jetzt anders!“, erklärte sie mit Bestimmtheit. „Du bist irgendwie ... viel lockerer geworden. Ich kenn’ dich lang genug, ich kann das beurteilen. Seit du eingesehen hast, dass auch du ... äh, Fehler machen kannst, ist es ... viel gemütlicher mit dir.“

„Ja ja – ist der Ruf erst ruiniert, lebt sich’s gänzlich ungeniert!“, bemerkte Ludwig fröhlich, der soeben das Büro betrat und den letzten Satz mitangehört hatte.

Ich zog eine Grimasse. *Der* hatte mir gerade noch gefehlt! Larissa dachte anscheinend genauso wie ich, denn sie wies ihn gleich zurecht: „Was schleichst du da herum? Das sind Privatgespräche! Das geht dich gar nichts an!“

„Verzeihung, die Damen“, heuchelte er, „ich sitze seit Stunden im finsteren Verkaufsraum und tue nichts anderes, als eure Privatsphäre zu respektieren! Aber darf ich dich daran erinnern, dass du mir die Huld gewähren wolltest, mich ins Kino zu begleiten? Wenn du nicht bald kommst, können wir gerade noch den Abspann sehen.“

„Na gut!“ Augenrollen, Kopfwackeln. „Dann bis bald, Constanze!“

„Servus!“, grüßte Ludwig. „Und immer schön locker bleiben!“

Ich streckte ihm die Zunge heraus.

Er hatte Recht. Wenn man keinem Image als perfekte Dame, Vorbild-Christin oder moralische Instanz mehr gerecht werden musste, hatte man irgendwie mehr Spaß …

47. Kapitel

Im Haus dröhnte, quietschte und wimmerte es, so dass selbst das Ungeziefer in Panik das Haus verließ. Stefanie hämmerte an Daniels geschlossene Zimmertüre und brüllte: „Daniel, *hör auf*!“

„Dreh lieber deine schwulen Schmalzlocken leiser, damit ich üben kann!“, brüllte er von innen zurück.

„Daniel!“, tadelte Max aus einem anderen Zimmer. „Was sind denn das für Ausdrücke?!“

„Genau!“, ereiferte sich Stefanie. „Schwul sagt man nicht, und überhaupt stimmt es gar nicht.“

Daniel hörte auf, seine Geige zu misshandeln. Das Wimmern verstummte, dafür erschien ein sommersprossiges Gesicht in der Tür.

„Oh, diese zuckersüßen, goldigen Boys mit ihren putzigen Schmalzlocken sind *überhaupt nicht* schwul!“ Er verdrehte die Augen schmachtend zum Himmel. „Oh, Timmi hat mich angeschaut, aaah, ich sterbe!“ Er sank theatralisch zu Boden.

„Der heißt nicht Timmi, der …“, tobte Stefanie, aufgebracht über die Verspottung ihrer aktuellen Lieblingsband.

Aber Max fiel ihr ins Wort: „Dreh die Musik leiser, es ist wirklich nicht auszuhalten! Und du, Daniel, hör auf, deine

Schwester zu ärgern! Hat irgendwer die Katze gefüttert? Stefanie, hilf deiner Mutter beim Tischdecken, in einer halben Stunde geht's los! Und hört endlich auf, Krach zu machen! Beide!"

Ich hatte von der Küche aus mitgehört und lachte in mich hinein. Max hatte tatsächlich nicht nur *bemerkt*, dass die Kinder sich schrecklich aufführten, er hatte sogar etwas dagegen getan. Die grauenvollen Geräusche verstummten (ich vermutete, dass sämtliche Nachbarn soeben Dankgebete zum Himmel schickten), und Stefanie kam in die Küche geschlurft. Sie hatte ihre Haare dunkel gefärbt – hoffentlich nur mit Faschingsspray – und zu einem Zopf geflochten. Außerdem war sie für Februar völlig unpassend bekleidet, nämlich mit einem ärmellosen Ringer-T-Shirt und superknappen Shorts. Ihr Busen wirkte doppelt so groß wie sonst. Küchenkrepp?

„Ich brauch' ein großes Messer", erläuterte sie und kramte in der Schublade.

„Wofür?"

„Um es mir ans Bein zu schnallen natürlich."

„Spinnst du?"

„Nein – ich bin Angelina Jolie als Lara Croft, das sieht man doch, oder?"

„Deswegen bindest du dir aber bestimmt kein spitzes Messer um! Nimm von mir aus eine Spritzpistole, aber das Küchenmesser bleibt hier! Als was hat Daniel sich denn verkleidet?"

„Ich glaube, es soll Mozart darstellen", sagte sie verächtlich. „Deswegen fiedelt er ja auch so grässlich."

Es war meine erste Party seit dem Gartenfest im September. Normalerweise pflegte ich im Advent zu einem Buffet einzuladen, aber irgendwie hatte ich mich diesmal kurz vor Weihnachten nicht so recht in Stimmung gefühlt, 30 bis 40 Leuten zu erklären, was genau ich auf einem gewissen Sims zu suchen gehabt hatte und warum. Doch jetzt war schon ein wenig Gras über die Sache gewachsen, und irgendwann musste ich ja wieder am öffentlichen Leben teilnehmen. Außerdem war der Fasching eine gute Zeit, um alle peinlichen Vorkommnisse von der heiteren Seite zu betrachten. Und ich hatte nur ein paar gute Freunde eingeladen. Diesmal übrigens ohne Hintergedanken – keine Kuppelei, einfach nur ein geselliges Beisammensein.

Die Türglocke dingdongte.

Ich schrak zusammen. Jetzt schon? Die Party sollte doch erst in 20 Minuten beginnen! Ich hatte noch Lockenwickler im Haar, und das Essen war noch nicht ... halt!

Ich kämpfte meine aufsteigende Panik nieder. Dies war eine gemütliche Party im Freundeskreis und nicht der Opernball. Sie wurde weder im Fernsehen übertragen, noch musste ich um etwaige Sterne in einem Restaurantführer bangen. Und wer immer da zu früh dran war – das war sein Fehler, nicht meiner!

Obwohl es mir zutiefst widerstrebte, mich in Lockenwicklern einer noch so kleinen Öffentlichkeit zu präsentieren, öffnete ich die Türe. Draußen standen Larissa und Ludwig mit rotgefrorenen Nasen.

„Sind wir zu spät?", fragte Larissa.

„Zu früh", berichtigte ich.

„Ach – die Lockenwickler gehören gar nicht zur Verkleidung?", bedauerte Ludwig und überreichte mir zwei Flaschen Wein.

„Sollen wir wieder gehen und später kommen?", fragte Larissa beflissen.

Für einen Augenblick hatte dieser Vorschlag etwas Verlockendes. Ich hasste es, Gästen ein unfertiges Haus und eine unfrisierte Gastgeberin zu präsentieren. Aber draußen war es kalt, und das war eine gute Gelegenheit für ein wenig „Constanze-ist-nicht-perfekt"-Training.

„Nein, ihr könnt was helfen!" Ich rang mir ein Lächeln ab. „Ihr könnt die Servietten falten."

Ludwig stülpte sich einen gelben Helm auf, der händisch mit „Bob der Baumeister" beschriftet war. „Muss ich genau rechtwinklig falten?“, fragte er und zog ein Winkeleisen aus der Brusttasche seiner Worker-Jeans.

„Na, das will ich doch hoffen!“, lachte ich. „Du weißt ja, bei mir muss alles perfekt sein. Ich habe schließlich einen Ruf zu verlieren.“

„Es genügt, wenn das Essen perfekt ist“, fand Ludwig. „Bei den Servietten wirkt es kitschig.“

Larissa, die anscheinend als Biene Maja ging, stieß ihn mit dem Ellbogen an.

„Was hab’ ich gesagt? So locker war sie früher nie, da musste alles *wirklich* perfekt sein. Constanze, an dir ist ein Wunder geschehen!“

Und damit hatte sie wahrscheinlich mehr Recht, als sie selbst wusste. Ich hatte mich durch meine eigene Dummheit – durch meine selbstgerechte Überheblichkeit, meinen Drang, andere zu manipulieren, und ein paar Midlife-Krisen-gesteuerte Wahnsinns-Attacken – in eine ziemlich üble Lage gebracht. Um ein Haar hätte ich den Menschen, die ich liebte, großes Leid zugefügt. Aber Gott hatte mich davor bewahrt, einen nicht wieder gutzumachenden Fehler zu begehen. Und gleichzeitig hatte ich ein paar wichtige (wenn auch unschöne) Erkenntnisse über mich selbst gewonnen ...

Ich rang mir ein Lächeln ab.

„Faltet mal schön – ich messe nachher alle Winkel mit dem Geodreieck nach!“, grinste ich und verschwand, um mich zu frisieren.

Das Ehepaar Gollmann kam unverkleidet, aber bestens gelaunt, und brachte alte Schallplatten mit Tanzmusik mit. Hubert Gollmann, der Sohn, hatte sich immerhin zu einem Steirerhut aufgerafft. Die Novotny-Kinder kamen als Schneewittchen und 1 Zwerg, Stefanies Freundin Katrin als Popsängerin in genauso offenherzigem Outfit wie Stefanie selbst.

Andie kam wie üblich zu spät. Gollmanns waren gerade dabei, der ganzen Gruppe das Quadrille-Tanzen beizubringen, sodass ich das Läuten der Türglocke fast überhört hätte.

„Schnell rein!“ Andie stampfte den Schnee von den Schuhen und schob Diana vor sich her. Ich nahm ihnen die Mäntel ab. Diana war das Rotkäppchen, und sie stürzte sich gleich in das Gewühl der unbeholfenen Quadrille-Hopser, um ihren Daniel zu suchen. Andie kam diesmal nicht in ihrer Latzhose, sondern als Haremsprinzessin, bauchfrei und mit Pluderhosen, passend zu ihrem Schlafzimmer.

„Was ist mit dir? Du bist ja gar nicht verkleidet!“, beanstandete sie. „Du bist genau die elegante Lady, die du immer warst.“

„Stimmt nicht!“, konterte ich und drehte mich um. Hinten an meinem pastellrosa Kostüm hatte ich zwischen den Schulterblättern einen winzigen Spielzeug-Fallschirm angenäht, auf dem „Vergebung“ stand. „Ich bin ‚Constanze auf dem Fensterbrett‘!“, erklärte ich. *Und auch sonst bin ich nicht mehr die „Lady, die ich immer war“. Ich habe mich verändert. Ich bin nicht mehr Mrs Perfect! Ich bin jetzt Mrs Ich-mache-auch-Fehler. Und ich bin draufgekommen, dass ich genauso viel Vergebung brauche wie jeder andere.*

Mindestens.

Vielleicht auch ein bisschen mehr.

Andie schaute verdutzt auf meinen Fallschirm, dann begriff sie und brach in Gelächter aus.

„Apropos, ich muss dir schnell was erzählen“, raunte sie mir verschwörerisch zu. „Dieser Typ da, von dessen Fensterbrett du dich retten lassen musstest – weißt du, wer das ist?“

„Hä?“ Was meinte sie? War er nun doch ein gesuchter Heiratsschwindler? Oder sonst irgendwie berühmt? Was wollte sie mir sagen?

„Also, abgesehen davon natürlich, dass er der Typ mit dem Fensterbrett ist. Aber weißt du, wer er *noch* ist?“

„Ich steh total neben mir“, gestand ich.

„Ricky!“, strahlte sie, und ihre Augen funkelten.

„Was?“

„Erinnerst du dich nicht an Ricky – meinen Exfreund?“

„Was – *dieser* Ricky? Der dich mittels Liebeskummer in die Arme des Surflehrers getrieben hat? *Das* ist ... Richard?“

„Genau! Immer noch feinsinnig, sensibel, einfühlsam – aber nicht mehr so schrecklich ichbezogen wie damals.“

„Richard – Ricky ...“ Ich brabbelte blödsinnig vor mich hin und konnte es nicht fassen.

„Ist doch nett, wenn man alte Bekannte wiedertrifft!“, plauderte Andie fröhlich.

In meinem Hirn klingelte es. War Richard womöglich ... Hasenschnäuzchens neuer alter Hasenschnäuzerich?

„Hast du ... hast du ihn denn nicht gleich erkannt?“, stotterte ich.

„Du meinst, bei diesem Ausflug im Prater, wo wir ihn ‚zufällig' getroffen haben?“, grinste sie. „Weißt du – da hab ich ihn gar nicht richtig angeschaut, weil ich doch eigentlich mit dir über was ganz anderes reden wollte. Außerdem ist das alles über zwanzig Jahre her – und er hatte damals lange Haare und einen Bart.“

Ich konnte mir Richard nicht langhaarig vorstellen.

„Und er?“

„Ich glaube, ich bin ihm schon ein bisschen bekannt vorgekommen“, lächelte sie.

„Und ... äh ... läuft da jetzt wieder was?“, wagte ich einen Vorstoß.

„Was genau verstehst du unter ‚laufen'?“, fragte sie zurück. „Wir erinnern uns an alte Zeiten – mehr ist da im Augenblick nicht.“

„*Noch* nicht?“, bohrte ich nach. Zu meinem Erstaunen stellte ich fest, dass es mich nicht stören würde, wenn Richard und Andie sich verlieben würden. *Ich bin über ihn hinweg – hurra!*

„Mensch, Conny, ich weiß nicht, ob da mehr wird! Ich kann doch nicht hellsehen! Lassen wir das einfach ganz locker und entspannt auf uns zukommen, okay?“

„Ah, Andie!“, ertönte Max’ Stimme hinter mir. „Je später der Abend, desto schöner die Gäste!“

Andie küsste Max auf beide Wangen. Er war unrasiert und mit einem gestreiften Pyjama, auf den eine Nummer aufgenäht war, als Sträfling verkleidet.

„Sei ehrlich“, lachte sie. „Du wärst doch richtig enttäuscht, wenn ich pünktlich gewesen wäre! Womit würdest du mich dann aufziehen?“

„Stimmt genau“, stellte Max fest. Dann legte er seinen Arm um meine Schulter. „Gollmanns haben es aufgegeben mit der Quadrille und spielen jetzt Schmusewalzer. Darf ich um diesen Tanz bitten?“ Er verbeugte sich formvollendet und küsste mir die Hand, was in seinem Gefängnis-Outfit ziemlich drollig aussah.

„Oh, ein Tänzchen für Verliebte!“, quiekte Andie. „Na dann los! Aber denkt daran, dass Kinder und Jugendliche zusehen, ja?“

Der langsame Tanz brachte die atemlosen Hopser zur Ruhe. Die Kinder schauten zu, und die Paare tanzten, aber natürlich ganz jugendfrei.

Ich schmiegte mich an Max’ breite Sträflingsbrust.

Mein guter, alter Erbsenbär!

Das Leben war nicht perfekt. Aber gerade jetzt, für einen Augenblick, war es vollkommen.